博物苑
BOWUYUAN

南通博物苑苑刊
总第 17 辑
2010 年第 2 期
2010 年 11 月 28 日

主　　编：王栋云
执行主编：陈卫平
副 主 编：金 艳
　　　　　徐 宁
美术编辑：张炽康

专　文

1　　刘瑞龙诞辰 100 周年纪念特展陈列大纲

24　　多情未必不丈夫
　　　　——从刘瑞龙和他两位母亲的照片谈起　　　　任苏文

31　　川陕苏区石刻与书法艺术　　　　王 璟

36　　川陕革命根据地教育事业探析
　　　　——从几幅石刻标语着手　　　　李一民

39　　深厚战斗情谊的真实见证
　　　　——记刘延东同志捐赠给南通博物苑的两件珍贵史料
　　　　　　　　　　　　　　　　　　　　　舒 雯

文博论坛

41　　论博物馆产业和博物馆宗旨的实现　　　　赵明远

45　　张謇博物馆思想的特点　　　　凌振荣

50　　从建设"博物馆城"到构建"大城市博物馆"的嬗变
　　　　——以构建公共文化服务体系的基本原则为视角　　　　陈金屏

53　　博物馆公共文化服务体系构建的研究　　　　张 建

工作平台

56　　休闲身心的绿地 陶冶情操的家园
　　　　——南通博物苑服务观众纪事　　　　陈银龙

58 浅议博物馆与社区文化建设 　　　　　　　　张美英

60 对展品保管工作规范化问题的思考 　　　　　　陈　玲

63 浅谈博物馆临时展览主题网站的构建 　　　　　王光宇

67 多媒体技术在中小博物馆展陈中的应用

　　——以南通博物苑为例 　　　　　　　　　　黄　金

遗产保护

72 保护工业遗产　再塑唐闸辉煌 　　　　　　　　王建华

75 余东古镇的历史文化资源和保护利用 　　　　　邹仁岳

收藏天地

80 坚守传统　自出机杼

　　——论金石书画家王个簃的书法艺术 　　　　魏　武

86 龙泉青瓷实地考略 　　　　　　　　　　　　　颜飞成

文史考辩

94 空前绝后《同人集》

　　——冒襄《同人集》考 　　　　　　　　　　刘聪泉

103 清代子玉款算盘计数单位及进制考释 　　　　　王海明

崇川旧影

112 南通城建筑物上的名人墨迹 　　　　　　　　　宋建业

域外行知

114 欧洲印象 　　　　　　　　　　　　　　　　　宁　雯

【专文】

编者按：

　　2010 年 10 月 3 日是忠诚的共产主义战士、无产阶级革命家刘瑞龙同志诞辰 100 周年，在他的家乡南通市举行了一系列隆重的纪念活动。由南通市委、市政府主办，南通市文广新局、南通博物苑举办的《刘瑞龙诞辰 100 周年纪念特展》于 9 月 24 日在博物苑新展馆开幕。中共中央政治局委员、国务委员刘延东同志，二炮原政委彭小枫上将，中共江苏省委书记梁保华，南通市委书记罗一民，市长丁大卫等领导参观了展览。本期特选登《刘瑞龙诞辰 100 周年纪念特展陈列大纲》以及相关文章以再现刘瑞龙同志献身革命，不懈战斗，为实现共产主义伟大理想而奋勇前进的一生。

刘瑞龙诞辰 100 周年纪念特展陈列大纲

序　言

　　刘瑞龙，忠诚的共产主义战士、无产阶级革命家。在他献身革命，不懈战斗，为实现共产主义伟大理想而奋勇前进的一生中，为党的各项事业倾尽全力，在政治、军事、经济等多方面均有建树。他的革命生涯曲折艰险，充满传奇。在创建共和国长期的革命斗争中，他九死一生，以智慧和信念，克敌制胜，建立了不朽的功勋；在新中国的建设事业中，他呕心沥血，铸剑为犁，为祖国的农业发展作出了积极的贡献。虽因转入地方工作，没有参加一九五五年军队授衔，但他在革命战争中所表现的杰出军事才能和辉煌业绩，使他无愧于将军的称号。

　　刘瑞龙是南通的骄傲，是千万个优秀的江海之子中的佼佼者。值此刘瑞龙诞辰一百周年之际，我们撷取他革命生涯中几个光彩夺目的篇章以表达对他的景仰和纪念。

第一单元　江海大地播火者

　　单元说明：

　　刘瑞龙 1910 年 10 月 3 日出生于江苏南通陆洪闸镇，自幼丧父，与母亲相依为命，备受欺凌。饱尝社会炎凉的他发愤读书，刻苦学习，先后就读

于陆洪闸小学、城北高等小学，1924 年秋至 1928 年秋就读于南通师范，此间，刘瑞龙积极参加学生运动，在马列主义的熏陶和进步学生的影响下，走上了革命道路。1927 年加入中国共产党，并担任通师党支部书记，1928 年 1 月，担任中共南通城区区委书记，后又被选为中共南通县委委员。由于工作出色，1929 年刘瑞龙担任中共南通县委书记，当选为中共江苏省委委员。在他主持的县委领导下，南通的革命斗争有了很大的发展。1930 年，他与通海特委书记李超时等创建并领导了中国工农红军第十四军，这支活跃于江海平原上的工农武装，震撼了大江南北，直接威胁到国民党的统治中心——南京。刘瑞龙在通海地区播下的革命火种，已呈燎原之势。

展示内容：

陆洪闸老街

1910 年 10 月 3 日，刘瑞龙出生于江苏南通陆洪闸，这是现存的陆洪闸老街。

陆洪闸小学

1917 年，刘瑞龙入陆洪闸小学读书。学校中仅存的古银杏树是当年的遗迹。

陆洪闸小学内的古银杏树

《城北小学廿五周纪念刊》

1921 年刘瑞龙转入城北高等小学就读，这本纪念刊的毕业学生录中载有刘瑞龙的名字。

南通师范历史面貌

南通师范历史面貌

南通师范今日面貌

当年通师印章

刘瑞龙进步书单

1924 年，刘瑞龙考入南通师范学校。在这里受到进步思想的熏陶，并在表姐葛季膺和她的爱人恽子强（无产阶级革命家，中国共产党早期青年运动领导人恽代英的胞弟）的帮助下初步懂得了共产主义。1927 年，蒋介石、汪精卫先后背叛革命。大肆屠杀共产党人，刘瑞龙毅然参加了中国

共产党并担任通州师范支部书记。他组织顾民元、江上青等革命青年开展学生运动，并吸收他们加入了共产党和共青团组织。

恽子强照片

刘瑞龙塑像

这是树立在南通师范校园里的刘瑞龙塑像。

怡亭历史照片

位于现怡园内的怡亭，原为通师二十周年纪念亭，是当年地下党组织经常活动的地方。

南通博物苑历史照片（刘瑞龙被捕处）

与通师隔河相望的南通博物苑，也是进步青年经常活动的地方。1928 年 6 月 2 日，南通县委在博物苑开会，由于叛徒告密，刘瑞龙及与会同志不幸被捕，被解送到南京特种刑事法庭。因坚不吐实，经多方营救，于 8 月无罪释放。

1980 年刘瑞龙故地重游，参观南通博物苑时和博物苑的同志来到当年被捕的地方合影留念。

江上青、顾民元照片

江上青（1911 －1939 年），扬州人，原名世侯。1927 年来南通，在通中求学期间受刘瑞龙、顾民元革命思想影响，积极参加学生运动并加入共青团。1929 年加入中国共产党。1938 年受党委派至皖东北开辟抗日根

据地，任中共皖东北特支书记、第五战区第五游击司令部政治部主任等职。1939 年 8 月 29 日，在泗县小湾村遭地主武装袭击，壮烈牺牲。

顾民元（1912 －1941 年），字弥愚，南通人。1927 年加入共产党。1931 年毕业于成都大学。抗战爆发后，积极投入抗日救亡活动。1940 年新四军东进通如海启，被任命为启东县抗日民主政府县长。1941 年 2 月，不幸被错杀。4 月，苏中四分区追认顾民元为烈士。

刘瑞龙给顾民元烈士家属的唁函（苑藏文物）

江泽民给江彤的一封信及抄录的江上青、江树峰的三首诗词

1994 年 4 月 5 日，江泽民总书记给刘瑞龙夫人写信，并同时抄录江上青、江树峰的三首诗词以赠，表达了对刘瑞龙、顾民元同志深深的怀念之情。

《写作与阅读》第二卷第一期

《写作与阅读》是上世纪30 年代于在春、江上青、顾民元、江树峰等创办的月刊，通过指导"通俗文字技术和语文教育"的方式，系统地介绍国内外进步书刊，积极宣传抗日救亡、宣传革命文艺思想，这本刊物在当时产生了

广泛影响,对鼓起广大知识分子和青少年学生的民族意志和爱国热情,起到了积极的推动作用。江上青曾是这本杂志的编委兼发行人。

　　2008 年 5 月江泽民同志来通视察期间,与南通中学师生在校园内江上青烈士入团纪念址合影留念

　　江泽民同志为南通中学题写的"百年通中,英才辈出"

　　1989 年夏,为纪念顾民元烈士牺牲 50 周年,中共南通市委党史工作委员会、中共启东市党史办公室联合编辑出版文献《天光常照浪之花》。时任上海市委书记的江泽民同志亲笔题诗。

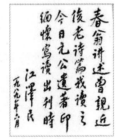

红十四军纪念碑

　　1930 年 3 月,党中央和江苏省委决定将如泰工农红军和中国工农红军江苏第一大队合并,建立中国工农红军第十四军。4 月 3 日,在如皋贲家巷召开了有数万军民参加的建军大会。红十四军在敌人统治的心脏地带,进行了英勇斗争,形成了

一支 1300 余人的工农革命武装,地跨 7 县,威震大江南北。时任中共通海特委书记的刘瑞龙是红十四军的创建者和领导者之一。

《中国工农红军第十四军游击区域示意图》

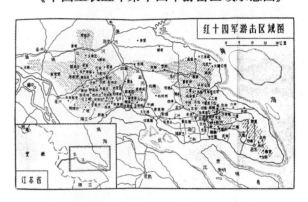

红十四军组织序列(图表):

军　　长	何　坤	1930 年 4 月
	李超时(兼)	1930 年 5 月–9 月
政　　委	李超时	1930 年 4 月–9 月

参谋长:薛衡竟

政治部主任:余乃诚

1. 第一支队(后整编为第二师):

支队长:刘廷杰

副支队长:仇建忠

政　　委:俞金秀

政治部主任:陈雪生

师　　长:秦　超

政　　委:黄火青

参谋长:黄火青(兼)

政治部主任:陈雪生

2. 第二支队(后整编为第一师):

支队长:何　坤(兼)

政　　委:黎昌圣

师　　长:张世杰

3. 启东大队：
大队长：杨思公
政　委：刘志成
参谋长：陆尚贤

红十四军军长何坤

苑藏红十四军相关文物（旗帜、武器等）

继承和发扬红十四军的
革命传统为社会主义现
代化建设服务

刘瑞龙
一九八五年十一月

何坤（1898－1930 年），湖南省永兴县人。1925
年考入黄埔军校预科，1926 年加入中国共产党。
1930 年春，奉江苏省委之命进入如皋西乡，筹建中
国工农红军第十四军。建军后任军长。1930 年 4
月 16 日，在攻打老户庄的战斗中英勇牺牲。

红十四军政委李超时

刘瑞龙从事地下工作曾使用过的文件篓

2002 年元旦，刘延东（右三）、江泽慧（右五）
等参观南通博物苑，在刘瑞龙曾经使用过的文件
篓前合影

李超时（1906－1931 年），江苏邳县人。1926
年 12 月考入国民党中央军事政治学校武汉分校，
不久加入共产党。1930 年春，任通海特委书记，
参与创建中国工农红军第十四军，任政委。何坤
牺牲后，兼任军长。1930 年秋后，任江苏省委巡
视员等职，1931 年 9 月在镇江北固山就义。

刘瑞龙题词：
"继承和发扬红十四军的革命传统，为社会主
义现代化建设服务。"

首长历次来南通视察的部分照片

第二单元 川陕红军标语王

单元说明：

刘瑞龙于1933年2月奉中央之命调川陕苏

区工作。在川陕时期，先后任红29军政治部主任、中共川陕省委宣传部长、红四方面军政治部宣传部长，长征中任红军总政治部宣传部长、红西路军政治部宣传部长。

川陕根据地两年多的宣传工作，在他的领导下开展得既波澜壮阔、轰轰烈烈，又深入细致、扎扎实实，极大地激发了苏区人民的革命斗志，对壮大红军队伍、开展军事斗争、巩固工农政权、保卫土地革命、发展苏区经济作出了卓越贡献。如今，仅在川陕苏区留下的红军时期的石刻标语就达4000多条，成为珍贵的红军文化景观。《土地法大纲》、《中国共产党十大纲领》以及"劳动法令"、"宪法大纲"、"赤化全川"、"平分土地"等大型石刻标语已成为国家一级文物。刘瑞龙还亲自编写了《革命三字经》、《消灭刘湘三字经》，还写了土地革命的报告和农村阶级划分歌以及上千条标语口号，创办了30多种报刊，近100所各级各类学校。

刘瑞龙在川陕期间，为人民的解放，群众觉悟的提高，苏区的发展，红军的壮大，立下了丰功伟绩。

展示内容：

1932年12月至1935年3月，中国工农红军第四方面军创建了全国第二大苏区——川陕革命根据地。成立了川陕省委、省苏维埃政府和24个县（市）级苏维埃政权，红军由入川时的1.5万余人发展到8万之众，根据地面积达4.2万平方公里，人口约600万。毛泽东给予高度评价："川陕苏区是中华苏维埃共和国的第二个大区域……是扬子江南北两岸和中国南北西部间苏维埃革命发展的桥梁，在争取苏维埃新中国伟大战斗中具有非常巨大的作用和意义"。

红四方面军总指挥部——通江城文庙

巴中是川陕革命根据地的中心区域,党、政、军、社会团体首脑机关先后设于通江和巴中县城。

通江红四方面军政治部旧址照片

巴中的川陕省委旧址照片

革命战争时期的刘瑞龙

刘瑞龙起草的《革命三字经》(复制件)

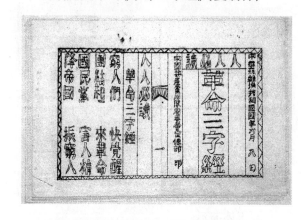

刘瑞龙起草的相关文件(内容略)

红军报纸、宣传品复制件

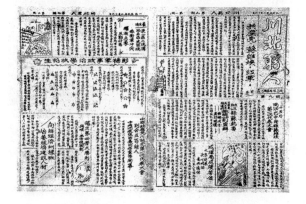

石刻标语是红四方面军开展宣传活动的一大创举，在川陕革命根据地，红军共留下大小石刻标语15000余条。由刘瑞龙亲自策划和撰写的，至今仍保存着4000余条。当年红四方面军编制中有二十多名石匠组成的錾字队，他们在川陕苏区的山山水水间留下大量的石刻标语，其中最有名的当属刻在通江县沙溪乡岩壁之上的"赤化全川"四个大字，气势恢弘，十余里外即清晰可见，堪称世界石刻之最。

"赤化全川"石刻标语

"赤化全川"位于通江县沙溪镇景家塬村左侧，距通江县城60公里，海拔800米，崖高25.9米，崖体坐东向西，左右皆为石壁，崖前坡底为沙

多媒体演示：

（红四方面军总指挥部旧址关于苏区宣传工作的介绍）

红军石刻标语

溪至通江县城的石土古道。其西北700米为沙溪镇街道。在高高的山崖上从右至左镌刻着"赤化全川"四个大字。字为阴刻横书，方笔楷体，字高5.9米，宽4.9米；笔画深0.35米，宽0.9米，笔画道里能卧下一人；字距7.1米，整个字幅面积为300平方米，离地高度15米。石刻雄踞山崖之巅，远离数十里，字迹赫然可见。

1934年春，红四方面军总政治部錾字队选此高崖，准备刻一条"国民党是帝国主义的走狗"的标语，当刻好"国民"二字时，中共川陕省委宣传部部长刘瑞龙到此巡视，觉得这条标语字数太多，字道较小，镌刻于高崖，显不出气势，当即拟定重新书刻"赤化全川"四字。该巨幅石刻由巴中县恩阳河一名姓张的小学教员手书于崖，1934年4月动工，历时四个月刻成。"赤化全川"石刻分别载入《中国名胜词典》和《四川文物志》。1980年7月，四川省人民政府将红云崖石刻标语"赤化全川"公布为省级文物保护单位。2006年包括"赤化全川"、"平分土地"等通江石刻标语群被国务院公布为全国重点文物保护单位。

当年使用的石刻工具

川陕革命根据地红军石刻标语照片一组：

第三单元　淮海后勤建奇功

单元说明：

解放战争时期，刘瑞龙担任华中北线后勤司令部政委、华东野战军第二副参谋长兼后勤司令、豫皖苏分局财经办事处主任、第三野战军后勤司令兼政委，直接指挥苏中、涟水、鲁南、莱芜、孟良崮、进军鲁西南、进军豫皖苏、淮海、渡江、上海等重大战役的后勤支前工作。特别是在著名的淮海战役中，他在总前委的领导下，充分施展了他宣传、组织群众的杰出才干，他领导的华野后勤司令部与中原野战军后勤司令部的其他负责同志一道，与华东、华北、中原三大解放区各级党政军机关密切配合，动员和组织起几百万人的浩浩荡荡的民工队伍，以独轮车、手推车和担架，为作战部队运送弹药、粮草和抢救伤员，奋勇地支援前线。它不仅保证了历时六十五天威震中外的淮海战役的伟大胜利，同时也为百万大军横渡长江天险的渡江战役准备了充分的物质条件。在这举世闻名的两大战役中，刘瑞龙建立的功勋不可磨灭。

展示内容：

淮海战役壮阔的场面

（背景题字："淮海战役的胜利是人民群众用小车推出来的。——陈毅"）

淮海战役总前委群雕

淮海战役是解放战争战略决战——三大战役之一，中国人民解放军华东、中原野战军在以徐州为中心，东起海州，西迄商丘，北起临城，南达淮河的广大地区，对国民党军进行的战略性进攻战役。战役自1948年11月6日开始，至1949年1月10日结束。我军参战部队60万人，敌军先后出动兵力80万人，历时65天，共歼敌55.5万余人，使蒋介石在南线战场上的精锐部队被消灭干净，基本上解放了长江以北的华东和中原广大地区，使国

民党反动统治中心南京处于人民解放军的直接威胁之下，奠定了解放全中国的基础。

淮海战役纪念碑浮雕：决战

淮海战役纪念碑浮雕：支前

淮海战役的最后一仗是全歼国民党杜聿明集团。1949年1月6日至10日，华东野战军对被包围的杜聿明集团发起总攻，经过4天战斗，全歼邱清泉、李弥两个兵团共30万人，俘获徐州"剿总"副司令杜聿明。

杜聿明被俘后冒名高文明，妄图隐瞒自己的身份，被责令书写所部军官的名字，一时无计，只得咬着钢笔苦思，在笔上咬出了牙印。后又自杀未遂，被担架抬到了华野司令部，送医院包扎时则将随身物品交公。后来这支派克钢笔经组织分配给刘瑞龙使用，刘瑞龙用它记录下珍贵的《战地日记》。如今这不同寻常的《战地日记》和派克钢笔作为这一重要历史事件的见证，已为淮海战役纪念馆收藏展出。

杜聿明被俘时的情景

缴获杜聿明的派克钢笔

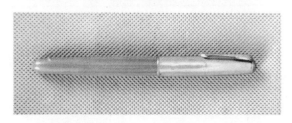

刘瑞龙的《战地日记》

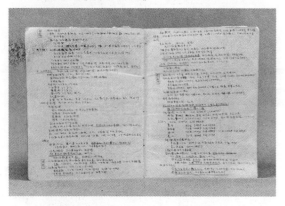

多媒体演示：
杜聿明被俘及淮海战役胜利

1948年11月9日毛泽东为中央军委起草的
关于全力保证淮海战役供给致粟裕、张震的电报

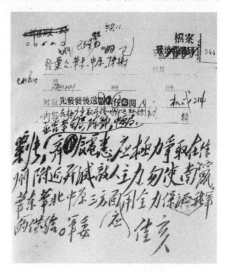

华东野战军任职命令

华东军区、华东野战军、
山东省政府关于刘瑞龙等
任职的联合命令

（1947年6月7日）

为加强野战军后勤各部门及兵站工作之建设，使部队
后勤兵站各部门工作与地方支前工作更能密切结合，并健
全与统一组织领导。特者：
省支前委员会前方办事处主任刘瑞龙同志兼任野战军
第二副参谋长并兼后勤司令。
省支前委员会前方办事处副主任杨一辰同志兼任野战
军前方兵站部政委。
原前方兵站部政委朱月三同志改任副政委。
此令

军区司令员	陈　毅
兼野战军司令员、政委	
军区政治委员	饶漱石
副司令员	张云逸
野战军副司令员	粟　裕
副政治委员	谭震林
省政府主席	黎　玉

　　一场巨大的战役，除了指挥得当，三军用命，
还有一个关键要素是后勤保障，现代战争尤其如
此。在当时的条件下，共产党方面不可能动用现
代化手段保障战役后勤，但把人力保障发挥到了
极致。如果说刘陈邓粟谭组成的总前委在战役组
织指挥方面起到了重要作用，那么担负主要后勤
保障工作的华东局、华东军区和华东野战军后勤
部在组织后勤工作方面的成绩也不容抹杀。作为
后勤工作的主要指挥者，担任华东野战军后勤部
司令的刘瑞龙功不可没。

12月26日,根据粟裕的建议和中央军委的指示,指定刘瑞龙、傅秋涛主持在徐州召开有4个根据地和华东野战军、中原野战军代表参加的联合支前会议,会议明确了各解放区的任务,协调了各地区的支前工作,解决了淮海战场面临的粮食供应及民力安排问题,对解决当时战场遇到的粮食供应困难、圆满完成淮海战役以及部队南下作战的支前任务,起了至关重要的作用。

解放战争时期的刘瑞龙

淮海战役期间邓小平就后勤工作给刘瑞龙复信

淮海战役期间刘瑞龙使用过的马灯

(淮海战役纪念馆收藏)

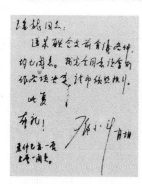 

在战役期间,江苏、山东、安徽、河南等地的人民用极大的物力、人力支援了战争。这四省共出动民工543万人,其中随军常备民工22万人,二线民工130万人,后方临时民工391万人;担架20.6万副,大小车辆88万辆,挑子30.5万副,牲畜76.7万头,船只8539艘;筹集粮食9.6亿斤,运送到前线的粮食4.34亿斤。当时的解放区几乎是全民动员。人民提出的口号是"倾家荡产,支援前线,忍受一切艰难,克服一切困苦,争取战役的胜利。"

民工支前照片一组

多媒体演示：
淮海战役民工支前动人场景

淮海战役纪念章

淮海战役胜利纪念邮票（苑藏）

第四单元　功勋彪炳垂青史

单元说明：

从江海平原到川陕苏区，雪山草地留下了他的足迹；从昆仑戈壁到宝塔山下，他浴血鏖战追随真理；苏皖根据地，淮海烽火起，渡江号角响，新中国建立，党指向哪里，他冲向哪里。无论在硝烟弥漫的战争年代，还是建设新中国的和平时期，他碧血丹心铸忠诚，俯首甘为孺子牛，在革命的征程上一往无前。江海之子刘瑞龙，用自己的热血和生命谱写了一首无产阶级革命战士的忠魂曲。

展示内容：

刘瑞龙雕像

中共第一代师支部纪念标志说明

中国工农红军第十四军英雄群雕

刘瑞龙著《回忆红十四军》

刘瑞龙为川陕革命根据地博物馆题词

川陕革命根据地博物馆基本陈列中介绍刘瑞龙事迹的版面

《刘瑞龙在川陕苏区》

川陕苏区将帅碑林为刘瑞龙刻立的纪念碑

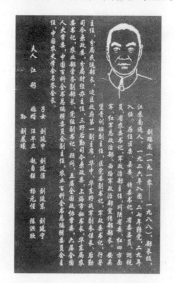

川陕苏区将帅碑林纪念碑

1939 年，党中央派刘瑞龙随刘少奇去敌后开辟革命根据地，同年冬刘瑞龙担任豫皖苏区党委副书记。而后担任苏皖军政委员会书记、淮北行政公署主任、淮北区党委副书记等职。在刘少奇和中原局、华中局的领导下，他主持地方党政工作，坚持对敌斗争，积极壮大地方武装，坚持统一战线，贯彻执行党的各项方针政策，放手发动群众，开展减租减息，为建立和巩固抗日民主政权，巩固和壮大淮北抗日民主根据地作出了重要贡献。抗战胜利后，刘瑞龙任中共中央华中分局委员、民运部部长、苏皖边区政府第一副主席。他在贯彻中央七大精神和"五四"指示，发动组织群众进行惩奸清算、土地改革和恢复、发展生产方面，作出了突出的贡献。

展示内容：

刘瑞龙在苏皖边区战斗生活的照片一组

刘瑞龙在担任中共豫皖苏区党委副书记期间，按照刘少奇同志的指示，就和彭雪枫、吴芝圃一道拟定了当时的工作要点，广泛发动群众，减租减息，为开展淮北抗日民主根据地的经济工作奠定了一定的实践基础。

邓子恢、彭雪枫、刘瑞龙、吴芝圃与张震在洪泽湖畔的大王庄合影留念

陈毅与淮北区党委成员合影，左起：刘子久、邓子恢、陈毅、彭雪枫、刘瑞龙、吴芝圃

1940 年 8 月 17 日于小楼子新四军六支队四总队司令部。右起：金明、刘玉柱、刘瑞龙、张爱萍

1940 年，刘瑞龙、张爱萍、刘玉柱　合影于皖东北

1940 年，前排左起：张震球、滕海清、韦国清、饶子健；中排左起：张爱萍、刘子武、赖毅、康志强、刘玉柱；后排左起：刘瑞龙、邓子恢　摄于皖东北

1941 年 2 月,四师干部、张爱萍、译电员、机要科长肖望东、刘瑞龙(中),耿道明合影

1944 年,刘玉柱、蒋敏、刘瑞龙、张爱萍摄于淮北半城杜巷新四军四师师部

1944 年 11 月,洪泽湖师部右 1 冯定、右 2 张爱萍、右 4 邓子恢、右 5 刘瑞龙、右 6 张震球

1943 年,刘瑞龙在祖姚抗大四分校作报告

1942 年,33 天反"扫荡"后,刘瑞龙在淮北半城

1944 年刘瑞龙在淮北区党委驻地大王庄

苏皖边区江淮银行发行的货币(苑藏)

刘瑞龙根据毛泽东同志提出的"发展经济,保障供给"的财政经济总方针和"自己动手,丰衣足食"的伟大号召,在淮北边区开展了大生产运动。很快地克服了淮北地区的经济困难,战胜了敌伪的经济封锁,基本上保证了供给,改善了人民生活。

刘瑞龙起草的《关于华东土地改革中若干具体问题的意见》(苑藏)

泗洪县烈士陵园江上青烈士墓及安徽泗县小湾村江上青殉难处纪念碑

彭雪枫照片

彭雪枫,中国工农红军和新四军高级指挥员,军事家。1941年任新四军第四师师长兼政委,豫皖苏党政军委员会书记。1944年8月彭雪枫执行中共中央关于向河南敌后进军的指示,指挥所部进行西进战役。9月11日在河南夏邑八里庄指挥作战时光荣殉国,时年仅37岁。得此噩耗,刘瑞龙泪如泉涌,万分悲痛。

1945年2月12日,淮北军民在洪泽湖边的大王庄隆重追悼雪枫同志。会上,刘瑞龙恭读了淮北区党委、淮北行署、第四师兼淮北军区司令部、政治部的祭文。刘瑞龙与彭雪枫共同战斗达五年之久,感情深厚,他盛赞"彭雪枫同志是一个坚强的共产主义者,是我党我军的一位德才兼备、智勇双全的卓越的军事家和政治家",奉为良师益友。

刘瑞龙来到苏皖边区之时,原在苏皖边区从事我党统战工作的江上青刚牺牲数月。当年江上青在南通求学时,与刘瑞龙同是革命战友。江上青生前正确执行党的抗日民族统一战线政策,曾创造了皖东北地区国共两党共同抗日的成功范例,在地方党史上具有重要的地位。期间,江上青创办了《皖东北日报》,创建了"皖东北军政干校",他还积极地创建我党直接领导的抗日武装。他所作出的这些成绩,受到刘少奇同志的高度评价。

江上青烈士雕像

王者兰怀念
丈夫江上青
的诗词手迹

江上青烈士夫人王者兰

江上青烈士手迹
《吟赠兰妻述怀》

孟良崮决战前刘瑞龙与陈毅等人的合影及照
片背面的刘瑞龙手迹

刘瑞龙为孟良崮大捷所作诗歌

刘瑞龙担任华东野战军后勤司令时，华中《新华日报》战地记者徐熊风趣地称他为"空军司令"，当时他手下只有一位秘书、两位警卫员和两位副手。在著名的淮海战役中，就是这位"空军司令"参与动员和组织起几百万人的浩浩荡荡的民工大军奋勇支前；在淮海、渡江和上海等重大战役中，刘瑞龙直接指挥和组织后勤支前工作，建立了不可磨灭的功勋。

刘瑞龙手书
《庆淮海战役全胜》

刘瑞龙手书
《八圩晚渡》

　　在中国共产党的领导下，经过艰苦卓绝的革命斗争，终于迎来了新中国的诞生。由于形势的需要，刘瑞龙离开军队，曾先后担任中共上海市委秘书长、华东局农委书记、农业部常务副部长等职。第一个五年计划期间，他根据中央的指示，起草了《农业发展纲要》（初稿）和第二个五年计划期间农业建设方案（初稿）。他虚心学习，认真调查研究，很快使自己成为农业方面的专家，经常深入各地农村，考察农业生产，吸取有益的意见和经验，对当地的工作给予悉心指导。解甲归"田"的刘瑞龙，铸剑为犁，凭着对党和祖国的耿耿忠心，充分发挥自己的才能，为新中国农业的发展呕心沥血，奋斗不息，作出了积极贡献。

展示内容：

1956年2月的全国农业劳动模范大会上，刘瑞龙与毛主席等中央领导在一起

　　新中国成立后，刘瑞龙同志任国家农业部常务副部长等职务，经常白天开会，接待来访，夜间加班工作，甚至通宵达旦，而且常常下乡、蹲点，巡回视察。他深入农村调查研究，为了提高农业科学技术水平，发展农业生产，他访问了许多专家教授和劳动模范，并先后去苏联、保加利亚以及缅甸等国考察，很快成为农业的行家里手，人们赞誉他"生产上赛农民，学术上胜教授"。

展示内容：

刘瑞龙在生产一线调研及参加外事活动照片一组

1984年,他兼任《中国大百科全书》总编辑委员会副主任和《中国农业百科全书》总编辑委员会主任,对两大全书的编纂倾注了大量心血。他还将亲身参加革命斗争和工作实践以及平时调查研究掌握的第一手资料,撰写了大量有关党史、革命斗争史的著作和有关农业理论、农史、土地制度改革等方面的论著,为我们留下了宝贵的精神财富,受到人们的爱戴和敬仰。

展示内容:

南通农院收藏的刘瑞龙捐赠书籍

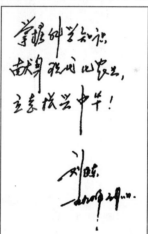

"文化大革命"中,刘瑞龙遭到残酷迫害,被非法关押达5年之久,身心受到极大的摧残。但是他始终保持对党和共产主义的坚定信念,关心党和国家的前途命运,坚持正义,拒绝诬陷他人。粉碎"四人帮"反革命集团以后,他先后担任农业部顾问、副部长、党组成员等职务,还先后当选为五届全国政协常委、六届全国人大常委。他衷心拥护并积极贯彻执行党的十一届三中全会以来的路线、方针、政策,参与平反了大量冤假错案;他认真执行了党的知识分子政策,关心和爱护知识分子;他热心关注农村经济体制改革的伟大实践和成就,深入农村基层调查研究农业生产责任制、发展商品经济及传统农业向现代化农业转化等问题,向中央和全国人大常委会提出了不少可贵的建设性意见。

刘延东首长为南通农院题词及贺信

刘瑞龙和夫人江彤与原江苏省委党委、组织部长罗运来（左一）、原镇江市委领导王一香（右二）、南通市委领导朱剑（左二）同志的合影

中共中央统一战线工作部用笺

南通农业职业技术学院：

　　值你院六十周年校庆之际，谨向你院全体师生员工和校友致以热烈祝贺和亲切问候！

　　六十年风雨历程，六十年艰苦创业，你院坚持社会主义办学方向，勇于开拓，办校实力不断增强，教学体系和育人环境不断完善，为国家培养了一批农业方面的优秀专业技术人材，为江苏省的农业经济建设和科技发展做出了贡献！

　　作为一所专门培养农业技术人材的学院，希望你院以邓小平理论和"三个代表"重要思想为指导，树立和落实科学发展观，进一步解放思想，抓住机遇，深化改革，积极探索，认真实地科教兴国、人才强国战略，为建设社会主义新农村，为农业发展、农村繁荣、农民富裕，为实现全面小康的宏伟目标做出新的贡献！

刘延东
二〇〇五年十一月八日

南通博物苑

首长及家人题赠
南通博物苑的
《刘瑞龙诗稿》

刘延东
刘延雅
刘延申
二〇〇五年一月一日

20世纪80年代，刘瑞龙和夫人江彤来南通考察时，与南通地方同志的一组合影

结束语

要用一个展览来全面概括刘瑞龙辉煌的一生是困难的。一方面固然受历史的局限，更主要是刘瑞龙一生谦虚谨慎，严于律己，即使在他自己书写的自传中，根本找不到关于他自己事迹的专门描写。刘瑞龙参加革命半个多世纪，对中国人民的解放事业和社会主义建设赤胆忠心，献出了毕生精力。值此他诞辰一百周年之际，我们重温他的革命史迹，将更加感受到他品质之崇高，人格之伟大。他那无产阶级革命家的崇高形象，以及他在半个多世纪革命征途上所建树的丰功伟绩，将永远激励我们后来者为继承和发扬党的光荣传统，为实现共产主义宏伟事业去努力奋斗！

1988年夏，刘瑞龙在广州主持全国农史学术讨论会期间，因劳累过度，心脏病猝发，经抢救无效，于5月25日22时40分不幸逝世，享年78岁。这位中国共产党的优秀党员、忠诚的共产主义战士、久经考验的无产阶级革命家走完了他光辉灿烂的一生。

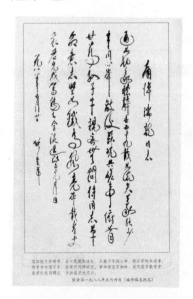

张爱萍将军
悼刘瑞龙诗

主　办　中　共　南　通　市　委
　　　　南　通　市　人　民　政　府
承　办　南　通　市　文　广　新　局
　　　　南　通　博　物　苑
　　　　南通农业职业技术学院
鸣　谢　川　陕　革　命　根　据　地　博　物　馆
　　　　红四方面军总指挥部旧址博物馆
　　　　淮　海　战　役　纪　念　馆

总策划　王栋云　内容设计　张炽康
展品筹划　任苏文　形式设计　陈曦

2010年9月

多情未必不丈夫

——从刘瑞龙和他两位母亲的照片谈起

任苏文

刘瑞龙与他的两个母亲——生母李遂安（前右）、
革命母亲朱姚（前左）合影

在筹划《刘瑞龙诞辰100周年纪念特展》的过程中，有幸看到几张刘瑞龙家庭生活照片，这些照片从另一个角度折射出刘瑞龙这位历经风雨，身经百战的无产阶级革命家极具人性化的另外一面，更加凸显出刘瑞龙高尚的人格和情操。特别是刘瑞龙和母亲在一起的照片，他对老人无比敬爱的情景感人至深！

刘瑞龙自幼丧父，母亲李遂安含辛茹苦把他抚养成人，多年后，刘瑞龙在他的回忆录中曾这样深情地描述他的母亲："1917年我7岁，入本镇陆洪闸小学。大哥大嫂只供给我衣食和学费，母亲纺纱、糊纸锭、代人刺绣，挣些钱供我零用。母亲是本县西亭一位老儒生的女儿，粗识文字，对我的学业管教甚严，每晚挑灯纺纱，听我复习功课。她的全部希望，是教育我成为自食其力的人，她常常坚毅、乐观地说'城河里的砖头，总有翻身的时候'。母亲的盼望，给我印象很深。她很喜爱弹词

小说，常买一两本来，让我复习完功课以后念给她听，她用弹词中的故事苦心教育我勤奋读书。"既是慈母，又兼严父，在母亲的呵护和教育下，刘瑞龙打下了坚实的文化基础，让他在革命生涯中获益匪浅。

因为投身革命，青年时的刘瑞龙毅然离别母亲远走他乡，这一走就是一二十年，直到革命胜利，"城河里的砖头终于翻了身"，母子才真正得到团聚。这张刘瑞龙侍奉在母亲床前的照片，摄于1961年初的北京。那年母亲84岁高龄且已身体不支，刘瑞龙对母亲精心照料，似要补回游子多年在外对母亲的一片孝心。画面中母子四目相对：深明大义的母亲，端详着已成为国家栋梁的爱子；而已是身居高位的刘瑞龙，以慈爱的目光凝视着母亲，似有说不尽的话语。虽然由于年久，照片已有霉损，但深深的母子之情，却依然生动感人！

如果说刘瑞龙对生身母亲的挚爱，体现的是一种反哺之情。那他对革命母亲朱姚的敬爱，则是另一种崇高的阶级感情。刘瑞龙和朱文英烈士

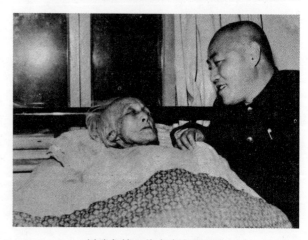

刘瑞龙精心侍奉病中的母亲

的母亲、革命妈妈朱姚几十年的情谊，又是一段十分感人的故事。

1927年，刘瑞龙担任中共通师党支部书记时，和朱姚的女儿、师团支部书记朱文英是并肩战斗的战友。受女儿影响，贫苦出身的朱姚也帮助党做掩护工作。她的家（寺街19号）曾经作为当时通海特委的秘密机关掩护了不少革命同志，特委和红十四军的同志来往都以此为家，年青的刘瑞龙也经常出入她家。朱姚和朴实无华、待人至诚的青年刘瑞龙建立了深厚的情谊。后来朱文英奉命去苏南工作，不幸牺牲。刘瑞龙安慰朱姚妈妈要化悲痛为力量，继续战斗，从此视朱姚如自己的母亲，十分尊敬。

1930年9月刘瑞龙奉调离开了南通。朱姚则先后在上海、南通二甲做党的秘密机关的掩护工作。抗战胜利后，组织上征求朱姚的意见，她表示要到刘瑞龙那里去工作。于是来到苏皖边区并根据当时的情况主动办起了儿童保育院，为忙于革命工作的同志们解除后顾之忧。多年来，刘瑞龙十分敬重这位老共产党员、革命妈妈，将老人安置在自己家中共同生活。

朱姚和刘瑞龙一家和睦相处十多年，刘瑞龙对朱姚的关心可说是无微不至，朱姚对刘瑞龙一家也是情深义重。刘瑞龙在华东局农办时，工作很忙，但下班后一有闲暇就陪朱妈妈下五子棋，让妈妈高兴。"文革"中，刘瑞龙遭到"四人帮"迫害，造反派逼迫朱姚揭发刘瑞龙和其他老同志。年近九旬高龄、有着丰富革命经验的朱姚就装聋作哑："说什么？我听不见。"随手打开了收音机。朱姚又一次次地像当年一样，保护着老战友们！

这张刘瑞龙与朱姚的合影，刘瑞龙安详沉稳，微微含笑，而朱姚老太太神色凝重，似有一股凛然正气。无产阶级革命家和革命老战士的坦荡情怀表现得淋漓尽致。

多年来，刘瑞龙全家与这位革命妈妈不是亲人胜亲人，至今刘瑞龙的儿女们还常常怀念着朱姚奶奶。这张朱姚老太太与刘瑞龙三个女儿的合影，画面中老奶奶是那样慈祥、和蔼，大女儿延淮面露少女的羞涩，二女儿延东天真烂漫，小女儿延宁则质朴纯真，这一切至今看来仍是那样亲切，那样温馨。

刘瑞龙一生忠于党、忠于革命，为建立和建设

刘瑞龙与革命母亲朱姚在北京家中

革命婆婆朱姚和孙女延淮、延东、延宁在一起

社会主义新中国立下了不朽的功勋，无愧于忠诚的共产主义战士、无产阶级革命家的称号。他以拳拳的赤子之心，热爱祖国，尊老爱幼。他那无产阶级革命战士的博大胸襟、高尚情操同样堪称楷模。

说明：

《朱姚自传》和《朱文英同志传略》，当于20世纪50年代由朱姚口述整理而成，原件由我苑李坤馥同志（已故）征集并附文字说明："此件系汪蓁子同志寄来，当时她在交通大学任图书馆馆长。汪系朱文英烈士的同学和战友、女师党支部书记，朱为团支部书记。"

这些用墨水笔书写在普通练习本上的文字，真实记录了朱姚和她的女儿朱文英曲折而不凡的一生，如今读来，令人感佩！于是情不自禁把它整理出来与大家共享。我在整理的过程中充分注意了尊重原作，文中除对个别错字

加以修正,完全保持了原来的语句。

我苑藏有一大批这样珍贵的历史资料,这些史料是研究地方史和革命史的宝贵财富。随着时间的推移,它们有的已变得模糊不清。及时把它们抢救整理出来,将是一件十分有意义的工作。作为一个初步的尝试,希望能有更多的同志来参与这项工作。

南通博物苑藏品部　任苏文

朱姚自传

朱姚,现年 78 岁,在旧社会里一直没有名字。1946 年,在苏皖边区政府保育院,为了工作需要盖章,才将婆家的姓和娘家的姓合成现在的名字。

革命母亲朱姚

(一)参加革命前的简历

1880 年 5 月 1 日出生于安徽省桐城县大黄金钵一个贫农家庭。从小长到 14 岁,没吃过一顿饱饭。18 岁出嫁,不到二年,丈夫病死。二房大哥要我转房,我不愿意,也不愿意回娘家依靠父母,这时我才 19 岁,就到庐江城内雷家帮工。后来离开雷家,到南京进毛巾厂做工。在厂里,结拜了十姐妹,做了三年工。因宁波一家新开办的毛巾厂要聘教师,厂中推派了我姐妹三人去。我们才到上海,接到这家厂因主办人去世停办的消息,三人不好意思回南京,又都去帮工。

我 28 岁和朱康甫结婚,婚后孩子逐渐增多,朱康甫又经常失业,更增加了我的负担,白天一工,晚上一工,一天当二天的替人做针线,仍然不得饱暖。后来又带了孩子帮工,一个人做几个人的事,起五更睡半夜的做,才换得大小孩子半饥半饱的生活。为了生活,我送掉了两个女儿。就这样,在上海、南京、镇江一带奔波卖命,过了二十多年马牛不如的生活。看够了地主、官僚资本家的臭架子狗脸,为了生活,只能过着"火烧乌龟肚里疼,打下牙齿和血吞"的日子。使我恨透了他们,也使我更加同情穷人,并且尽我的可能帮助穷人,经常为穷人打抱不平,许多穷朋友有了困难也愿找我设法。我随便到哪里,和左右前后的穷人都搞得很好。1921 年,我们一家搬到南通,住在城内寺街上。

(二)参加革命后的历史

1. 1927—1931 年在南通时期

因为自己过着牛马不如的生活,就巴望儿女长大能翻身。我生活再苦,也要给儿女读书。二女朱文英,1927 年在南通女师接受了革命教育,参加了共青团,不久又加入了共产党。她担任了共青团女师支部书记和共青团南通县委妇女部长,轰轰烈烈地参加了反对三大敌人血腥统治的革命运动。最初家里是不知道的,她不但在外面活动,还经常带些同志到家中来开会,印文件和传单等。不久,房东在我家门口拣到一张纸条子,告诉我,文英是共产党。我让她父亲去看她的书橱,才知道她是共产党。我平时听到丈夫读报纸,知道共产党是为穷人的。当我逐渐了解共产党是为了穷人翻身才闹革命的,我也由于爱我的二女儿而不知不觉地参加了革命工作。主动帮助他们藏文件,掩护开会,并且争取邻居和房东也同情革命。

1927 年秋,党的南通县委就以我的家作为秘密开会的地方了。1929 年文英因党的需要,离开南通,我家仍作开会的机关,后来党的通海特委成立,也到我家来开会,还有些同志住在我家。红十四军的游击战争在通、皋、海门、靖江、泰兴、泰州、启东各县农村中开展后,有时干部从乡下来,也住在我家里。他们来我家开会和住宿,我虽借债典当,也要买点菜招待他们。

在南通期间,前后经常来住我家的同志,现记得名字的有:李超时、刘瑞龙、韩雍、袁锡龄、陈国藩、张维霞(吕继英)等同志。

1930 年 6 月，文英在苏州牺牲，我夫妻都很悲痛，我觉得自己没文化，不能继续文英未完的事业。李超时同志跟我讲："妈妈，你不但能做工作，而且已经做了许多工作了。"我才又高兴了起来。我心中发誓：要将革命工作做到底，并为我的二女儿报仇。

在南通期间，我不但掩护本机关，后来有同志从外地来，找房子，借家具，直到把机关布置好，都由我一手经办。每次同志们总说："妈妈，你又要嫁女儿了。"我那机关从 1927 年直到 1931 年我被调到上海住机关止，从未出过问题。后来房东刘家、邻居邱家都帮助藏文件和掩护开会，直到 1932 年有了叛徒，党才停止使用这个地方。

2. 1931 年春—1935 年 7 月在上海时期

1931 年春，党调我到上海工作，我和丈夫带着小女儿一起到了上海。从 1931 年春到 1933 年秋，我一直住在中华赤色革命济难会全国总会（简称济总或互济会）机关里做掩护工作。当时白色恐怖非常严重，济总的同志总是一批一批地被敌人逮捕。我来后，主任就换了五个，阿乔、黄励、刘明远、邓中夏、裴继华五位同志，黄励同志担任主任的时间最久。1932 年经黄励同志的启发，使我对党有了进一步的认识，并经她介绍参加了党。那时我没有参加过什么会议，黄励告诉我要交党费，但我每次给她，她总说代我缴了。她告诉我，在失去关系后，仍要为党做宣传工作，并要我不要告诉别人。因此这件事，除黄励同志知道外，我没有告诉过任何人。

我的丈夫不久就生病了，在中医看得快好的时候，我们自己一个日本学医的同志回来了，他们为了病快一点好，劝我丈夫打了一剂针药。哪知一针打下去，病就翻了。当时同志们急得愁眉苦脸，我看他们急得那样，还以为出了什么问题，就去问他们，他们被问急了才讲："妈妈，不敢告诉你，爸爸的针打错了，不会好了，对外不好应付，怎么办？"想另找房子。我主动地告诉他们，另外找房子："机关里还是不能放病人，同时我又不能离开机关，病人没有人照顾也不行，还是送进医院里去吧。"同志们含着悲痛将他送进了医院。病人被送进医院时，心里也知道不能好了。他也知道为了工作我不能到医院去看望他，在医院里他病痛得实在受不住，也无人可以告诉，将自己身上的肉

掐得青一块紫一块，十几天他就这样痛死了。死了以后，机关周围的外人都不知道，我们还住了一个时期，因另外的原因才搬家。过了一个时候，同志们对我说："妈妈，毛主席在江西，不认识你，你为革命工作不顾亲人病了的事他是晓得的。"

在济总时，还有一件事是至今使我难过而不能忘的。约在 1931 年底或 1932 年初，阿松就到我家去了，同志们告诉我，他是彭湃烈士的儿子，我就爱得不得了。有一天，他和同志们出去玩，得病回来，我焦急得不得了，后来同志们研究，一定要将他送医院。当时我虽想给他找中医看，但又觉得要服从大家。他当时得的是脑膜炎，又怕巡捕房来家消毒，破坏了机关，只得忍痛将他送进了医院。虽然我天天到医院去照料他，没几天不幸阿松还是死了，这时我比死了丈夫还难受。

在邓中夏同志任主任时，小女文媛也正式担任交通工作。1933 年 5 月邓中夏同志在阿杜那里被敌人逮捕，第二天小女儿也在那儿被逮捕，因为她年纪小，敌人问不出口供，想放出钓鱼，关了几小时就放出来了。后来组织上考虑她一时不能再做交通，就让她去做工，自食其力。这时她才十二岁，以后就一直和我分开了。

济总在 1933 年秋裴继华同志被逮捕后就没有正式再成立起来。从 1931 年春到 1933 年秋，济总机关被敌人破坏了无穷次，我掩护的总机关没有出过一次问题。

我知道要打倒反动派，革命的同志要越多越好。我对同志是比什么人都亲。我除了掩护机关以外，还总是在可能条件下搞点好吃的菜给同志们吃，帮他们洗衣缝补，而且随时担心着他们的安全。我在机关碰到问题时，总是第一个出去应付，如果听到有一个同志被敌人逮捕时，我就像割去一块肉那样要难过许久。

过去济总同志现在还有联系的有：黄静汶、罗俊、刘明远、罗伟、朱文媛等同志。

1933 年大约是九、十月间，组织调我去掩护反帝大同盟的会场（听说在上海先准备了两次都未开成）。这时我带着少奇同志的孩子毛毛（约 1932 年底送来我处）。会后，组织要我将毛毛送走再给自己新的工作。我没有经济富裕的社会关系，考虑把孩子交给人家带，既要带得好，又要将来能找得回来，想了几天，都未能睡着觉。后来想

只有把毛毛送给我丈夫前妻的儿子朱文玉做儿子,请我堂弟妇送下乡去,才放了心。

1933年底,我被组织调到中央在上海的宣传部机关做掩护工作。当时有朱镜我和罗晓红同志,对外他俩是我的儿子儿媳。到1935年2月份,上海党的机关又连续遭到敌人的大破坏。朱镜我和罗晓红同志有一天出去,也被敌人在路上逮捕了。家中也被抄,我说是他家的佣人,后来敌人要住在三楼的大房东看住我。这时我一个钱也没有,我请二楼的女佣人帮我将罗晓红的衣服典当几元钱,又由她的协助,半夜里我拿了些衣被跑掉了。

跑出来后,我想到杨之华同志住的地方可能有危险,请我的堂弟妇将杨之华同志找来了。后来我们两人住到杨树浦我丈夫的弟弟家里去。住了不久,交通杜延庆同志又接上了组织关系。这时杨之华同志因为接到了秋白同志被捕的消息,为了营救秋白同志,她就走了。我在7月份,将杨树浦的房子回掉,住旅馆等候分配新的工作。这时党与杜延庆同志联系的关系又断了,在无法找到组织关系的情况下,杜延庆同志决定让我和儿子朱文标暂回南通我的大女儿处,等找到关系再通知我。

3. 1935年7月到1942年春失去关系在南通的一段

我想在南通的老同志一定多得很,回南通后,我天天在街上跑,没有找到一个老同志。我在大女儿家住了约八个月,又去帮工。为了找到组织关系,我让儿子朱文标去考国民党的户籍警,想通过查户口找到组织关系。他受训后,被派到吕四镇。不久吕四镇给日寇占领,朱文标作了区丁。后因押解白面毒品犯人奔北新桥,犯人跑了,文标也吓得不敢回家,逃到上海。我在吕四还是帮人洗衣维持生活。在失去组织关系后,我一直记着黄励同志的话,一直积极寻找组织和继续做宣传工作。我到离家远一点的乡下去宣传,后在吕四乡下,还因活动宣传收下一个干女儿。

这时有人告诉我,北新桥到了新四军,是共产党领导的军队,还有了我们自己的政府,我怀疑,怎么共产党的军队叫新四军呢?过去我只知有红军和游击队(后来听到新四军同志向我解释党的抗日民族统一战线政策后才了解)。这时,朱文英的同学告诉我,马一行在北新桥新四军的南通县政府当秘书,我真高兴,我坐在房东的自行车后面到北新桥找马一行。

这时,朱文标也从黄桥受新四军训练回来派他在吕四镇当指导员,他认为我年龄老了,他养活我就行了,他做什么工作也不告诉我。以后我和组织接上关系的事,也就没有告诉他。我离开吕四以后,没有和他联系过,后来听说他死了。在南通吕四镇这一段,现在知道那时候的房东陶胜民还在吕四镇。

4. 1942年春—1945年秋在苏中四分区工作时期

1942年春找到马一行同志后,他介绍我到中共苏中区四地委处。后在地委民运部,参加了很短一个时间的减租减息工作。1942年日寇清乡时,地委决定在南通二甲镇陆丕文同志家建立秘密通信机关。地委钟明同志派我到陆家住机关,联系和掩护工作。当地人都知道陆丕文同志是新四军,所以我一去,很多人都讲:"这老太婆不是新四军才鬼呢。"三青团从各方面来盘问我。我想,这样怎好工作呢,我一定要使大家相信我是老百姓,还要和他们搞好关系。我乘他们聚会时,我也参加进去,无意中介绍了一段假造的历史,这才打消了左右邻居的疑问。房东和邻居不和,我慢慢说服调解。他们种田去了,几家人家的衣服我都替他们洗了,还帮他们带孩子、纺纱等。不久,他们就相信我了。后来在那一带搬了好几个地方,我都能和他们打成一片。后来敌人来了,他们都争着掩护我,敌人要十家连环保,房东拍胸膛担保我。

我和当地群众的关系搞好后,1943年初地委谢克东同志和爱人林超同志才能来,对外名义是我的儿子和媳妇。这时掩护机关的方法又和上海时期不同了。谢克东同志装得像个商人,又带租点田种。我为了使他们能更好地工作,一个人招呼种了几亩田棉花、黄豆和芋头等。芋头是我自己种的,还参加拾棉花。这样一直掩护他们工作到鬼子投降。

在这期间,我还护送同志转到交通站。记得有一次,找了三天才找到了随时都在转移中的交通站,一路上涉水过河和应付鬼子的盘查。

这时我和谢克东、林超、陆丕文以及后来发展的陆桂馨、郭克进同志先后一起过组织生活。

5. 1945 年秋到现在

抗战胜利后,组织派人来接我,说秘密机关不需要了,组织随我要到哪儿都行。我就说想找刘瑞龙同志。他们先送我到苏中四分区钟明同志处,又转送我到兴化刘季平处,后来在淮阴才看到刘瑞龙同志,并碰到了裴继华同志。

我在淮阴没有工作,看到许多干部因为有好些孩子以致工作分心,要求办一个保育院,帮同志们带孩子。保育院 1945 年底就筹备好了,1946 年初开办,不久就增加到 80 多个孩子。我因为自己没有文化,请组织上派院长来,我当辅导员。保育院办得很好,外国人来参观时,都说搞得不错。不久,因国民党反动派发动内战,苏皖边区政府北撤。刘季平同志让我将保育院交给民政厅后自己打埋伏。我说我是来革命的,不是来享福的,保育院是我要求办的,我一定要跟着北撤,并将孩子交给各人的父母。

这时两个院长都走了,我自己带了一部分工作人员和二十多个孩子跟着黄河大队北撤。在撤退中,看到刘季平同志要工作又要带孩子,我就把他的两个孩子带到我身边来,路上碰到一位产妇,我将担架让给她坐,我带了四个孩子坐牛车,一天坐下来,我一身的骨头就像散了那样疼。当时撤退很紧张,多一个人就多了一些责任,我带了孩子和产妇,服务员同志不愿意,一路都发牢骚,给我气受。在途中休息三天时,我才有机会和他们开会讲道理,说明革命就是为了大家,刘季平同志也是为了革命,大家有困难怎能不互助呢,把发牢骚的同志都批评哭了。从淮阴、涟水、新安、郯城到山东沂水县金泉区田家峪村过年都很好。1947年继续北撤,经过昌乐、青城两次过黄河,到河北宁津县住一年多。我积极响应党的号召,出全劳动力参加生产自给,纺纱纺羊毛等。1948 年济南解放,我们南下,孩子才由各父母陆续领完,剩下一个由我带到上海。到 1952 年 9 月,因改薪给制,孩子给养由父母负担,才由他父亲带走。

解放初期,我没有工作,时常暗地落泪,两三年都不习惯。1949 年发行爱国折实公债,大家经济还困难,我动员同志戒掉香烟买公债,我吃了几十年烟,也下决心戒掉了。后来搬到上海永加路永加新邨,里弄发起家庭妇女办托儿所,她们搞搞就灰心,我天天鼓励她们。现在她们不但办得很好,还有好多同志已经踏上了工作岗位。

1953 年 6 月 12 日,因刘瑞龙同志调北京工作,大家也要我到北京去,因而到了北京,一直到现在。

证明人:

刘瑞龙同志　现在中央农业部

吕继英同志　现在上海建筑公司

罗伟同志(茂先)　现在青岛纺管局

黄静汶同志　现在中央卫生局

罗俊同志　现在中央合作总社

罗晓红同志　现在全国民主妇联

杨之华同志　现在全国总工会

杜延庆同志　现在全国总工会轻工业部

马一行同志　现在上海财务局

刘季平同志　现在上海市人委

钟明同志　现在上海总工会

谢克东同志　现在中共江苏省南通地方委员会

陆丕文同志　现在江苏省无锡市卫生局

陆桂馨同志　现在江苏省南通市二甲镇

郭志进同志

朱晓云同志(文媛)　现在上海市徐汇区人民委员会

朱文英同志传略

朱文英同志,祖籍江苏省江都县人,1910 年 4 月 13 日生于扬州,长于靖江、南通。父朱康甫,经常失业。一家六口,依靠母亲朱姚做针线、洗衣和帮工生活。姐妹四人,她是第二,从小聪明,父母特别喜爱,虽受尽艰难,也供她读书。她也非常体贴父母的困难,发奋学习,没有雨伞雨鞋,大风雨也不能阻止她去学校。中午总是带点锅巴当中饭,没有锅巴时,母亲给她几个铜板,她宁愿饿着肚子到图书馆去看书,也舍不得买东西吃。她把钱积蓄起来,除买一点读书必用品之外,在家中困难时,又全拿出来救急。她的勤奋学习,常使父母感动得流泪。她是当时学校里的优秀学生,从小学到离开南通女子师范初中三年级时止,每次考试总是排在前列。

由于家庭经济的困难,她小小年纪,也尝够了人间辛酸,而恨透了旧社会统治阶级的黑暗和凶残面目。

在第一次国内革命战争时期,她接受了革命思想教育,积极参加反对帝国主义反动统治的学生运动。国民党背叛革命后,积极参加了反对国民党反动统治的斗争,她是女师学生革命团体的主要骨干,也是当时在党领导下的南通学联活动分子。

1927年她参加了共青团,不久又参加了共产党。她是南通女子师范第一批共产党员。青年团女师支部成立时,她被选为支部书记。1928年她担任了青年团南通县委妇女部长,她在她的同学心目中是一个好学生,通过她的工作,不少人因此同情革命,她参加了南通城郊工人和农民中的工作。

她不但自己忘我的积极投入革命工作,还带引了父母参加革命工作。1927年秋,中共南通县委就常在她家开会,后来通海特委机关也常在她家开会。她父母不但积极主动帮助藏文件和掩护开会,也借债典当供同志们吃住。1929年党因工作调她到上海,她毅然离家而去。临走再三叮嘱父母好好掩护机关,照应同志。以后,调无锡工作。1930年她到上海参加会议,会后,党派她去参加领导上海安迪生电灯泡厂的罢工斗争。1月16日清晨,在该厂门口马路上被捕,同时被捕的还有田文章、王继尧、周沛泉、张宝、王阿妹等共10人。她被捕后,改名周林宝。被敌人审问数次,没有任何口供,后押送苏州高等法院天赐监狱。

由于敌人监狱生活的折磨而患伤寒症,经同志保出住院医疗。敌人仍未放松对她的折磨,她不幸于1930年5月29日,因伤寒症并发精神病而牺牲于苏州博习医院。她为了保护家中党的秘密机关的安全,从被敌人逮捕直到病死,都未给父母一封信,死时年20岁。

孟良崮决战前刘瑞龙与陈毅等人的合影及照片背面的刘瑞龙手迹

王者兰怀念丈夫江上青的诗词手迹

江上青烈士夫人王者兰

一九四七年五月
孟良崮决战前
与陈毅张茜同
志及陈士榘同
志合影于华东野
司驻地山东莱芜
桃林的
刘瑞龙
一九八七年四月八日

刘瑞龙为孟良崮大捷所作诗歌

江上青烈士手迹
《吟赠兰妻述怀》

五月十六日欣闻孟良崮大捷
窜犯马山气何骄瞪眼坦埠似掌中那知
奇师间道出万千狂寇竟主崩孟良崮里
蔵不住勇士围歼奏肤功一等将军原
如此行见美蒋哭技穷空心战署空
死重点进攻重点终人民军队岂易
撼可笑么魔妄想空
一九四七年于沂蒙道上之木老埚

刘瑞龙担任华东野战军后勤司令时,华中《新华日报》战地记者徐熊风趣地称他为"空军司令",当时他手下只有一位秘书、两位警卫员和两

川陕苏区石刻与书法艺术

王 璟

在第二次国内革命战争时期,中国共产党领导中国工农红军第四方面军和川陕边区人民创建了全国第二大苏区。川陕苏区的党、政、军及其宣传部门,以音乐、舞蹈、戏剧、曲艺、书法、美术、报刊、书籍等形象直观、简洁明快、绘影绘声、幽默诙谐、通俗易懂、受众面广的艺术武器,宣传、教育、武装、团结广大劳苦群众,为苏维埃新中国而奋斗。特别制作了大量的石刻书法作品,至今绝大部分保存较好,不仅给我们展现了波澜壮阔的历史画卷和留下了珍贵无比的历史文献,而且也给我们展现了人民革命的艺术史诗和留下了璀璨夺目的艺术瑰宝。在这里,仅就川陕苏区的石刻书法谈点管窥之见,尚祈行家赐玉。

一、宣传指导思想的科学艺术

中共川陕省委、川陕省苏维埃政府、红四方面军以及他们的宣传部门领导者,深知红军的军事斗争胜败是决定一切的,土地革命是壮大革命力量的基础,经济建设是胜利的保证。为这三者服务,是党的宣传教育工作的基础和出发点。又只有在反围剿战争胜利、土地革命、发动群众的基础上,才能发展苏区经济,保障革命战争胜利,保卫土地革命成果,改善工农生活和巩固革命根据地。因此,要有科学艺术的宣传指导思想。

坚持实事求是,联系实际,是科学艺术做好宣传工作的根本保证。通过联系实际,发现典型,利用资源,石刻书法得以大面积推广。川陕苏区地处巴山秦岭,区域内崇山峻岭,巨石林立,石多质硬,不少建筑都是石头建造。川陕边区劳动人民,自古就有制石的技艺和传统,技术精湛,工艺高超。广元皇泽寺,巴中南龛石窟、水宁寺彩雕等石窟艺术就是例证。1933 年初,根据地刚建立,中

共川陕省委宣传部汪易和一杨姓同志共同在通江县城对岸壁山脚、诺水畔的石壁上书刻了苏区第一幅石刻标语:"争取苏维埃中国"。此事一发现,就引起苏区党政军领导的高度重视。在第一次党代会通过的《组织问题决议》中强调:"党对自己的政纲和主张、苏维埃问题、红军及一切问题,都要有充分宣传煽动工作","党的一切组织发展,都基于斗争中党的政治影响的扩大。因此,党的宣传工作成为开展斗争发展组织的导火线"。结合党的任务,把川陕苏区党政军领导机关所发布和编印的一些文件、布告以及口号、标语、大纲等印刷宣传品,刊刻为石质文献、标语、对联等,并在各自的文件中进行强调和推广,充分利用本地的人力资源、自然资源,大量刻写石刻标语,增强了宣传效果。在建立根据地初期,主要为以宣传共产党、苏维埃、红军,宣传土地革命为内容的标语;在反三路围攻中,多是宣传打倒军阀田颂尧、揭露军阀、国民党的罪行,宣传工农群众武装起来,保卫胜利果实,扩大红军的标语;在川陕省第二次党代会后,扩大根据地,全面开展苏区政治、经济、军事、文化、教育等建设,各方面都有很明确、简洁的标语;以后反六路围攻、反川陕会剿,继而与中央

红军会师,共同北上抗日等,各时期都有大量的石刻书法作品。纵观川陕苏区的石刻,充分体现了苏区宣传工作的科学性、艺术性,使石刻标语及其书法艺术以特有的方式载入中国革命的史册。

二、川陕苏区石刻的书法艺术

书法是中国的国粹,红军石刻则彰显了书法的艺术魅力和时代精神。川陕苏区石刻实际包含石刻艺术和书法艺术。在川陕苏区出版的书籍、报纸、刊物、文告、票证、画报、传单、漫画、捷报、货币等到处都有书法的迹印,其中有大量的书法艺术作品。以廖承志、张琴秋、刘瑞龙、傅钟、魏传统、吴永康等为代表的具有艺术才华的老一辈革命家,把传统的书法艺术与土地革命战争的实际结合起来,热情歌颂中国共产党、工农兵政府和工农红军,无情揭露帝国主义、国民党、蒋介石军阀的罪行,广泛传播马列主义,积极宣传共产党的纲领和土地革命,发挥了巨大的作用。特别是川陕苏区保留下来的众多石刻书法,是艺苑中一枝独特奇葩。今天,我们就单独来认识一下川陕苏区的石刻书法及其艺术,无疑对振奋民族精神,与时俱进,以科学发展观继承和发扬传统的石刻艺术具有重要意义。

1. 语言艺术,是石刻书法艺术第一要素。语言是交流思想的工具。川陕边区广大穷苦劳动人民,身居崇山峻岭之中,交通闭塞,深受帝国主义、国民党军阀和地主豪绅的政治压迫和经济剥削,没有文化,而书刻石标的内容,涉及共产党、苏维埃和红军,涉及政治、经济、军事、文化、教育各方面,要使根据地劳苦群众,看得懂、听得懂,必须根据当地群众的语言习俗,做到地方化、群众化,语言生动形象直白。苏区的政治思想宣传工作者对此做得很好。宣传共产党的口号是:"共产党是工农穷人的政党"、"共产党要领导中国工农兵及劳动群众,推翻帝国主义国民党统治";宣传苏维埃的口号是:"苏维埃是穷人把发财人推翻了,自己选代表建立起来的保卫工农利益的政权","苏维埃政府是工农兵自己的政府",一句话就把"苏维埃"这个外来词讲得清清楚楚。为揭露帝国主义的侵略本质则说:"帝国主义外国发财人把他自己国内的穷人整干了,所以现在积极瓜分中国、进攻苏联";向白军作宣传的口号有:"白军官兵们:刘

湘逼你们上火线来为的是他们想当司令、升官发财、住洋楼、吃西餐、抱小老婆、振(整)穷人、卖四川",以上的"发财人"、"整干了"等就是地方话,群众一听就明白。还有许多形象生动丰富的语言,富有浓厚的乡土气息,令人回味无穷。

2. 石刻形式,内容决定了石刻的艺术形式。川陕苏区石刻形式可分为石刻文献、石刻对联、石刻标语三大类。

川陕苏区的石刻文献:现保存在我馆的四件石刻文献,一是《中国共产党十大政纲》(简称《政纲》),刊刻在石壁上,并将《政纲》通俗化为"十大口号"在全区书刻,及时宣传党的纲领和主张;二是《中华苏维埃共和国宪法大纲》(简称《宪法大纲》),它是川陕省苏维埃政府一切工作的根本大法,用石刻文献昭告天下;三是《中华苏维埃第一次代表大会劳动法令》(草案)(简称《劳动法令》),这是明确以法律的形式,保障劳动者的人身合法权益;四是《川陕省苏维埃政府布告》,是根据中华苏维埃共和国中央政府土地法令和川陕苏区实际情况制定的。这些文献大都镌刻在方正平面的石板上,或比较平面的山岩上,当然也有用墨书写在粉壁墙上,如通江原太平乡苏维埃秘书谢安

国在红 30 军 88 师政治部干事夏元朝的指导下，在太平场临街面的门坊过梁上的粉壁石灰墙上墨书了《十大政纲》、《劳动法令》、《全国苏维埃土地法令》（草案）等三个文献。这些石刻文献都是从右至左竖排，段落分明，字的行距、间距均匀，字体正楷书写，质朴挺秀，端庄遒劲。

川陕苏区的石刻对联：一般书刻在现成的廊柱、门坊、牌楼、石柱、碑柱上。对联的内容十分广泛，如"打倒国民党统治；建立苏维埃政权"，"革命休谈封建话；青年须读列宁书"，"红旗飘扬全世界；光明赤化五大洲"，"斧头劈开新世界；镰刀割断旧乾坤"等。这些石刻对联明快简洁，对仗工整。有的立意高远，气势磅礴；有的妙趣横生，令人回味；有的启迪智慧，催人奋进。其思想性、艺术性很高。

川陕苏区的石刻标语：其布幅形制各异，布局错综变化，不拘一格。横排竖列、字大字小、间距稀疏都是根据标语内容、文字长短、石面大小、具体环境而定的。在苏区的山岩石岸、巨石长岩、石洞石壁、桥亭桥柱、房屋基石、石缸、石碾、石磨、墓碑、牌坊，凡能刻字的都刻上了合适的标语。如："打破一切封建迷信"，竖排刻写；"平均分配土地"，横排刻写，给人一气贯通，环境适宜之感。最大的石刻标语是通江佛耳岩的"平分土地"，每个字高 5.7 米，宽 4.6 米，称为石标之王。有的还根据反围剿战争的需要，集中书刻某一方面内容的标语。如反六路围攻时，红军收紧阵地，刘湘的部队要从万源的河口场到石窝场，红军钻字队就在这条三十多里的道路两旁刻下了"白军弟兄们，穷人不打穷人，你们的敌人不是红军。你们的敌人正是压迫你们、克扣你们的军饷、逼你们上火线当炮灰、吸尽穷人血汗、整死千百万穷人，使你们穷人家庭出款子的刘湘、杨森、田颂尧、邓锡侯等国民党军阀"；"白军弟兄们：赶快杀死反动军官，拖枪投红军才是唯一的出路"等几十条对白军宣传的标语，采取政治攻势，瓦解军心，具有不可估量的作用。石刻标语是石刻书法中的百花园，真可谓是百花竞相开放，恒久弥香。

3. 书画同源。把石刻书法与石刻绘画有机结合起来，书中有画，画中有书，相得益彰。如：红九军政治部在万源县石窝乡古寨坪一个石包上，以红九军军旗为背景，在向右飘扬的旗面顶部，从左至右横排"全世界无产阶级联合起来"11 个字，顺旗杆竖写"中国工农红九军政治部"10 个字，正中从右至左隶书"列宁万岁"4 个大字，右侧落款"中国工农红九军政治部"分三行从右至左竖排。整条标语高 174 厘米，宽 326 厘米。又如：廖承志绘制的木刻画像无产阶级革命领袖马克思的肖像（现收藏于川陕革命根据地博物馆），被镌刻在川陕省巴中特别市委员会刻制的《中国共产党十大政纲》的刊头，生动反映了苏区军民在中国共产党领导下走马列主义革命道路的决心和勇气。

书法艺术是川陕苏区石刻艺术的基础。川陕苏区的石刻书法艺术，既有继承书法传统之意，又有风格各异之味。其书体楷、行、隶、仿宋皆有，书体齐全，流派众多，以楷书为主。楷书在文字宣传中富有实用性、群众性，易于辨认；在书法艺术上

具有典型性、艺术性、端庄健美。其中文献石刻多为正楷，标语石刻以正楷、行楷为多，隶书、仿宋较少。在行楷中，有个别标语，为了引人注目，把"点"刻成龙头，把"撇"、"捺"刻成凤尾；还有把"撇"、"捺"收笔处刻成"脚掌"、"脚指母"等。作此艺术处理，是书者笔艺，还是钻花队刻工的杰作，至今已难得而知了。

　　苏区石刻书法以质朴、挺秀、端庄、遒劲为特点，给人以艺术享受。这里仅举几例：一是《川陕省苏维埃政府布告》。该布告是镌刻在一张平面的石碑上，高227厘米，宽224厘米，全文共1106字，从右至左竖排。正楷。该布告排头"川陕省苏维埃政府布告"，落款签名"主席熊国炳、副主席杨孝全、罗海清"，布告时间"一九三三年"等均为大字，每字高10厘米，宽8厘米，正文字小些，每字高4厘米，宽3厘米。无论字大字小，字字珠玑。整幅布告美观大方、端丽挺秀。每一字点画圆满，撇捺周到；横平竖直，中见曲势；落笔锋峻，收笔势足；意向呼应，笔笔传神。给人一种庄重肃穆之感。这是川陕省苏维埃政府至高无上的权力象征，是党领导苏区人民进行土地革命的历史记录。静心品尝布告，它会引领你进入一个如火如荼的革命环境和宏大秀美的艺术园囿。堪称珍品，国家一级文物。二是以张琴秋书写的通江王坪烈士纪念碑碑文为例，这是石刻楷书中最具有代表性的。张琴秋曾就读于南京美术专科学校，后来又受党的委派到苏联莫斯科中山大学学习，练就了一身过硬本领，特别是书法方面有相当的功底。1934年，时任红军总医院政治部主任的张琴秋为悼念死去的战友，请来了溪口著名石匠罗吉祥等20余人修建了红军烈士纪念碑。该碑由碑帽、碑身、碑座组成，通高3.87米。碑帽为塔状，有一大一小两球形，四角微翘；碑身两侧由步枪与盒子枪组成浮雕图案；正面碑文横书："万世光荣"，中书："红四方面军英勇烈士之墓"，右书："为工农而牺牲"，左书："是革命的先驱"。字体具有明显的颜、赵风格，既有颜书雄强劲美的阳刚之气，又兼赵书优雅柔媚的阴柔之美。碑座正面，突显倒三角图案，上面镌刻着斧头、镰刀、五星和葵花等浮雕。墓碑前面搭一石板供桌，供祭扫之用。左右两侧，各一门用石头雕凿的迫击炮。整座墓碑庄严肃穆，它象征着为共产主义而奋斗的红军烈士们的伟大心灵和坚贞不屈的革命精神，是他们用鲜血和生命迎来了人民共和国的曙光；它也寄托着作者对死难烈士崇高无畏、英勇牺牲精神的热情颂扬和对死难烈士深切缅怀、无限追忆的情思；它更昭示来者："革命传统勇为继，振兴中华慰英灵"的决心（魏传统为红四方面军烈士墓题诗）。三是以石刻对联"打倒帝国主义；铲除万恶刘匪"、横批"军民合作"为代表的隶书。它镌刻于苍溪县

龙山区禹王宫大门的石坊上。主笔横画与撇捺都作了大幅度的夸张延伸，落笔藏头，走势平斜而弧曲，横画多而不呆板，收笔圆转。每个字的主笔次笔、长画短画、曲弧直短、动态静态皆统领明确，个性突出，堪称川陕苏区石刻书法艺术在隶书中的上乘之作。因此给人一种气韵贯通、一气呵成、赏心悦目之感，同时还具有飘逸悠扬、临空欲飞的形态美。显露了书者对帝国主义、军阀豪强的深仇大恨，以及对军民合作巨大力量的坚信与自豪。

篆书多出现在部队印信、地方政府的印章和政府颁发的票证上，此不详述。

三、川陕苏区石刻的鋬刻艺术

鋬刻艺术是石刻书法艺术的保证。川陕苏区的石刻艺术除了书法艺术还要有精湛的雕刻艺术作保证，才能完美反映苏区石刻书法艺术的全貌。苏区石刻工艺，无论文献、标语、对联都为阴刻，绝大多数是凹凿（凹槽），个别为平凿。如石刻之王"平分土地"就是平凿，既凹凿平底，笔画深 0.1 米。另以享誉中外的石刻标语"赤化全川"为例，1933 年 5 月，时任川陕省委宣传部部长刘瑞龙，在苏区致力于党的宣传工作，一边抓西北军区政治部及所属各军、师、团政治机关的宣传工作；一边抓在川陕省委领导下的各级党委、政府及工、农、青、妇、反帝大同盟等群团组织宣传部门的宣传工作。组织宣传队，开展灵活多样的宣传活动：口头宣传、书写标语、张贴标语、报纸、传单、布告、歌曲等宣传品，组织石灰书写队、刻字队，钻刻石刻文献、标语、对联，适时编写宣传品。他根据川陕省两次党代会精神，8 月提出了"赤化全川"的口号，并于次年春，亲自组织人力镌刻在通江县沙溪乡景家塬左侧海拔 2000 多米高的红云岩顶部，从右至左横排。每字高 5.5 米，宽 4.7 米，笔画深 0.35 米，凹槽宽 0.7 米，笔画槽里卧一个人还有空隙，字间距为 7 米。由于红云岩雄踞万谷之巅，冲天

临险，距岩三四十里之外，标语仍清晰可见，气势磅礴，雄伟壮观，就像一枝红色号角，鼓动苏区千军万马，吞山河，摧枯朽，冲垮旧世界，赤化全四川，改天换地，扭转乾坤，实现苏维埃在四川的首先胜利。近看，书者笔力遒劲，精于书法，字幅巨大，但书艺不减；直笔虽长，但挺直不僵；撇画亦长，但力道不飘；钩笔驻锋，捺锋含蓄。鋬刻精湛，美轮美奂，不愧为书艺瑰宝，文物国宝。其科学性、艺术性震撼心灵。

川陕边区的穷苦百姓，有祖传制石的精湛刻艺，不仅能雕刻文字，还能雕刻人物故事、花草鱼虫、飞禽走兽、建筑星云；不仅会平凹凿艺，还会镂空雕磨。因此，苏区的石刻不仅刻工精细，刻艺娴熟，更能把书者的笔锋、意蕴刻凿出来，甚至还可补充、完善、修饰作品的深意。充分体现了石工们的艺术再创造精神。

在川陕革命根据地，利用石刻书法为手段，书刻大量石刻文献、标语、对联，是川陕苏区政治思想宣传工作的创举，是石刻书法艺苑中的名卉，是众多英勇战士忠心耿耿、默默奉献，用心血和汗水铸成的杰作。毛泽东同志在《中华苏维埃共和国中央执行委员会与人民委员会对第二次全国苏维埃代表大会的报告》中指出："号召了整个四川的工农劳动群众与白军士兵倾向苏维埃革命，在中国西北部建立了苏维埃革命新的强有力的根据地。"

川陕苏区石刻是川陕苏区艺苑中的瑰宝，是川陕各级苏维埃政府、红四方面军和苏区人民留下的一笔珍贵的精神财富。它把祖国优秀传统文化、时代文化与亘古长流的红军精神紧紧连在一起。在文化大发展、大繁荣的今天，我们应发扬红军精神，继承苏区的书法艺术遗产，为繁荣传统的书法艺术，提高民族的文化水平而作出进一步的努力。

川陕革命根据地教育事业探析

——从几幅石刻标语着手

李一民

在川陕革命根据地,红军留下的石刻标语,成为全国绝无仅有的一道红色风景线,当年任红四方面军总政治部、川陕省委宣传部部长的刘瑞龙同志,带领广大红军指战员和苏区人民利用川东北山高岩石多的自然优势,在悬崖绝壁、石碑、石柱、石方、石缸、房屋基石上刻写了大量的红军石刻文献、标语、对联(以下简称"石刻标语")。这些石刻标语书写工整,字迹清晰,宣传面大,保存时间长,它和有关历史文献一样,是研究川陕革命根据地历史的重要材料。本文就当年红四方面军留下的几幅石刻标语,来探析川陕革命根据地教育事业。这几幅石刻标语是:

　　　　加紧识字读报,提高工农的文化水平!
(通江)　　　　　　　　　　(石刻标语一)
　　　　各区各乡成立列宁小学!(中国共产党
川陕省委　通江)　　　　　(石刻标语二)
　　　　实行无产阶级教育!(丙　通江)
　　　　　　　　　　　　　　(石刻标语三)
　　　　普及农村教育,发展无产阶级文化水平!
(南江)　　　　　　　　　　(石刻标语四)

川陕革命根据地位于四川、陕西两省交界的米仓山和大巴山区,是第二次国内革命战争时期,在川陕边区党组织和广大劳动群众的配合支持下建立的重要根据地之一。它将土地革命的烈火,由中国的东南引向西北,壮大了革命力量,在中国革命史上有着重要的地位和作用。正如毛泽东同志在第二次全国苏维埃代表大会的报告中所评价的:"川陕苏区是中华苏维埃共和国的第二个大区域,川陕苏区有地理上、富源上、战略上和社会条件上的许多优势,川陕苏区是扬子江南北两岸和中国南北两部间苏维埃革命发展的桥梁,川陕苏区在争取苏维埃新中国的伟大斗争中具有非常巨大的作用和意义。"

红军未到之前,川陕边地区在国民党军阀地主的统治下,政治黑暗腐朽,经济、文化、教育都非常落后。当时川北多数县虽然都设有中小学校,但由于国民党实行反动的教育政策及收取高昂的学杂费,90%以上劳动人民的子女都被排除在学校大门外。

川陕革命根据地建立后,在进行政权建设和经济建设的同时,在极端艰难的战争环境下,尤为重视教育事业的发展。早在1931年11月7日中华全国苏维埃第一次代表大会所通过的苏维埃宪法大纲中就规定:"中华苏维埃政权以保证工农劳苦大众有受教育的权利为目的。在进行革命战争所能做到的范围内,应开始实行完全免费的普及教育,首先在青年劳动群众中施行并保障青年劳动群众的一切权利,积极地引导他们参加政治和文化的革命生活,以发展新的社会力量。"而苏维埃教育的宗旨则"在于以共产主义的精神来教育广大劳苦民众,在于使教育与劳动生产相联系,在于使广大中国民众都成为享受文明的幸福的人"。这即是当时苏维埃文化教育的总方针。根据上述方针和宗旨,从当时实际情况出发,川陕省苏维埃政府提出了根据地文化教育的任务是"厉行全部的义务教育,是发展广泛的社会教育,是努力扫除文盲,是创造大批领导斗争的高级干部。"根据党的教育方针和当时文化教育的中心任务,川陕革命根据地制定了一套较为完整的教育政策和法令,采取各种措施发展教育事业。"石刻标语一"正反映了川陕革命根据地教育宗旨之一——"提高工农的文化水平"。

1933年川陕党的第二次全省代表大会通过的《目前政治形势与川陕省党的任务中》要求："开展群众的普遍教育,扩大彭杨学校,恢复苏维埃学校,各县设立列宁学校,设立小学或工农教育所。"之后,川陕省第二次工农兵代表大会通过的《关于目前政治形势与川陕省苏维埃的任务的决议》指出:"广泛的发展苏区的文化教育,工作的重心应当是发展社会教育,各处都办工余学校、俱乐部、识字班、读报班,加紧识字运动,使苏区工农大众能识字;有计划的建立各地的列宁小学,建立出版工作,大批的出版共产主义书籍。同时为了适应苏维埃的需要,大会决定省苏维埃文化委员会马上成立苏维埃学校,培养文化和其他各种专门人才"。"石刻标语二"则反映了川陕革命根据地教育任务中的"在各区各乡成立列宁小学"。

川陕苏区的文化教育组织严明,各司其职。《川陕省苏维埃政府组织法》和《川陕省苏维埃组织法及各种委员会的工作概要说明》中规定,川陕苏区的文化教育由川陕省苏维埃政府文化教育委员会领导,文委会下设学校教育局、社会文化局和国家出版局。县设文教委员会,区设文教委员,乡、村苏维埃政府有委员分管,层层负责文化教育工作。

川陕革命根据地的教育事业是在苏维埃政权建立后,工农大众掌握了国家政权,由中共直接领导和发展起来的。政治的解放与经济生活的改善,使工农大众及其子女获得了享受文化教育的权利。与过去的教育相比,具有大众化、科学化等新的特点。在紧张、激烈的战争环境下,川陕革命根据地的教育事业一直在逆境中向前发展,在学校教育、干部教育及社会教育等方面都有所进展。

一、学校教育

学校教育主要由列宁小学、贫民学校、中学和专科学校对适龄儿童和青少年进行文化教育,尤其以列宁小学办得最有特色。

列宁小学相当于初级小学,在根据地各区、乡普遍建立。部分区还建立有相当于高级小学的列宁学校或列宁模范学校。小学的规模大小不一,随具体条件而定。学校招收的学生多数是贫农、雇农和中农的子女,小的六七岁,大的十三四岁,上学不收学费。教师都要经过苏维埃政权严格审查,不合格的不聘。模范教师则发奖金以资鼓励。一些学校还由红军指战员教军事课,进行必要的军事训练。

学校教材是新编的,课本有如下几种:1. 初级小学识字课本,2. 童子团站岗读本,3. 少先队课本。课本浅显、通俗、有韵,既是儿童识字、学文化的课本,又是对学生宣传革命道理、党的政策,进行无产阶级道德教育的教材。上述情况无疑是对石刻标语二宣扬的"列宁小学"的说明。

贫民学校与列宁小学类似,课程、教学方法都相同。不同的是,贫民学校的学生因生活困难,由学校供给伙食。工农中学和普通中学的教学内容则以政治与军事内容为主,每期学完后,都要选拔一些学习好、成分好的到红军大学去学习。专科学校除开办医学班、农学班,培养医农技术人才外,还设有经济训练班,培养经济建设人才。

二、干部教育

"政治路线确定以后,干部就是决定的因素"。为了适应革命形势的发展,提高干部的政治水平和工作能力,川陕苏区十分重视干部教育工作,制定了干部教育重于群众教育和儿童教育的方针,并积极采取各种措施加以贯彻执行。川陕苏区干部教育分为在职干部教育、短期干部训练班和干部学校教育三种形式,相继开办了中华苏维埃学

校、苏维埃干部学校、妇女干部学校,以及党校和团校。在短期内为党培养出大批骨干力量,加强了党的战斗力,在几次反围攻战斗中起到了堡垒作用,在党政建设中起到了模范先锋作用。

三、社会教育

在川陕苏维埃政权的巩固与发展中,广大工农群众直接担负着革命战争和生产斗争的任务。社会教育的对象,主要就是不能脱产学习的广大工农群众。党必须充分发动群众,提高广大群众的政治觉悟和文化水平,所以工农业余教育就显得十分重要。川陕苏区为了适应当地文化普遍落后的现实,在根据地施行完全免费的普及教育,积极开展了一系列形式多样和以扫盲为中心的工农业余教育。相继广泛开办了夜校、半日制学校、文化补习学校以及识字班、识字岗等群众教育组织形式,开展了俱乐部、戏剧、读报、军体等文化活动,对广大工农群众进行文化教育和政治教育,从而提高了工农群众的整体文化水平,保证了苏维埃政权各项任务的胜利完成,发展了新的社会教育。

通过干部教育、社会教育,工农干部乃至一部分劳苦工人、农民、手工业者,不仅能识字、唱歌、读报纸,而且懂得许多革命道理,提高了政治觉悟,积极参加根据地的各项斗争,夯实了川陕革命根据地的基础。

在 20 世纪 30 年代极其艰难困苦的情况下,川陕革命根据地"实行无产阶级教育"(石刻标语三),并根据当时绝大多数工人、农民文化水平很低,甚至"大字不识一个"的实际情况,有针对性地倡导:"加紧识字读报,提高工农的文化水平"(石刻标语一);在"普及农村教育,发展无产阶级文化水平"(石刻标语四)的同时,在"各区各乡成立列宁小学"(石刻标语二)。

这几幅石刻标语的价值和意义在于:

1. 记录了川陕革命根据地教育的宗旨——"实行无产阶级教育"(石刻标语三)。这无疑是对中华民国旧式教育的颠覆,它一反中华民国旧式教育为地主、富农、资本家、官僚及其子女等服务上的宗旨,贯彻了教育为无产阶级服务,为工农大众及其子女服务,教育与实践相结合的原则,目的明确,阶级性强。

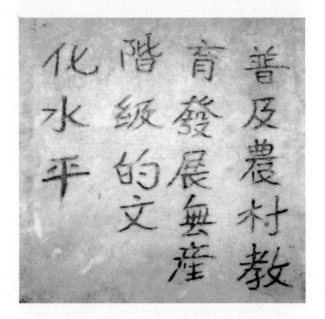

2. 反映了川陕革命根据地普及义务教育的革命实践——"普及农村教育,发展无产阶级文化水平"(石刻标语四),"各区各乡成立列宁小学"(石刻标语二)。反映了川陕革命根据地针对区域内农村占绝大部分,雇农、贫农、中农及其他无产阶级的子女没有文化的实际情况,实施广覆盖的启蒙教育,夯实了川陕苏维埃政权的基础。

3. 记载了川陕革命根据地突出干部教育,为革命事业培养人才的情况——"加紧识字读报,提高工农的文化水平"(石刻标语一);"普及农村教育,发展无产阶级文化水平"(石刻标语四)等,记载了川陕革命根据地突出工农干部教育,从工人、农民等文化水平较低的人员中,通过不同形式的教育,培养了一批党、政、军、团、工会和妇女干部,使他们更好地成为根据地有文化、讲政治、懂军事的干部,为川陕革命根据地的发展、巩固作出了巨大的贡献。

4. 重现了川陕革命根据地重视社会教育的情景——"加紧识字读报,提高工农的文化水平"

(下转第40页)

深厚战斗情谊的真实见证

——记刘延东同志捐赠给南通博物苑的两件珍贵史料

舒 雯

2010 年 10 月 3 日，是忠诚的共产主义战士、无产阶级革命家刘瑞龙同志诞辰 100 周年。9 月 24 日下午，中共中央政治局委员、国务委员刘延东同志、二炮原政委彭小枫上将等一行在中共江苏省委书记、省人大常委会主任梁保华的陪同下，参观了南通博物苑精心制作的《刘瑞龙诞辰 100 周年纪念特展》，参观结束后，刘延东同志向南通博物苑捐赠了《刘瑞龙文集》等一批珍贵资料，其中彭雪枫所著《三十三天反扫荡战役述略》和刘瑞龙珍藏多年的《拂晓报》（复制件）令人瞩目。

彭雪枫，中国工农红军和新四军高级指挥员，军事家。1941 年任新四军第四师师长兼政委，豫皖苏党政军委员会书记。在抗日战争最艰苦的岁月，彭雪枫领导淮北抗日军民，展开艰苦卓绝的"33 天反日伪大扫荡"战役。其料敌如神，指挥若定，与军民同仇敌忾，历大小 37 战，终以血战朱家岗而获全胜。歼日伪军数百名，彻底粉碎了日寇对淮北根据地的军事侵略。战后，彭雪枫特著述了这本《三十三天反扫荡战役述略》，并亲撰《纪念朱家岗战斗殉国烈士碑记》，以总结战斗经验，缅怀为保家卫国而捐躯的先烈。书成后，他在书的首页亲自签名："瑞龙同志指正，彭雪枫敬赠卅

二年四月"，赠送给了亲密的战友刘瑞龙。

《拂晓报》创刊于 1938 年 9 月 29 日，是抗日战争时期新四军第四师政治部主办的报纸，它的创刊人和领导人也是彭雪枫。彭雪枫亲笔题写刊名并撰写发刊词《拂晓报——我们的良师益友》。他认为："拂晓代表着朝气、希望、革命、勇进、迈进有为、胜利就要到来的意思。军人们要在拂晓出发，要进攻敌人了。志士们在拂晓要奋起，要闻鸡起舞。拂晓催我们斗争，拂晓引来了光明。"这份报刊主要宣传中国共产党的抗日救国主张，反映和报道敌后抗日根据地军民艰苦卓绝的斗争。它在豫皖苏边区和淮北抗日民主根据地久负盛名，深受广大军民欢迎，被誉为"人民的喉舌"、"战斗的武器"、"叫破五更的报晓鸡"，与骑兵团、文工团并称新四军四师的三大宝，是抗日战争时期华中

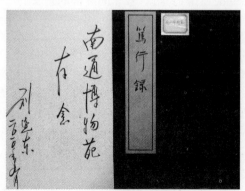

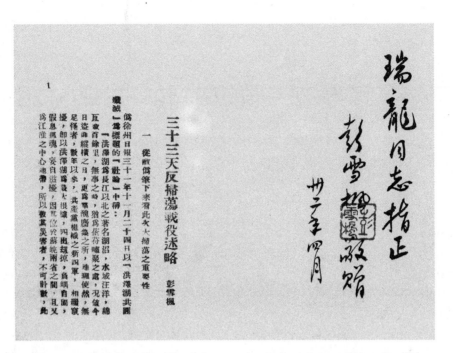

根据地的一颗璀璨明珠。《拂晓报》有如敌后号角，时时震撼着沉沉长夜，以其鲜明的立场、真实的报道、生动的文字和新颖的版面受到根据地广大抗日军民的欢迎。刘少奇曾称赞《拂晓报》是敌后办得最好的一张报纸，曾特意为《拂晓报》题词："为抗战的正确路线而斗争。"《拂晓报》还发行到延安和国统区，后经国际新闻社介绍远播到苏联、美国、香港和东南亚等国家和地区。

刘瑞龙和彭雪枫都是我们党的老一辈无产阶级革命家，他们的经历非常相似，读过师范，搞过学运，是早期的学生运动领袖。他们的相识相知始于1939年11月，当时刘瑞龙担任豫皖苏区党委副书记，后又任皖东北军政党委书记。他与彭雪枫同志共同战斗达五年之久，一个在地方主持政务，一个在部队带兵作战，在同一个团结、战斗的领导集体里，他们配合默契，相得益彰，成为相识、相知、相交基深的亲密战友。1944年9月11日，彭雪枫在河南夏邑八里庄指挥作战时不幸被流弹打中，光荣殉国，时年37岁。得此噩耗，时任淮北区党委副书记、淮北行政公署主任的刘瑞龙悲恸不已。为纪念彭雪枫，《拂晓报》特地出版了专刊，刘瑞龙在《拂晓报》上专门著文，抒发深深的纪念之情，痛悼自己失去的这位好战友、好同志、好领导。他盛赞"彭雪枫同志是一个坚强的共产主义者，是我党我军的一位德才兼备、智能双全的卓越的军事家和政治家"，奉为良师益友。

自此，无论在艰苦的战争年代，还是在浴血奋战之中，即使颠沛流离，遭遇困境，几十年来刘瑞龙都精心保护，仔细保藏着这两件珍贵的纪念品。这看似普通的小册子和报纸成了他们生死之交最生动有力的见证，凝聚着两位无产阶级革命家深厚的战斗情谊。如今，刘延东同志将这两件无比珍贵的史料捐赠给当年刘瑞龙曾经战斗过的地方——南通博物苑，有着非同寻常的意义。

（上接第38页）

（石刻标语一）；"普及农村教育，发展无产阶级文化水平"（石刻标语四）等，一定意义上重现了川陕苏维埃政权重视提高根据地广大工农群众的政治觉悟和文化水平，广泛开办夜校、半日制学校、文化补习学校以及识字班等社会教育活动的情景。

"观一落叶而知秋。"在原川陕革命根据地区域内保存下来的这几幅石刻标语，见证了川陕革命根据地在极其艰难困苦的条件下，发展教育事业的光辉业绩，透过它们，我们可以探讨、分析川陕革命根据地教育事业的宗旨、政策、方针、特点——显然，这几幅石刻标语具有重要的价值和意义。

— 40 —

论博物馆产业和博物馆宗旨的实现

赵明远

博物馆产业的课题是因博物馆资金短缺问题而提出的,但是发展博物馆产业的目标绝不仅仅是解决资金问题,而是可以更好地实现博物馆"为社会和社会发展服务"的宗旨。本文运用经济学和博物馆学的理论,对博物馆产业属性和特征进行研究和剖析,探讨博物馆产业工作准则,进而就发展产业实现博物馆宗旨的作用和意义进行分析和阐述。

一、博物馆的产业属性

"博物馆是一个为社会及其发展服务的、向公众开放的非营利性常设机构,为教育、研究、欣赏的目的征集、保护、研究、传播并展出人类及人类环境的物质及非物质遗产。"这是国际博物馆协会对博物馆的定义[1],博物馆向社会提供的陈列展览和不可移动文物的展示以及围绕展出所提供的相关服务构成了博物馆的产品。当博物馆产品通过观赏、娱乐、体验、学习等方式被公众所享受利用时,即形成消费意义上的经济价值。博物馆产品价值包含了博物馆工作人员在研究、策划、设计、制作、展出及服务过程中所付出的劳动力价值。博物馆产品从社会需求到公众消费,构成了生产者与消费者之间的供求关系。这种供求关系是博物馆产业存在的前提。

博物馆在为社会提供博物馆产品和服务时,主要是利用其遗产资源。博物馆拥有的遗产资源,是博物馆与其他文化产业主体的主要区别。博物馆通过收藏、保护,拥有了藏品资源,同时许多博物馆利用历史建筑、遗址、村寨等作为馆舍展厅和展示空间。纳入博物馆收藏和管理的藏品和不可移动的建筑、遗址等遗产资源,是拥有较高历史价值、科学价值、艺术价值的珍贵遗产,并随着

对它的认识的加深而不断提升价值,因此它是珍贵的和稀有的。同时遗产是不可再生的,一旦遗产毁坏,它的全部物质和文化信息不可能被一个复制品所替代。以上构成了遗产资源的稀缺性。随着公众文化水平和生活水平的提高,对博物馆遗产资源的需求会日益旺盛,使供给一直处于不足状态,遗产资源的稀缺性使其经济价值处于长期增值过程中,"文化遗产的稀缺性是对其进行经济考虑和效益追求的基本前提,是其进行产业化经营的客观基础。"[2]

二、博物馆产业的限定性

虽然博物馆具有产业属性,但是博物馆这样一个机构发展产业是不同于其他文化产业主体的,原因就是它的经济学属性是比较复杂的,博物馆或其产品的公共性、非盈利性、永久性等公益属性是博物馆产业发展限定性因素。

1. 公共性。博物馆为社会提供的是公共产品和服务,对于公共产品(public goods),美国两位不同流派经济学家、诺贝尔奖得主萨缪尔森和弗里德曼均作过研究,提出了它的基本的经济学特征,即非排他性(non - excludability)和非竞争性(non - rival)。非排他性是指"一旦被生产出来,生产者就无法决定谁来得到它",非竞争性是指"每个人对该产品的消费不会造成其他人消费的减少"[3]。这样公共产品不能排斥消费者的增加,在消费产生拥挤之前,每增加一个消费者的边际成本等于零。同时,在消费不足时并不会相应降低成本,而在消费增加时也并不一定能增加利润,这样,在市场经济条件下,市场主体的生产者从追求利润最大化的原则出发,必然不愿意提供公共产品,公共产品必然由政府或社会公共组织提供。

我国的博物馆（特别是国有博物馆）通过收藏文物、标本，进行科学研究，举办陈列展览，传播历史和科学文化知识，它们承担着对人民群众进行爱国主义教育，提高全民族的科学文化水平的重要职能，不断扩大产品的消费和服务范围是博物馆的目标，博物馆产品的公共性在我国表现得更为重要。2008 年 3 月起，全国由各级文化文物部门归口管理的公共博物馆、纪念馆按照有关通知要求，敞开大门免费接纳公众。现在全国免费开放的博物馆、纪念馆已超过 1400 家。免费开放政策，使博物馆仅有的排他性（门票）进一步消除，增强了它的公共性。博物馆公共性的属性，使市场机制失灵，这是发展博物馆产业的限定性因素之一。

2. 非营利性。博物馆是一个为社会及其发展服务的、向公众开放的非营利性常设机构。在经济学中，非营利机构（non - profit organizations，简称 NPO）是指"不以获取利润为目的，而以推进社会公益为宗旨的独立部门"④。博物馆的目的是追求公共利益、社会整体利益，而不是集团或个人利益，一定程度上需要放弃自身特殊的经济利益去实现社会效益的最大化。博物馆通过其产品和服务使公众生活质量得到改善，使社会发展受益，博物馆通过这种方式来体现的社会价值，它的经营不是"利润导向"，而是"价值导向"。非营利的性质，一方面规定了博物馆的活动领域和运作方式，另一方面，制约了博物馆产业的发展冲动。

3. 永久性。博物馆同时还被定义为常设机构（permanent institution，也翻译为"永久的机构"），永久性也是博物馆的特征，苏东海先生曾指出："没有任何一个机构能像博物馆这样保存自然与人类历史的足迹，从过去到现在到未来永续不断。正是为此，国际博协博物馆的定义中写上了'永久性机构'的属性。博物馆永久性存在的根据在于博物馆物的永久存在及物的持续发展的需要。"⑤这里"物"，就是博物馆的遗产资源。由于遗产资源物理性质相对是脆弱，并且它是不可再生、不可替代的，所以要注意资源利用的"代际公平"，因为"遗产决不是大自然或者祖先有意留给某代人的，作为我们的后人有同样的权利享用这些资源"⑥。因此对资源的永续利用是博物馆的首要课题，所以发展博物馆产业必须服从于博物馆资源的保护和永续利用。

通过上文分析，我们看到一方面博物馆产业基础和经济价值是客观存在的，而另一方面博物馆的公共属性和社会责任成为产业的限定性因素甚至是矛盾对立面。因为这些限定性的存在，有些博物馆放弃了产业的工作；而一些博物馆在产业发展中不对这些限制性因素进行深入研究剖析，因而出现偏差，造成了文物的损失和资源的损毁。

三、博物馆产业的工作准则

对博物馆产业的限定性的论述是为了探讨博物馆产业的对象、范围、原则和规范，而决不是不能发展博物馆产业，相反我们认为发展博物馆产业是必须的、也是可能的。

2002 年 12 月 1 日至 2003 年 1 月 6 日，上海博物馆联合故宫博物院、辽宁省博物馆举办了"晋唐宋元书画国宝展"，72 件国宝文物在同一时间和空间内向公众展出，为中国博物馆历史上的展出之最。展览火爆、观众如潮，主办方对入场人数进行了限制，37 天展期共有 23 万观众，其中 18 万人购票（票价 20 元，学生票 5 元，团体打折，老人免票）。展览有三个衍生产品：《文物天地》特刊，15 元/本，共销售 50000 本；光盘，40 元/套，共销售 5000 套；画册，6000 元/本，共出售 1500 册。虽然这次展览最终的经济收益没有公开，但从上面提供的一些数据我们可以看出这无疑是一次成功运作的博物馆产业项目。这一展览使深藏于博物馆内的文物精品得以与公众见面，满足了他们的审美鉴赏需求，博物馆不仅提升了社会影响，同时获得了可观的经济收益。

处理好博物馆产业发展限定性是这个项目成功的基础。上海博物馆馆长陈燮君说："博物馆不是企业，盈利不是最终目的，举办展览只是为了让更多的人看到中国的艺术精品，低廉的票价能够被尽可能多的大众接受。"⑦展览坚持了公共性和非营利性，通过有效的技术手段确保了文物在展览过程中的安全，实现永久性，而其成功的决定性因素在于充分挖掘了博物馆资源的经济价值。相比之下，有众多博物馆的展览，因缺乏产业的追求而门庭冷落、观众寥寥，公益性也最终难以实现。透过博物馆展览运作的实例，我们可以看到，实现博物馆的公共属性和获取经济收益之间并非截然对立,而且存在一定程度的关联,如果能够科学地处理两者的关系,则可以协同联进,实现博物馆公共职能和博物馆产业双重目标的实现。在限定性作用下,博物馆产业目标同样可以实现,但如何去实现,必须研究产业开发的准则。我们仍从限定性的三个方面入手。

公共性方面。博物馆围绕社会发展总体目标、社会核心价值体系建设,面对全体公众的科学文化传播而生产的基本产品(一般为基本陈列、公益展览),是纯公共产品。随着社会的发展,不同社会阶层的公众群体的文化需求趋向分化和个性化,博物馆需要提供丰富多样的产品才能满足不同社会群体多方面、多层次的个性需求,这是现代社会对博物馆的要求。这就使博物馆针对特定公众群体的策划产品成为了具有"排他性"和"竞争性"的"准公共产品",经济学上又称"俱乐部产品"。所以准则之一是:有国家出资博物馆,须有面向全体公众、体现社会职责的公共产品,在消费产生拥挤前不应设置"排他性"限定;在确保公共产品的同时,博物馆还应不断开发丰富的"俱乐部产品"供公众选择消费,并适用于产业化运作。

非营利性方面。非营利性限定的是博物馆经营利润的用途而不是不能营利,对于博物馆或是博物馆产业的主管者而言,经营利润不能成为他们个人的收入,则促使他们更多地去考虑如何提升本机构的综合效益,去研究如何加强管理、降低成本、提升品质、扩大影响,这和发展博物馆产业的途径是一致的。所以准则之二是:博物馆并不否定用产业方式追求自身经济利益,但要确保产业盈利所得用于博物馆的建设。

永久性方面。博物馆资源是博物馆产业长久发展的不竭源泉,确保博物馆资源的永存,是博物馆永久性的要求,也是博物馆产业永续利用要求。所以永久性与产业发展的矛盾,其实是与可能危及资源的眼前利益、局部利益的矛盾,当这种矛盾出现时产业项目则需要让步。所以准则之三是:博物馆资源的永久保存是产业活动的前提,博物馆产业必须以可持续的科学方式来利用资源。

四、博物馆产业与博物馆宗旨的实现

前文所述,博物馆产业开发的对象是博物馆资源,但是博物馆资源并不是可以直接进入市场的产品本身,博物馆资源所蕴含科学文化信息才是真正被公众以观赏、娱乐、体验、学习等方式消费的内容。所以,博物馆产业是对博物馆资源信息的开发利用,通过展览为主的信息传播手段(其实是一种产品形式)向公众发布。由于在信息传播过程中,必须涉及资源实体,例如陈列展览多需要资源实体(文物、标本)直接发布本身的信息,这产生了"永久性"的限定,但对信息本身没有这样的限定性。博物馆产业开发是博物馆资源科学文化信息的研究、成果转化,使之成为满足消费需求的产品的过程。而博物馆的科学研究本质上就是对博物馆资源的信息研究,博物馆的社会服务也即是博物馆信息传播的过程,博物馆产业开发离不开征集、收藏、保护、研究、展览等一系列专业、技术工作,博物馆产业可以拓宽博物馆业务工作范围,推动、引导博物馆业务的纵深发展。

作为博物馆产业的市场主体,博物馆将产品提供给消费者时,力求为自身带来一定的经营收益。博物馆因此将更多地研究"投入—产出"、"成本—效益",关注公众和市场的需求,通过改进自身的管理,降低运营成本,获得更大的收益。而这些课题是以往博物馆在承担公共职能、完成政府目标时长期忽视的,不良体制和落后的管理是一些博物馆业务萎缩、门庭冷落的主要原因。产业的发展将使市场、策划、营销、成本、包装、管理等概念进入博物馆,推动博物馆进行体制改革和管理创新,使博物馆跟上时代步伐。

博物馆产业工作的目标是通过开发各类博物馆产品,满足不同层次消费者的需求,吸引更多的参观者、服务于更多的社会公众,这一点和博物馆作为公益机构需提供公共产品的目标是一致的,其实这就是博物馆的最大价值取向。假如一个博物馆不能以产品(无论是公共产品或准公共产品)来吸引公众,那么在众多的文化消费平台的竞争下,其存在的价值就会减弱,影响力就会下降,甚至从社会记忆中消失。

上述博物馆产业和博物馆宗旨关系的讨论,我们可以从歌乐山革命纪念馆20多年的改革、实践的业绩中得到证实。1988年4月,歌乐山革命纪念馆推出的"红岩魂"展览开始在全国巡展,由此一举成名,到2009年,"红岩魂"展览走遍全国

1990 年—2005 年两馆投入产出观众效益表[9]

单位	国家投入（万元）	门票收入（万元）	观众量（万人）	人均购票额	国家对参观人次补助额	职工人均年收入
红岩馆	10,486.65	1,817.85	515	3.53 元	20.00 元	9,970 元
烈士馆	4,570.76	9,000.00	3,055	2.95 元	1.50 元	13,300 元

383 个城市,进行 308 次巡展、上千场"红岩魂"报告会,感动过 5600 多万观众,同时衍生出多种形式的文化艺术、红色旅游产品。该馆在 1986 年时全年收入仅 16 万元,而从 1990 年至 2002 年底,该馆总收入达 12106.7 万元,其中,重庆市财政拨款 2836.53 万元,占总收入的 23.43%;上级补助收入 166 万元,只占 1.37%;自身事业收入 8281.22 万元,占 68.4%,馆属公司收入 822.95 万元,占 6.8%。该馆已基本完成了从主要依靠财政拨款和上级补助为主到主要依靠自身发展的转变。同时,该馆仅用于遗址维修、文物征集、新展览项目投入的就达 6312 万元。经过 20 多年发展,该馆成为全国参观人数最多、影响力最大的文博单位之一,走出了一条面向市场、全面实现博物馆宗旨的良性循环的发展之路[8]。

而重庆另一家同属"红岩"题材的红岩革命纪念馆的工作业绩与歌乐山馆相比就有很大的反差,特别是政府投入少的纪念馆,观众却多,政府投入多的馆,观众反而少(见上表)。对于这种现象,原歌乐山革命纪念馆馆长,现为重庆红岩联线文化研发中心主任厉华一针见血地指出:这两个馆的反差就是 20 年来改革力度的差距。"从承认文化产品的商品属性到发展文化产业,把文化从单纯的福利性公益性的狭隘思路中解放出来,是社会的一大进步。但是只有在正确处理了文化的精神消费与价值规律之间关系的前提下,才可能把坚持社会效益放在首位。因此就要不断提高文化产品的质量,加快先进文化的传播,在满足人民群众精神文化需求的同时,进一步激发群众的消费欲望,实现文化生产与消费的良性循环。"[10]正是有这样的理念,歌乐山馆和"红岩魂"不仅实现博物馆产业的惊人业绩,同时也为先进文化传播、精神文明建设做出了重大贡献,全面实现了博物馆的宗旨。现在,歌乐山革命纪念馆和红岩革命纪念馆改制成立了"红岩联线文化研发中心",向更

高层次的博物馆事业和产业发展机制迈进。

五、结 论

博物馆产业的课题源于博物馆资金短缺的问题,但是发展博物馆产业的目标绝不仅仅是解决资金问题,博物馆产业在当前具有重要的社会意义、现实意义,这就是:推进博物馆更充分地实现其遗产资源的社会价值,更有效地推动博物馆专业业务活动开展,更长久保持博物馆经营管理内在活力,更大范围满足公众的需求,更高质量地履行其社会公共职能,最终归结为更好地实现博物馆"为社会和社会发展服务"的宗旨。

注 释:

①宋向光《国际博协"博物馆"定义调整的解读》,《中国文物报》,2009 年 3 月 20 日。

②周锦、顾江《文化遗产的经济学特性分析》,《江西社会科学》,2009 年第 10 期。

③顾江《文化遗产经济学》,第 29 页,南京大学出版社,2009 年。

④郭国庆、刘彦平《国外非营利机构的发展及其管理趋势》,《北京行政学院学报》2003 年第 4 期。

⑤苏东海《博物馆物论》,《中国博物馆》2005 年第 1 期。

⑥曹兵武《关于文化遗产的价值与市场定价问题》,《文物工作》2003 年第 5 期。

⑦杭晓琳《"晋唐宋元书画国宝展"席卷上海滩的奥秘》,《外滩画报》2003 年 1 月 17 日。

⑧陈林、陆晓平《红岩魂现象——精神财富的巨大魅力》,《中国财经报》2003 年 7 月 1 日;徐旭忠、熊艳《解读"红岩魂"现象》,《记者观察》2003 年 5 月。

⑨厉华《"红岩联线"的发展和运作》,《中国博物馆》2006 年第 2 期。

⑩同⑨。

张謇博物馆思想的特点

凌振荣

张謇是中国博物馆事业的开拓者和中国近代博物馆学理论的奠基人。他把博物馆理论与实践结合起来，创建了中国第一座博物馆。如今，张謇创办的南通博物苑已走过了百年历程，中国博物馆事业已进入万紫千红的春天。实践证明，张謇博物馆思想至今仍闪耀着理性的光辉。随着国家经济建设的发展和工业化、城市化进程的加快，中国博物馆事业将有更大的发展。研究张謇博物馆思想及其特点，对于建设有中国特色的博物馆，发展和壮大中国的博物馆事业具有推动作用。

一、爱国性

爱国性是张謇博物馆思想的第一个特点。张謇（1853—1926年）是一个具有爱国主义思想的政治家，他生活在晚清到民国初年。这时清政府已处在风雨飘摇之中，政局动荡，内外交困，危机四伏。他于1894年中状元，被授予翰林院修撰。面对帝国主义的侵略，为救亡图存，他毅然辞官回乡，创办实业教育，从而走上了实业救国教育救国的道路。他积极倡导清政府在京师建立博物馆，并自办了中国第一座博物馆——南通博物苑。张謇博物馆思想的爱国性体现在：

（一）反对帝国主义的侵略

清朝晚期，帝国主义掀起了瓜分中国的狂潮，他们在疯狂掠夺中国经济的同时，又肆无忌惮地进行文化侵略。如果说张謇创办大生纱厂等企业，是抵御帝国主义的经济侵略，那么他倡办博物馆则是为了抵御列强的文化侵略。张謇说："今则绀发碧瞳之客，蜻洲虾岛之儒，环我国门，搜求古物。我之落魄士夫醉心金帛，不惜为之耳目，稗贩驰驱。设不及时保存，护兹国粹，恐北而热河，东而辽沈，昔日分藏之物，皆将不翼而飞。得弓既非

楚人，归璧更无赵士。"[①]张謇爱护祖国文物之情溢于言表，其爱国之心令人敬佩。

从1905年起，张謇多次上书清廷，建议在京师设立博物馆，并向全国推而广之。他试图运用国家的力量，把博物馆建设变为全国行动。他之所以不厌其烦地向朝廷建议创办博物馆，是因为他把办馆作为教育救国思想的组成部分。张謇把博物馆的建设同挽救国家的命运紧紧联系在一起，他的爱国主义精神是难能可贵的。

（二）学习西方国家先进技术和经验

要不要向西方先进国家包括向自己的敌人学习，这也是判断其是否爱国的重要标志之一。1840年鸦片战争以后，中国士大夫和知识分子开始探求富民强国之路，他们要"师夷之长技以制夷"。19世纪60年代到90年代，以曾国藩、李鸿章、左宗棠、张之洞等人为代表，掀起了一场学习西方的洋务运动。他们主要采用西方先进技术，创办了一批近代军事工业和民用工业，同时还进行了筹划海防、创办新式学堂、派留学生出国等，它也是洋务派的主张在经济、军事和教育等方面的具体表现。尽管洋务运动失败了，但是，学习西方国家的先进技术和引进先进设备等，对于中国社会的进步和发展起了重要作用。

张謇于1894年中状元，同年，中国在甲午战争中战败。对这段刻骨铭心的历史张謇是不会忘记的。为抵制日货，1895年张謇奉张之洞之命，总理通海一带商务。张謇在南通唐闸创办大生纱厂，他所使用的先进纺织设备，就是张之洞向英国购买的。以后，张謇新办企业除购买外国先进设备外，还创办资生铁厂仿造纺织机器。为了探索强国富民的道路，张謇于1903年赴日本，进行了近70天的考察，学习日本近代化建设的经验。他

回国后积极向朝廷建议创办博物馆,与他的日本之行不无关系。张謇的日本之行,更坚定了他走实业救国教育救国的道路。

（三）创办南通博物苑

张謇把创办博物馆,作为实施其实业救国教育救国伟大理想的组成部分。当在京师建立博物馆的提议未被朝廷采纳,他就在家乡亲自实践,于1905年创办了南通博物苑。张謇创办博物馆,其直接作用是为了辅助学校教育,普及科学知识,启迪民智;其最终目的是探索一条强国富民之路。正如苏东海先生所说:"中国从西方移植博物馆,一开始就突出了博物馆的社会使命,把开发民智、救亡图存作为办馆的宗旨。"[2]所以,对于中国的博物馆建设,张謇不移余力地为之倡议、为之呐喊、为之规划、为之实践。

张謇除个人出资建馆外,还亲自选址、规划和参与建设。为丰富苑藏,张謇率先将家藏文物捐赠博物苑,开创了个人向国家捐赠文物的先河。他为博物苑制订文物征集方针,拟订征集启事,利用一切机会丰富博物苑藏品。1910年清廷在南京开南洋劝业会,张謇任审查长,闭幕后他征集或购买了大宗展品,如动物、矿物标本及艺术品,使苑藏品有了显著增加。其中较为珍贵的有露香园《昼锦堂记》字绣长屏十二幅,这是张謇以三百多两白银与日本人争购的[3]。在南通博物苑的建设方面,张謇还注意学习和吸收西方的先进文化,博物苑的园林及布局,吸收了西方造园艺术。张謇创办南通博物苑的实践,是他爱国主义思想具体表现。

张謇的爱国主义,既表现在"实业救国教育救国",挽救民族危亡、探索强国富民道路方面,同时,也体现在诸如文物保护这些具体事情上。张謇在管大事的同时,却也能精勤于细小之事。他这种求真务实的精神是令人敬佩的。其实,他在其他事业上也是这样做的。一个伟大人物的爱国主义精神,正是通过一件件小事来体现的。

二、教育性

教育性是张謇博物馆思想的又一特点。张謇创办博物馆具有明确的宗旨,就是为了教育,为启迪民智、救亡图存。创办博物馆是张謇大教育思想的组成部分,他在给清政府的呈文中,不厌其烦地阐述了"设苑为教育"的观点。

"夫近今东西各邦,其所以为政治学术参考之大部以补助于学校者,为图书馆,为博物苑。"[4]他认为,在当今世界各国能够为政治、学术研究服务的,是图书馆、博物馆,它可以补学校教育之不足。"庶使莘莘学子,得有所观摩研究以辅益于学校。"[5]并认为博物馆可以辅助学校教育,使学校学生能够得到直观教育。从时局看,创办博物馆不应拖延。希望朝廷采纳他的建议并在全国实行。并认为仅凭少数学校,即使能按部就班地教学,毕业后的学生仍有其局限性,怎能成为大学问家。图书馆、博物院可以作为学校教育的后盾,为学生实验和研究服务。

1905年南通师范学校已创办四年,张謇感到:"博物馆不备,物理之学,无所取证。"[6]于是,他就用自己财力,在校河之西辟地四十亩建设博物苑。他征收了二十九家土地,迁坟墓上千座、民房三十多家。建三幢楼房为南、北、中三馆,以藏历史、美术和天产三部之物,并附属教育方面的品物。"民国三年甲寅,苑乃粗成天然、历史、美术三部,品物凡二千九百有奇。设苑为教育也……"[7]经过10年的经营,到1914年博物苑已初具规模,设天然、历史和美术三部,有展品二千九百多件。设立博物苑就是为了教育。

张謇撰书的楹联"设为庠序学校以教,多识鸟兽草木之名"[8],悬挂在博物苑南馆月台上。他用中国传统的艺术形式告诉观众,设立博物馆为了辅助学校教育,普及科学知识。这副楹联至今仍悬挂在博物苑陈列馆醒目位置,让参观者了解其办苑宗旨。张謇设苑为教育的思想,在南通博物苑建设中也处处体现出来。

第一,博物苑选址便于学校师生利用。张謇将南通博物苑建在通州师范校河之西,这里与师范学校仅一河之隔,是1904年规建的学校公共植物园,在此建馆便于南通师范学校师生利用博物苑。张謇在城南建设了一条横贯东西的现代化马路,是南通当时最繁华的马路,博物苑位于这条路东端的起点,交通十分方便。因此,也便于城内各学校师生前来参观。

第二,博物苑隶属南通师范,能加快博物苑的建设速度和更好发挥博物苑的作用。南通博物苑建苑初隶属南通师范学校,它也是中国最早的学校博物馆。在博物苑建设中，南通师范学校的师生作了重要贡献。第一任苑主任孙钺，就是南通师范的学生。博物苑各类标本的采集、制作，到文物标本的展示，无不浸透着南通师范师生的汗水。南通师范学校对博物苑的管理建设，使之能更好地发挥博物苑的功能，为师范学校以及南通地区的学校服务。

第三，能多学科多层面为学校师生服务。南通博物苑是集历史、美术、教育和天产（植物园、动物园和动、植、矿物标本）四部为一体的综合性博物馆，这类博物馆可以满足学校多学科、多层面教学的需要。

第四，植物园是学校教学实践基地。博物苑的园林设施、山水花木，对博物馆建筑和文物来讲是环境，对游客来说是美丽的风景，这样的环境有利于参观者消除疲劳，也有利于文物的保护。但对于希望获取自然知识的学生来讲，又是参观和学习的内容，具有直观教育作用。博物苑的前身是植物园，园内丰富的植物资源，是学校师生开阔眼界、增长见识、丰富知识的良好学习场所。南通博物苑的良好环境，在当今中国博物馆中也不多见，它反映了张謇在博物馆建设中具有超前意识。

三、综合性

综合性是张謇博物馆思想的第三个特点。南通博物苑是一座集历史、美术、教育和自然为一体的综合性博物馆，这是张謇在博物馆建设中的一个创意。帝国主义列强当时在中国所办的博物馆中，还没有这种类型。张謇要建设这样的博物馆，当时国内还无法借鉴。或许有人要问，张謇在这仅有48亩的土地上，为何要建设这样一座含有多种门类的博物馆？

一是为满足学校教学的需要。南通师范是一所新型的学校，建校初就聘请日本教师和留学人员前来任教，课程设置与西方国家接轨。为满足学校多学科教学和学生实习的需要，必须建设一座综合性博物馆。二是"小而丰的特点"所决定。"小的是规模，丰的是内容。而这一特色，正是张謇根据南通特有背景的最佳设计。"⑨"张謇是位很讲究实效者，他清楚自己'新世界雏型'在南通构建时将受到的空间限制，也了然赖以建立的经济基础的相对薄弱，所以他所办的设置大多规范

甚小。"⑩南通博物苑的建设就是这样。让我们看看博物苑的内涵。

（一）富有特色的园林景观

张謇把博物馆同中国传统的园囿结合起来，建成一座内容丰富的综合性博物馆，同时又是一个具有中西文化特点的园林。"建筑有中式也有西式，也有中西合璧的。西式建筑有南馆、壶外亭，中西合璧的建筑有中馆，其他的各种建筑则多为中式建筑。这些建筑在一起，使博物苑园林建筑更加富有特色。"⑪"在造园要素上，是由中西造园要素相结合而成的。中国园林常用的造园要素，如建筑、山水、花木，和西式园林的造园要素花圃、草地、喷泉、雕像等，在这里被有机结合起来。中西式两种造园要素在这里相互融合，交相辉映。"⑫在园林建筑布局上，采用中轴对称和几何图形。这是18世纪以前法国和意大利的一种造园形式，南通以前还没有这类园林。凡是到南通博物苑参观游览的人，往往有耳目一新的感觉。

（二）丰富多彩的文物展品

根据1914年编印的《南通博物苑品目》，全苑共有展品2973号，其中历史文物1103号。所有文物均对外展出（当时没设库房）。北馆、中馆、南馆是博物苑的主要陈列室，展出历代珍器、名人书画，"历史部为中外各国自迄今衣冠、居住、器用、文化之沿革，代代均有。……美术部则有书画、雕刻、瓷器等"。⑬其中有唐宫乐器"忽雷"、明宣德窑蓝地白花盘、清代南通画家钱恕10米长卷《江山雪景图》、露香园《昼锦堂记》字绣长屏十二幅、北京天坛明代琉璃瓦、陈曼生款紫砂壶、十八罗汉澄泥砚、各类玉如意、玉圆佩、佛像、象牙塔，以及历代科举考试的考卷、夹带等，还有洪宪时代的"中华帝国"的国旗。在南馆和中馆周围，还环列了各种质地的佛像以及铁炮、铜鼎、铜盐锅等文物。

（三）琳琅满目的自然珍品

"南馆，则全苑之精华存焉……天产部在楼下，又分动物、植物、矿物三门。矿物所陈之品，有岩石一千余种，金类矿一千四百余种，非金类矿七百余种，土壤四百余种，矿物标本十余座，矿床七座，炮机四架。植物门计显花、隐花四千余种。动物之标本，虽不若植物之多，然最有价值之哺乳类，大小计百余种，如虎、豹、熊、狐、犀、狼、兕、鹿，俱之。鸟类三百余种，而最堪注目者，有孔雀二

对、雕鹏、信天翁、始祖鸟化石等。此外鸟巢标本亦有数十种，奇异精美，不亚于人之营屋。爬虫类及鱼类共五百余种，有长三丈余之巨蛇、狞恶之鳄鱼、奇异之玳瑁等，而鱼类之怪繁多，尤难细数。此外，非脊椎动物约一千四百余种，昆虫类占三分之一。"[14]另外，还有许多鸟类、兽类等活体动物。博物苑丰富的展品，吸引着中外宾客前来参观。"南通各校，凡讲关于动、植、矿物，常由老师率往参观，因之人多称为南通各校专设之标本室也。"[15]张謇在短短的十年内，建成了一个内容如此丰富的自然馆，即使在今天博物馆人看来也是一个奇迹，令人惊叹不已。

（四）品目繁多的树木花草

博物苑陈列馆之间栽种各类植物。在中馆与南馆之间为"中药坛"，栽种各类药材50余种。在中馆和北馆之间有荷花池和国秀坛，坛中展示了全国各地名花、名石、名竹，其中竹子有淡竹、紫竹、湘妃竹、葱孝竹、黄金碧玉竹等二十余种。还有个名竹非竹的"例外竹坛"，栽植天竹、文竹等一切名竹而实非竹的，统名为"例外竹"。还有以展示秋季花卉的秋色坪。苑内名贵花木也很多，如璎珞松、桤、楸、山茶、玉桂，还有白玫瑰、琼花、日本的八重樱、德国的槐树、南美洲的核桃等。苑西北部种植果树，有苏州白沙枇杷、德州胡桃、无锡水蜜桃、莱阳梨、肥城桃等。此外，还广植各类观赏植物，有牡丹、芍药、石蒜、蕙、兰等，其中兰包括建兰、印度兰、金粟兰、风兰、白兰等。把南通博物苑视为植物园，也是名富其实的。

南通博物苑把多样性和科学性相结合，充分发挥博物馆的展陈艺术以吸引观众。在展示形式上，采用文物陈列和自然陈列并重，室内陈列和室外陈列相结合，死体标本和活体动物相互补充。这种展陈形式充分利用了建筑和空间，也充分发挥了展陈品各自的作用。使观众能根据自己爱好，对于展陈品有所选择，有所侧重，有所收获。

四、长久性

长久性是张謇博物馆思想的第四个特点。张謇深知，创业难守业更难。博物馆是文物标本收藏、研究和宣传教育机构，如何保护好这些文化遗产，并使之传承下去？为此，张謇从博物苑创办之时就开始思考和对策。

（一）建苑之初张謇希望来参观者爱护公物

张謇办事向来有长远眼光，从1905年始创博物苑，他就考虑如何使博物苑的财物得到妥善保护。为此，在博物苑营建之初，他就把自己的意愿刻在博物苑东馆前的石坊横额上，"愿来观者，各发大心，保存公益若私家物，无损无阙。"[16]博物苑是公共文化机构，为使苑内财物不受损坏，他希望来苑参观者能自觉地爱护公物。

然而，仅有这样的提示，或许不能阻止一些人的不文明行为。为此，张謇又拟订了《博物苑观览简章》[17]规范观众的行为，言明参观者必须履行的程序、要求和注意事项，以及违章后的处罚办法。倡导树立文明之风，培养社会公德，使博物苑得到有效保护。

（二）筹划文物征集时张謇就考虑如何保护文物

1908年（清光绪三十四年）南通博物苑还在建设中，张謇就着手筹划文物征集，为此，他亲自撰写《通州博物馆敬征通属先辈诗文集书画及所藏金石古器启》。这是一篇普通的文物征集启事，张謇在撰文之时，博物苑文物征集工作或许还未开始，但他却开始思考如何保护文物。文物是博物馆工作的基础，文物保护的重要意义不言自明。令人惊叹的是，张謇不是从一般文物保护技术的层面，而是从宏观上考虑如何对博物馆整体的保护。

张謇认为对文物破坏性最大的是战争。因此，如何避免战火对博物馆的摧残，是一个严重而必须解决的问题。为此，他提出利用国际法对博物馆文物进行保护。他说，"其保护大法一，曰兵燹时，他国人不得毁坏，毁坏者可责赔偿，著为万国公法。（公法邦国交战例第六百四十八条：凡敌境之教堂、医院、学宫、星台、博物馆及一切兴学行善公所，皆不可扰犯。又军训戒第三十五条：凡人工精巧之物，藏书之区，均宜免于损害；若遇围城轰击，或故意毁伤。可于和议立约时，得讨索赔偿之权）美哉义也，可大可久。视我昔时兰台石室，徒秘于一姓之宫廷，帷盖滕囊，终泯于异时之道路者，相去不可同日语矣。"[18]由此可见，张謇对博物苑保护考虑得多么周到、多么富有远见。从提倡对博物馆公物的爱护到博物馆及藏品的保护，这是认识层次的一个提升。

（三）博物苑建成时张謇又思考如何长久地保护

从1905年到1914年，经过十年建设博物苑已初具规模。此时，张謇一方面为博物苑的成功营建而充满着喜悦之情，另一方面，他又不得不为博物苑的安全而担心。国内战争连绵不断，说不定哪一天战火烧到南通博物苑，使自己的心血白流。张謇曾有过军旅生涯，他对现代战争的破坏性比常人有更多的感受。他在世时也许可利用自己的影响，避免战火烧到自己家乡。但他百年之后如何办呢？国内战争或许可以制止，但若帝国主义侵略战争或世界大战那又怎么办呢？此时，第一次世界大战已经爆发，帝国主义的战车已将整个欧洲拉入了战火之中，谁能保证在世界大战中博物馆不毁于一旦？

为此，1914年他为《南通博物苑品目》所作的序言中，再次提到利用国际公法保护博物馆。他说，"抑闻公法战所在地，图书馆、博物苑之属，不得侵损，损者得索偿于其敌。世变未有届也。缕缕此心，贯于一草一树之微；而悠悠者世，不能无虑于数十百年之后。辑是品目，播诸中外；明是辛苦，一士所积。祈得仁人君子，矜惜而珍存之。"[19] 张謇对南通博物苑的规划建设倾注了全部心血，对博物苑的一草一木有深厚的感情。对于南通博物苑，他不仅考虑了当前，而且想到将来几十年乃至百年之后。因此，他将南通博物苑文物的总账印刷出版，公布于众，使全社会都知道博物苑所藏的文物。他认为，如发生战争而使博物馆遭损，"损者得索偿于其敌"。

事实证明，他的担心不是没有道理的，张謇逝世后的第十二年，即1938年春，日本侵略者占领南通，博物苑成为日本人的兵营。除少数藏品转移外，大部分被日本侵略者毁坏。战争毁坏博物馆之事，不幸被张謇言中。回想此事，我们不能不佩服张謇的深谋远虑和远见卓识。

综上所述，张謇博物馆思想具有爱国性、教育性、综合性和长久性四大特点。社会在发展，时代在前进，中国博物馆事业在不断地发展和壮大。

中国博物馆事业已进入了又一个百年。时至今日，张謇的博物馆思想仍然闪烁着耀眼的光辉，他的博物馆理论仍然没有过时。张謇的爱国主义精神，值得我们学习和发扬；其综合性博物馆思想，对于中小型博物馆的建设还是适用的；运用文物标本进行宣传教育，仍是当今博物馆的主要职能之一；就总体上来说，博物馆的长久性思想，已得到博物馆工作者的普遍地赞同[20]。

注　释：

①曹从坡、杨桐编《张謇全集》第四卷，江苏古籍出版社，1994年。

②苏东海《博物馆沉思》，文物出版社，2006年。

③孙渠《南通博物苑回忆录》，《东南文化》1985年第1期。

④同①。

⑤同①。

⑥同①。

⑦同①。

⑧曹从坡、杨桐编《张謇全集》第五卷（下），江苏古籍出版社，1994年。

⑨赵鹏、金艳《气象万千，大观备矣——张謇的建城思想与实践》，王栋云主编《南通中国近代第一城研究文集》，南通市文化局编印，2003年。

⑩同⑨。

⑪凌振荣《论南通博物苑建筑》，《中国博物馆》2006年第1期。

⑫同⑪。

⑬陈翰珍《二十年来之南通》，翰墨林印书局，1930年。

⑭同⑬。

⑮同⑬。

⑯《张謇全集》第五卷（上）。

⑰南通博物苑《南通博物苑文献集》，南通博物苑编印，1985年。

⑱同①。

⑲同①。

⑳王莉《中国博物馆建设：热　博物馆建筑理论：乏》，《中国文物报》2001年11月23日第2版。

从建设"博物馆城"到构建"大城市博物馆"的嬗变

——以构建公共文化服务体系的基本原则为视角

陈金屏

一、论题提出的背景

近日,新浪网城市频道策划了一期专题,主题是"西安 VS 昆明谁是博物馆城?"缘起于:2009 年 8 月,昆明市政府与中华社会文化发展基金会签订了《"博物馆之城"项目合作框架协议》,双方决定整合各自优势资源,联合开展昆明文化遗产保护工作,传承昆明历史文明。2010 年 3 月,西安市委常委扩大会议研究通过了《关于大力发展博物馆事业的实施意见》,提出了力争用 3 年时间把西安打造成"博物馆城"的战略目标。策划者分别从城市历史积淀、文化遗产资源、当地政府建设博物馆城的规划和举措等方面,对正在积极建设"博物馆城"的西安和昆明进行了比较,请网友投票选出心目中的"博物馆城"。

其实,早在 21 世纪初,中国文博事业的诞生地南通,即以迎接 2005 年"南通博物苑一百年暨中国博物馆事业发展百年庆典"为契机,率先举起了以建设环濠河文博馆群进而建成"博物馆城"的旗帜。2005 年,广东东莞提出投资 3000 万打造"博物馆之城"的口号,2006 年,四川成都提出要打造中国西部"博物馆之城"。其他各大中城市的博物馆建设宣言也是此起彼伏。西安、昆明的博物馆建设的快速崛起,似乎使得"博物馆城"争霸赛愈演愈烈。

事实上,"博物馆城"桂冠花落谁家并不重要。随着我国城市化脚步的加快,"城市博物馆运动"风起云涌,谁是"博物馆城"的 PK 已没有现实意义。但凡每一座拥有较为丰富的历史文化积淀的城市,当地政府有资金投入和政策扶持,在 5 到 10 年内建成几十乃至上百座博物馆已不是神话。如青岛,目前拥有 22 座博物馆,规划在未来 10 年内将新建博物馆近 60 座,在 2020 年达到 80 座[①]。西安,现拥有各类博物馆 45 座,计划 2010 年建成 15 - 20 座,2011 年建成 35 - 40 座,2012 年建成 10 - 20 座[②]。昆明,截至 2009 年底,仅用了 1 年零 7 个月的时间,博物馆的数量从 19 家飙升至 100 家[③]。因此,"博物馆城"不仅是对博物馆拥有数量的比拼、规模大小的比拼,我们要考量的是"博物馆城"的内涵和价值,因此,打造"博物馆城"的要义在于构建一个涵盖地域特色、彰显城市文化,架构科学、功能完善的城市博物馆体系。这个体系犹如一座"大城市博物馆",城市是她的载体,她是城市的记忆。

二、城市博物馆体系的基本特征和价值

从当前"博物馆城"的建设、发展现状分析,这一场"城市博物馆运动"仍处于自发运动的阶段,还缺少科学有序的规划与论证,甚至有盲目超前建设的倾向。因此,各级政府和文化、文物部门在博物馆"热建"趋势下要及时"冷思"。作为我国博物馆体系子系统的省、市博物馆体系,尤其值得超前规划,科学建设,充分发挥系统性、集群性的优势,让有限的资源、资金发挥出最大的效能。

所谓体系,是指若干有关事物或某些意识互相联系而构成的一个整体。城市博物馆体系,也就是以城市为单位,各博物馆相互关联而构成的一个有机整体。作为一个多层次、多要素的集合体,它包括主体结构、客体结构、空间结构、时间结构,同时具备了整体性、联系性、开放性这三个基本特征。

1. **整体性**:即体系中的博物馆不是各馆的简单排列、相加,而是各馆间的相互促进,充分协调,

使得个体与整体的运营效能得到最大提升。好比钢筋混凝土结构的强度就大于钢筋、水泥、沙石的强度之和。

2. 联系性：体系中的博物馆各自独立，但相互关联、互为补益，从而构成结构完善、功能齐全的整体。同时，作为子系统与其他子系统相互关联构成上一级的博物馆体系。

3. 开放性：完善的体系将增强博物馆之间的相互依赖与关联，以利于各馆、各子系统博物馆之间的信息交汇、资源共享等，开放性是城市博物馆体系的内存需求。

综上所述，城市博物馆体系相对于"博物馆城"而言，是价值追求的再一次升华，其核心是发挥博物馆集群效应，达成博物馆的资源共享、协调发展，促进博物馆专业化水平的整体提升，以及公共文化服务体系的优化升级。

三、构建城市博物馆体系的原则与路径

作为一个体系的构成，城市博物馆体系具有多层次、多要素的特点，对应于不同的目标和导向，构建体系的路径有多条，与此相适应的效能评估体系也有多个指标。大力发展博物馆事业，无论是以传统的博物馆收藏、研究、教育三大基本功能为视角，还是以时代赋予博物馆的旅游观光、文化传播、艺术鉴赏、休闲娱乐等新职能为出发点，其终极目标都是为社会提供公共文化服务。公共文化服务体系的建设，必须遵循公益性、公平性、便利性、多样性、基本性和公共参与性六大基本原则[④]。作为公共文化服务体系的重要组成部分，博物馆体系的构成同样应满足上述基本原则的要求，如此，才不失为是一条具有现实指导意义和价值的路径。

1. 构建城市博物馆体系应满足公益性、公平性原则要求

公益性原则指文化服务体系建设的出发点、依据和最终目的，是满足广大公众的公共文化权益需求[⑤]。从国际博协对博物馆的定义，到中国博物馆免费时代的到来，都体现了博物馆的公益性，这也使得城市博物馆体系满足了社会公有、公用、共享的公益性事业的基本特征，本文不再赘述。

公平性原则即指每个公民在获取公共文化资源、享受文化服务时，享有获得服务机会的公平，

服务内容、质量和服务过程的公平[⑥]。换言之，无论城市和农村、发达和欠发达地区，无论男女老幼、富贵和贫穷，人人都应享有平等的文化服务。公平性原则在构建城市博物馆体系中，应体现为，宏观上，战略规划、资源配置、整体布局等重大决策应当兼顾不同社会群体、不同地区的需求，努力做到公正公平。微观上，在提供各项文化服务的过程中，应当秉持公平公正的原则，对不同社会阶层和群体一视同仁，使大家获得机会公平、质量稳定的服务。

2. 城市博物馆体系应满足便利性原则要求

便利性原则体现在时时处处以人为本，保证服务具有最大限度的便利。即保证人人便于享有，而且当是近距离的、经常性的、容易获取的服务[⑦]。笔者认为，构建博物馆体系，便利应体现在两个方面。硬件上，是文化设施的科学规划、合理布局，场馆建设、功能设计的便利性；软件上，是服务流程、内容、方式等方面的便利性。

空间结构是城市博物馆体系的重要构成之一。空间结构是否科学、合理，直接关系到公共文化服务是否便利。毋庸讳言，排除文化遗产资源多寡的因素，我国博物馆的分布存在着经济发达地区、城市中心密集，老少边穷地区、县乡村镇严重匮乏的现象。由于空间布局的不平衡，造成边远、农村地区的群众很少参观博物馆，因为不便，且投入的时间和经济成本很高。显然，没有便利性，或者只对部分人有便利性，就很难实现公益性和公平性。基于这种现状，城市博物馆体系的构建，政府和文化部门在规划上要向县（市）乡镇倾斜，在空间布局上要兼顾城乡平衡。

体系的构建都有时序先后的问题，在发展、完善过程中，可充分发挥文化共享工程、互联网的作用，建构数字城市博物馆体系，在虚拟的结构空间实现资源配置的平衡，以弥补当下现实空间博物馆规划、布局不平衡的缺憾。

构建博物馆体系的便利性体现在软件建设上，关乎博物馆整体专业化水平的提高，如拓宽服务渠道、丰富服务内容和增加服务形式等多个子题目，这些专题有诸多值得研究和阐述的方面，业界也取得了非常丰硕的研究成果，限于篇幅，本文不再深入。

3. 构建城市博物馆体系应满足多样性原则

要求

多样性原则包括两个方面含义:第一是延续、保护和传扬民族文化传统,为人类文化的多样性作贡献;第二是文化产品的品种、层次、特色必须多样化,以实现不同阶层民众多样化的文化需求⑧。公共文化服务多样性的第一层含义,关系到城市博物馆体系的主体结构,也是该体系的核心与灵魂。文化是城市的灵魂,城市是文化的积淀和载体,城市博物馆体系就是一座"大城市博物馆",她根植于城市,根植于现代社会,不仅保存记忆,还要承载现在和未来。以传统博物馆分类为视角,这个体系应包括综合性、纪念性和专题性博物馆;以文化遗产的分类为视角,应包括分别以物质和非物质文化遗产为主要对象的博物馆。以文化传承为视角,不仅要有彰显传统地域文化的博物馆,还要有记忆和承载当代、未来城市特色文化的博物馆。不一而足,"博物馆不仅是旧遗产的投影机,还应成为新文化的发生器。"⑨

多样性原则的第二层含义,则是博物馆公共文化服务中,产品和服务对象的多样性,这与每一座博物馆的专业化水平息息相关。藏品体系、学术研究、陈列展示、观众服务等诸多因素都与多样性原则相关联,这是城市博物馆体系中必须重视的软件建设。

4. 构建城市博物馆体系应满足基本性、公共参与性原则要求

基本性原则是指政府只能负责提供基本的公共文化服务,确保公民基本文化权利的满足。其他文化服务,可以通过直接投资、政策扶持、政府采购、委托生产等方式提供,必要时甚至可以引入市场机制进行服务的直接提供和间接提供。公共参与性原则是指政府有责任保障公民能够充分地参与公共文化产品生产、服务提供的各个环节。还包括民间社团、非营利性文化服务机构等社会组织的形式,合法地、有组织地进入,实现公共文化服务中政府与公民社会的良性互动。这也是群众基本文化权益的最高层次的体现⑩。

综上可知,在我国博物馆体系中已露峥嵘的民办博物馆和行业、企业办博物馆正体现了基本性和公共参与性原则。但从当前这些博物馆发展的现状和趋势来看,专业化水平低、后续资金断链等问题是其中大多数馆面临的主要困境,且难以

自我消解。当前各级政府和文化部门在战略规划、资源配置、财政投入等方面主要放在公办博物馆上。从公平性原则来分析,政府和文化部门不仅要大力倡办,还要采取有效举措加大资金和优惠政策的扶持力度,使之成为城市博物馆体系中的生力军。否则,这种现状将制约博物馆事业整体的可持续、健康发展。根据木桶原理,容积是取决于最短的那块板。

构建城市博物馆体系,实质上是一次全面梳理城市文脉的过程,是传承和创新传统历史文化的过程,是建设"博物馆城"思想的再一次升华。江苏博物馆事业已经进入了一个快速发展的时期,在社会经济和文化的全面发展中发挥了积极的作用。但是,总体水平与社会发展、与广大人民群众的需求之间还依然存在一定差距。当前,南京、南通、苏州、扬州等地均在着力打造"博物馆城",加快"博物馆群"建设。在此进程中,各市具有前瞻性、科学性的规划与建设,对建立结构合理、发展平衡、网络健全、产品丰富、运营高效、服务优质的城市博物馆体系,进而构成覆盖江苏全省的博物馆体系有着重要的价值和现实意义。

城市博物馆体系的构成原则和路径有多条,本文以构建公共文化服务体系的基本原则为视角,并侧重于体系中硬件结构的分析,挂一漏万。笔者以期抛砖引玉,引起省内外同行、专家们对构建城市博物馆体系的价值和路径给予关注和深入研究。以上不当之处,敬请指正。

注 释:

①《"博物馆城":一座城市的文化收纳攻略》,中国城市网 http://www.citure.net/info/2009526/200952695535.shtml。

②《西安:3 年让博物馆数突破百个》,新华网陕西频道 http://www.sn.xinhuanet.com/2010-04/02/content_19414018.htm。

③《昆明市博物馆总量增至 100》,中国昆明市人民政府网站 http://www.km.gov.cn/structure/xwpdlm/zwdtxx_119500_1.htm。

④陈威《浅论公共文化服务的基本原则》,摘自《中国公共文化发展服务报告(2007)》,社会科学文献出版社,2007 年。

⑤同④。

(下转第55页)

博物馆公共文化服务体系构建的研究

张 建

随着经济的快速发展,我国政府面临着越来越多的问题与挑战。原有的公共文化供给模式已不能满足人民群众日益增长的精神文化需求,由此,中央提出了构建结构合理、发展均衡、网络健全、服务优质、惠及全民的公共文化服务体系。开展公共文化服务、构建公共文化服务体系,已成为当前我国博物馆建设与服务中的一个热点问题。

博物馆作为公益性文化机构,是公共文化服务体系的重要组成部分,它承担着公共文化事业服务的重要职责。因此,如何更好地构建公共文化服务体系,并充分发挥其社会职能,将成为今后一个时期博物馆事业发展的重要任务。

一、公共文化服务体系释义

近几年的发展表明,提供公共服务已成为现代政府的基本职能,正逐渐代替政治统治,成为现代政府的重要标志之一。就像法国公共法学家莱昂·狄骥指出:"国家就是政府为着公共利益进行的公共服务的总和。"可见,公共文化服务体系就是由政府生产或提供,以满足社会公众基本文化需要为目的,着眼于提高公众的文化素质和文化生活水平,维系社会生存与发展所必需的文化环境与条件的公共服务行为的总和。

我国公共文化服务体系主要由以下几部分构成:

(一)政策法规体系。如由国家文化部颁发的《博物馆管理办法》、《文物保护法实施条例》等,它将对推动博物馆建设起到十分积极的作用。(二)基础设施建设体系。包括建国以后我国建立的覆盖城乡的文化站、博物馆等社会文化网络。(三)现代服务手段运用体系。现代社会的发展越来越需要科技因素的支持,如全国文物信息数字资源共享和数字博物馆等。同时要注重运用现代服务理念,拓宽服务领域,延展服务范围。近年来涌现出来的网上博物馆、流动博物馆、文物精品巡回展等都是应用现代服务手段的新形式。(四)人才队伍培养体系。(五)经费保障体系。

二、博物馆公共文化服务体系的特征

博物馆公共文化服务体系建设作为积累、传承、创新和发展优秀传统文化的重要途径,具有鲜明的时代特点。

(一)公共性

博物馆服务本身就是社会公共文化服务的组成部分,"公共性"是博物馆服务的根本属性,若没有了"公共性",博物馆就失去了存在的社会价值。博物馆属于公共物品,是由政府通过全民税收支持其经费开支而面向全民开放、免费为全民所利用的文化教育设施。博物馆公共服务是政府提供的保障公众基本文化权益的公共服务。这是博物馆服务的公共性的重要体现,也是博物馆事业的一种必然趋势。

(二)公益性

博物馆是政府主办的公益性文化服务机构,它以服务社会为宗旨。《关于全国博物馆、纪念馆免费开放的通知》中曾指出:"博物馆、纪念馆向全社会免费开放是党的十七大关于社会主义文化大发展大繁荣的具体实践,是加强社会主义核心价值体系建设和公民思想道德建设的有效手段,是进一步提高政府为全社会提供公共文化服务水平的重要举措,是实现和保障人民群众基本文化权益的积极行动。"因而,在公共文化服务体系中,博物馆的"公益性"地位是不可动摇的。

(三)均等性

均等性是指政府所提供的公共文化服务要惠及全体人民,为全体人民所普遍享有。2006年,国务院颁发的《国家"十一五"时期文化发展规划纲要》中就明确指出"坚持公共服务普遍均等原则",这里的"普遍均等"就包含了服务内容均等的内容。博物馆公共服务内容均等指的是基本公共服务内容均等化,也就是说对于基本服务内容应该均等地提供给所有公众,即人人都有享有博物馆服务的权利,人人都有享有博物馆服务的机会和能力。

(四)传承性

公共文化服务体系的一个社会服务功能是:弘扬民族文化与精神,承担文明传承和确立文化自信心、自豪感。博物馆是人类社会文明发展的产物,它用自己的服务方式和内容,支持地方文化发展,收集、保存宝贵的文化遗产,尤其是地方历史资料和珍贵文物等,提高公众对文化遗产的认识。在传承人类文化、保存文化遗产上,博物馆起着不可取代的作用。

(五)休闲性

休闲性是指将博物馆的休闲娱乐功能纳入文化休闲范畴,通过自由舒适的环境、文化娱乐消遣(如鉴赏文物精品、亲历文物的复制等),满足公众的文化需求,放松心情、缓解疲劳,陶冶情操,形成正确的价值观和积极的人生观。

(六)拓展性

博物馆的服务属于公共服务的范畴,它通过服务来体现社会价值。但是,博物馆服务又是一项专业性、技术性很强的服务。随着社会的不断发展变化,博物馆传统的服务模式已不能满足社会的需求,而是需要不断地将社会的变化、观众需求的变化、科技的发展结合起来,从博物馆内部管理到服务内容、服务方式、服务手段等要不断地发展、创新,与时俱进,更好地履行自己的社会职能。

三、博物馆公共文化服务体系的构建策略

建立完善的公共文化服务体系是博物馆的责任与使命。党的十七大对推动社会主义文化大发展大繁荣做出了全面部署,为我们努力开创博物馆建设新局面指明了方向。作为公益性文化机构,博物馆要充分利用文化资源优势,肩负起时代赋予的光荣使命,以更加崭新的姿态、现代化的管理、完善的服务体系和丰富的文化产品,满足人民群众多层次、多方面的文化需求。

(一)以人为本、观众第一,不断提升公共文化服务内涵。

博物馆必须强化以人为本的观念,不断加强文博工作者的业务和技能培训,提高服务意识、服务水平、服务质量和精神面貌。要不断加大投入,健全和完善观众服务设施,努力构建多层次的观众服务体系,提供全方位的优质服务,最大限度地发挥博物馆的功能和作用。

1. 营造参观氛围

随着博物馆免费开放时代的到来,大众化的参观需求与服务已不成问题。我们应该在传统的服务模式上努力创新、提升质态,多设置一些服务单元,多体现"人馆合一",让每一位观众感到温馨、贴心、方便、快捷。

2. 贴近观众需求

通过调研、采访等方式,主动贴近观众,深入了解观众的参观需求和参观倾向,变博物馆管理者的主观性为大众的需求性,适时增加博物馆与观众的互动项目,拉近观众与博物馆之间的距离,彰显博物馆以人为本的理念。

3. 倾听合理心声

博物馆作为文化服务窗口,在整个服务流程中必须加强与观众的沟通交流,了解掌握观众在参观时存在的诉求。"游客座谈会"、"参观意见反馈箱"、"网友留言"等都是博物馆广开言路、集思广益的很好形式。博物馆在公众的关注下可以海纳百川、拓宽视野,提升公共文化服务品质与内涵。

4. 关注特殊群体

弘扬科学精神,普及文博知识,动员社会各方面服务青少年的健康成长是建设和谐文化的必然要求。博物馆要充分利用资源优势,发挥自身独特教育功能,为社会公众尤其是特殊群体、弱式群体提供优质服务,特别要在加强青少年教育、完善社会志愿者服务、拓展服务渠道等方面创造良好的社会环境。

(二)发挥优势、拓宽渠道,不断提高公共文化产品供给能力。

提高公共文化产品供给能力要坚持政府投入与社会参与的双轮驱动,大力拓展供给渠道,积极

探索新形势下博物馆提高公共文化产品供给能力的载体和途径，在坚持公益性为主的前提下，以提高文化产品供给能力为目的，进一步发展和繁荣博物馆服务事业。

1. 开发特色数字资源

博物馆的传统服务模式往往是受时空局限的，有了网络化的环境，有了数字资源，博物馆的延伸服务就有了保障。博物馆可将"非遗"重要文物资料、传承人演示录像、博物馆文物精品资料等经过后期编辑、加工制作成多媒体光盘产品进行巡回展播，在为社区居民、武警官兵、福利院老人等多种人群提供优质文化大餐的同时，也进一步丰富了博物馆的特色数据库。

2. 利用主流媒体宣传

"坐以待客"、静态作业是常人对博物馆的认识，一度时期博物馆在生存环境以及一部分人心目中，有被边缘化的倾向，这是博物馆推动全民参观的不利局面。因此，博物馆要充分利用主流媒体宣传造势，发挥媒体舆论的导向和激励作用，不断营造全民参观的氛围。

3. 吸引社会资金介入

博物馆深入开展公共文化延伸服务活动，必须要有两个突破：一是要突破传统的服务方式，二是要突破资源单一的局限。因此，博物馆要积极引入竞争激励机制，按照现代企业制度的要求，以赞助冠名、合作主办的方式吸引社会资金介入，争取社会资本兴办展览，嫁接多种资源开展公共文化服务，激发博物馆的内部活力，做大做强文博产业。

（三）拓展功能、扩大延伸，不断丰富公共文化服务内容

1. 社教服务

活动包括讲座、室内教程、户外活动等各种观众参与的互动性活动，能在展览外最大可能地实现博物馆的公益性和社会责任，并在培养观众兴趣的同时吸引公众成为博物馆的长期支持者和志愿者。

2. 信息服务

向公众免费提供网站资讯、资料查询等公益性资料，所有信息服务都不以营利为目的，这是博物馆公共财富实现公益责任的必要途径。

3. 专业服务

提供展览设计、文物修复、文物复制、文物摄影等功能性服务。

4. 场馆服务

博物馆的场馆、设施可以向外单位和个人根据具体情况提供无偿或有偿的服务。如名人讲演、继续教育、签名售书、品尝食品、戏剧表演、室内音乐会、传统文化系列讲座等文化和商业活动的场地。并积极推动博物馆向文化平台和社区活动中心迈进。

构建博物馆公共文化服务体系是一项长期、系统的工程，开发与提升公共文化服务能力更是一个适应时代、适应社会的紧迫任务。当前公共文化服务工作机遇与挑战并存，博物馆必须解放思想、开拓创新，努力探索开发与提升服务能力的新途径，以增强社会公众对博物馆的依赖性、认同感，提升博物馆的文化感召力、竞争力，不断发挥博物馆在公共文化服务体系中的重要作用和影响。

（上接第52页）

⑥同④。

⑦同④。

⑧同④。

⑨1989年9月在荷兰海牙召开的国际博物馆协会第15届大会的倡议。

⑩同④。

参考资料：

王列生、郭全中、肖庆《国家公共文化服务体系论》，文化艺术出版社，2009年

邓显超《中国文化发展战略研究》，江西人民出版社，2009年

李景源等《中国公共文化发展服务报告（2007）》，社会科学文献出版社，2007年

王谦《城乡公共服务均等化问题研究》，山东人民出版社，2009年

休闲身心的绿地 陶冶情操的家园

——南通博物苑服务观众纪事

陈银龙

每天晨曦初露之时，南通博物苑的大门便迎来了一批批到里面晨练的男女老少，此时放眼这百亩之地，数百名游客或快走在青石板路上；或在草坪上排成几队挥动手脚打着太极拳；或三五成群跳起了剑舞……给早晨的博物苑增添了一道靓丽的风景线！

为什么众多的市民青睐博物苑，把晨练的场所选择在这里呢？这还要从市委、市政府的决策说起。1999 年 12 月 28 日，市政府决定将原人民公园并入南通博物苑，为该苑的发展拓展了空间；2005 年南通博物苑成立一百周年，市政府又投巨资建新馆、修旧馆、补绿化、改道路，之后博物苑人又整修草坪，种植梅花林、牡丹园等，把博物苑的园林培植得树木葱茏，绿草如茵，难怪在博物苑晨练已有三年多的老姜说，跑了好多地方，还是觉得这里最美，练得心情最舒畅。朱桂春，退休前是市城管局的一名科长，31 年来几乎一天不漏地来这里晨练，说起这里近几年的变化，激动不已：树木变了、绿地变了、道路变了、房屋变了，变得漂亮了、干净了，在这里晨练心情好、精神爽，感谢政府为民办了一件大好事，让我们这些老人有了休闲的好去处。

让市民到博物馆来休闲，在休闲中陶冶他们的情操，是博物馆人的新理念。南通博物苑人借百年苑庆之机，以创办人张謇留下的园林为特色，积极实践这一理念。他们拆除了所有的游乐设施，精心规划、打造园林景观，复建历史建筑，添置飞来椅、石板凳、垃圾筒等，并让其遍及整个园林，力求把最美的空间留给市民，让市民在其间感到舒服、方便。现今每年到博物苑来的游客大致在 50 万左右，逢到节假日，苑内游客更是络绎不绝、人头攒动。

笔者经常看到一对老年夫妻带着一个三四岁模样的小男孩在博物苑园林内游玩，便好奇地前去与其攀谈起来，得知小男孩是他们的外孙，女儿、女婿上班，带外孙的任务便落到外公、外婆身上，他们原先带外孙在商店玩，觉得太吵，便转到博物苑来了，感觉很好，于是就天天来半天，玩园林，坐展厅，让外孙体味这里的氛围，吸收文化气息，看到他们其乐融融的样子，笔者想起了美国人的一句话：美国的儿童是在博物馆和汽车里长大的。现在的中国，也已经有越来越多的未成年人走进博物馆，接受先进文化的熏陶了。这些年来，南通博物苑和众多博物馆一样，张开双臂，欢迎小市民多多来苑参观学习，为此他们采取了一系列的举措：建恐龙厅、自然馆；为未成年人集体免费讲解；开展小小讲解员活动；组织青少年科普活动周等，引导未成年人来苑接受爱国主义教育和科学文化知识。每到春、秋两季，市内不少中、小学总要组织一批批中、小学生来博物苑参观。汶川地震后，组织上安排汶川两位截肢的小学生到南通第三人民医院治疗，南通博物苑园林部副主任居卫东得知这一信息后，心里起了波澜，这位吸引了无数未成年人来苑接受教育的自然专家想，两个汶川小学生肯定有思想包袱，博物苑人有责任帮助他们消除顾虑，树立自强不息的精神，于是就赶到三院做起了开导的工作，并征得有关方面同意，用轮椅推着他俩到博物苑来看展览，并在参观和讲解科普知识的同时，鼓励其坚定信念，战胜疾病，好好学习，好好生活，当看到两位小学生脸上露出了微笑时，居主任的心情也开朗多了。居卫东至今还和这两个汶川小学生保持着联系，关心着他俩的成长；而他们也十分怀念南通，怀念南通博物苑。2009年，南通博物苑与江海晚报社联合组织了"情系博物苑"征文活动，远在美国攻读生态与进化学博士研究生的徐明子寄来了一篇题为《那条路，起自博物苑》的征文，文中写道："我发现正是与博物苑的这些关联，铺就了我后来的道路。"徐博士还在该文结尾处动情地说："远在异国他乡，我期待早日再见青砖红瓦的濠南别业。"这些，正是博物苑人的期盼，也是对他们的最高奖赏！

陈列展览是博物馆的一大功能，也是吸引观众的重要手段。近几年来，南通博物苑除了基本陈列外，每年都要策划展出十几个临时展览。2010年以来，临时展览已多达18个，从名家名画展、名人摄影展，到南京云锦特别展、纪念刘瑞龙诞辰一百周年特展等，展览一个接一个，让观众隔一段时间进来就有新内容观看。正是这些贴近实际、贴近生活、贴近群众的展览，吸引了众多观众常常走进南通博物苑。另外，为了增进与观众的沟通，了解观众的心理需求，他们还通过组织"情系博物苑"征文活动、"美在博物苑"摄影活动、公开征集博物苑研究课题、进行观众需求调研等，拉近与观众的距离，听取观众的建议和意见，以便更好地改进工作，满足观众的需要。《江海之光》基本陈列展出五年来，不少观众在基本肯定它的内容外，也提出了许多需要改进的内容，如内容上要更好地反映南通各个历史时期的亮点，表现手法上要更加新颖和现代等，苑领导对此十分重视，专题研究讨论这些意见，现已决定将该陈列的内容设计项目列为苑重点研究课题，组织强有力的工作班子进行研究设计，为改进《江海之光》基本陈列积极做着前期准备工作。

现在，南通博物苑人以人为本、为民服务的工作正在不断向前延伸，他们为观众办起了购物中心，配置了医务室、宣传架、留言簿、物品免费寄存橱，放置了雨伞、轮椅、婴儿车，扩大了停车场，并正在建设一幢1000多平方米的游客服务中心，努力让观众走进南通博物苑，就是走进了一个休闲身心的绿地、陶冶情操的家园、增长知识的场所。为此，他们先后获得了"全国文化工作先进集体"、"全国精神文明建设工作先进集体"、"首批国家一级博物馆"、"AAAA级国家旅游景区"、"全国科普教育基地"等荣誉称号。

浅议博物馆与社区文化建设

张美英

作为为"社会及社会发展服务"的机构,博物馆对社会基本构成单元的社区发展不断给予关注。早在 20 世纪 70 年代,西方包括前苏联就出现了大量各种类型的社区博物馆,摩洛哥阿斯拉斯高地社区博物馆、乌拉圭文化与艺术数字博物馆等,他们以社区为中心,立足于社区服务,逐渐成为世界范围内博物馆发展的一个新的趋势。为了进一步弘扬博物馆服务社区的思想,1995 年国际博协将在挪威举办的第 17 届大会的主题定为"博物馆与社区",于 1997 年在菲律宾举办的国际博协亚太地区第 6 届大会的主题定为"走向 21 世纪——博物馆与社区建设",国际博协将 2001 年的国际博物馆日的主题确定为"博物馆与建设社区"。这些事件仿佛告诉我们,博物馆与社区间的关系已成为 21 世纪博物馆发展的关键。

在我国,社区是与居民生活贴得最近,最能反映居民需求的一级组织。社区服务从无到有、从小到大,迅猛发展并不断提高,现已对社区组织和亿万居民的社会生活发生了相当大的影响。因而加强社区文化建设,在丰富居民生活、规范居民行为、增强社区凝聚力等方面发挥着重要的作用。如何促进博物馆在社区文化建设中发挥主导作用,实现其间的良性互动,既是一个理论问题,又是一个紧迫的实践课题。

一、从博物馆实现社会功能的角度,博物馆必须开展为社区公众文化服务活动,参与社区文化建设

社区公众作为特定目标观众是博物馆服务的对象。国际博物馆界共同的宗旨就是为社会和社会发展服务。在国际上,所谓为社会和社会发展服务,就是为社会公众服务。而社会公众是一个十分广泛的概念,包含了一个由不同年龄、职业、文化程度、兴趣爱好都不一样的十分庞大博杂的人群。《中国博物馆学基础》"博物馆观众"一章对目标观众群、观众构成、调查研究、博物馆之友等几个方面全面阐述了观众与博物馆的密切关系。"博物馆与观众",它们是一种相互依存、互为表里的关系。博物馆观众中,就包括社区公众,社区公众是"特定目标的观众群",是博物馆履行社会责任的实际对象。博物馆应该思考服务的方式和内容,吸引社区各层次的观众认同,使之亲近博物馆,支持社区公众和特殊个人积极参与到博物馆的活动中来,或通过自身特有的手段为各个不同的社区提供个性化的文化服务,切实参与社区文化建设。

博物馆具有丰富独特的文化资源和专业手段,是博物馆参与社区文化建设的保障。博物馆的陈列是博物馆特有的语言,举办陈列展览是博物馆为社会提供文化服务、提供特殊精神产品,实现其社会功能的主要方式。通过不同主题、内容的陈列展览,博物馆为社会文化服务可以包括许多方面,如为观众提高思想品德和文化素养服务,为在校学生的校外教育、为成人终生教育服务、为科学研究服务、为旅游观光和文化休闲服务等。

此外,通过陈列讲解、辅导教学、举办讲座、开展电化教育、举办流动展览、编印辅导参观的说明书和导游手册,举办主题夏令营、专题知识、活动竞赛等,为博物馆参与社会文化服务提供了丰富多样的渠道。

二、从博物馆本身具有地域性的特点,博物馆应该努力加强自身建设,使之成为社区文化活动中心

分布于一定区域内的博物馆是社区的组成部

分，其通过不断汇集人类优秀的文明成果，以独特的文化内容与专业方式，并按照一定的价值目标释放"文化内涵"，引导社区文化向社会主义核心价值的方向发展，努力使之成为社区文化活动中心，为社区文化塑造，为社区居民形成共同的文化观念，陶冶道德情操，提升文学艺术修养，从而构建和谐社区而作出积极的努力。歌德说过："假若不是通过一种光辉的民族文化均衡地流灌到全国各地，德国如何能伟大呢？遍布各地的图书馆、博物馆和剧院，作为支持和促进文化教养提高的力量，是绝不应被忽视的。"博物馆在社区文化建设中具有举足轻重的地位和无可替代的作用。

事实上，博物馆理应成为其所在地区的知识和文化中心，而这个中心的最直接的一个功效就在于，通过对社区文化的塑造，丰富或拓展整个社会的文化知识和文化生活，与此同时，社会也得到了参与博物馆活动及本身发展的机会。美国学者赫德森曾经说过："全世界的博物馆越来越将自己视为与外界有联系的专业机构，越来越认同自己是所在社区的文化中心。这些变化可以这样来概括，博物馆不再被认为仅仅是保管一个国家文化和自然遗产的宝库或者代理人，而是最广泛意义上的强有力的教育手段。"

三、博物馆参与社区文化塑造，必须做好社区民众基本文化意愿的调查研究

要开展社区文化服务，就必须做好了解社区民众基本需求的工作。有博物馆曾就社区居民对生活质量的意愿做过粗略的调查，结果是：一是在生态环境方面，居民对污染、噪音、公共空间被侵占等扰民现象十分反感；二是居民希望社区在防范社会犯罪方面发挥作用，治安环境要更好一些；第三是居民希望除了在养老、就医、日常生活和人际交流方面得到便利的服务外，就是要求使社区附近公众文化设施的社会效益最大化，希望以人为本，加大文化方面投入的力度，使社区居民与博物馆能够结成一种主动和自觉参与的关系，从而促使全社会文化素质与欣赏品味的提高，丰富广大群众的文化生活。这是在物质生活层面的需求不断得到满足之后，社区居民对居住地所在社区生活质量方面的意识和要求的体现，是社区民众对政府重视社区文化建设和博物馆开展社区文化

服务的一种期待。

南通博物苑今年也组织暑期社会实践的大学生志愿者对南通的社区居民就南通市博物馆的认知情况作了调查。在博物苑的指导下，他们设计制作了A、B两种调查问卷，A卷给参观过博物馆的调查对象填写，B卷给从未到过博物馆的调查对象填写。大学生们选取了南通市的数个居住区和人流量大的地方，如北濠新村、永兴佳苑以及地处城市中心的南通博物苑附近的南通中学附近沿街小商铺、南通书城、江苏南通金鹰商场等，分别进行了调查。从初步统计的结果看，有参观博物馆经历的民众主要参观目的依次是充实知识、休闲娱乐、教育子女、个人爱好；对博物馆印象好的原因依次是馆藏丰富、硬件设施好，环境优美、教育意义深刻；对展品感兴趣依次是美术工艺品类、有历史教育意义的、自然科技类的；对博物馆举办的活动，民间收藏品的鉴定、评比、展出活动荣登被调查观众"感兴趣的活动"榜首；而"陈列内容缺乏教育意义或没有艺术美感"则被认为是对观众容易产生负面影响的主要因素。

在对未参观过博物馆的民众调查中可以了解到博物馆在他们心中的印象是知识的殿堂；问到如果去参观博物馆，他们的目的、希望看到的展品以及希望博物馆举办的活动时，他们的希望与去过博物馆的被调查者的回答基本一致，表现了极大的认同。据介绍，这次接受问卷调查的，有年逾七旬的老人，有正当壮年的青年，还有风华正茂的少年，他们就职各行各业，所受教育程度高低不一，呈现在问卷上的答案也大相径庭。特别值得一提的是，大学生们在永兴佳苑做调查时，遇到了几位表演南通本地"童子戏"的演员，"童子戏"已被列入国家级非物质文化遗产目录。出乎大学生们的意外，这些演员们很热情地与他们进行了交谈，并乐意做调查问卷，其实这从另一个方面反映了民俗文化工作者了解博物馆的一种渴望。

暑期实践开展的观众调查活动是博物馆获取公众对博物馆文化工作意愿的一个方面，是博物馆对公众文化需求基本信息的一种途径，他们调查实践活动的过程同时也是对南通博物苑的一种有效宣传，可以为博物苑争取潜在的观众；他们调查实践所取得的成果，为博物苑以后更好地开展

（下转第74页）

对展品保管工作规范化问题的思考

陈　玲

在实际操作中,展品的保管工作要比藏品的库房保管工作难得多。目前,我国绝大多数博物馆藏品的库房保管工作已建立了一套完整的规章制度、操作规程。相对来说,展品的保管工作比较薄弱,许多馆没有专人负责展品的保管,而兼职保管人员往往缺乏藏品保管知识,不懂保管工作程序和操作规程,致使在展品保管过程中出现错乱、丢失、摔碰和自然损坏等事故以及手续不清、责任不明等问题,给博物馆事业造成了不应有的损失和负面影响。为减少此类情况的发生,提高展品保管工作的质量,笔者认为,在高度重视展品保管工作的同时,必须使展品保管工作规范化。

一、展品的保管现状与存在问题

据笔者了解,目前各馆展品管理权的归属没有统一的规定,展品的保管大致有三种模式:

第一种模式:展品由陈列部门从库房或外单位提取,布展后展厅保卫工作由保安公司或保卫部门负责,展品仍由陈列人员兼职保管。这种情况下展品的保护和管理工作最为薄弱。因为陈列设计人员的工作职责是设计和布置展览,每个陈列展览布陈结束后,他的工作即告一段落,就要把精力放在下一步工作或下一个展览上,他不会也不可能定期检查展品的保存现状,也没有精力考虑科学管理的问题。同时,陈列人员的专业特长是陈列设计或对相关学科的研究,对展品的保护管理工作往往知之甚少,上述这些情况也就决定了他们对展品保管的力不从心。展品在这种模式下保管,实际处于半失控状态。

第二种模式:展厅保卫工作仍由保卫部门负责,陈列部门布展结束后把展品再点交回保管部门,由保管部门负责展品的保护与管理。由于保管部门在藏品保管工作上富有经验,他们对展品的管理手段比较科学,保护措施较为及时,因此对展品的保管是较为有利的。但这项工作不是保管部门的主要业务工作,有时不会引起保管部门的高度重视,且许多单位并不派专人保管展品,库房保管员兼管展品后,易发生保管员长期不进展厅,不能及时发现问题、疏忽管理的现象。

第三种模式:展厅由宣教部门看管,宣教部人员或讲解员兼管展品的保卫与保管工作。由于展厅是这部分人员的工作岗位,他们每天必须出入于展厅,可以及时发现展品出现的问题,并向有关部门反映,使之得到解决。这种管理模式应该说对展品的保管比较有利。但问题是,目前大多数博物馆讲解员和看厅人员多为临时聘用人员,即便是在编正式人员且他们也非常努力好学,但由于工作专业和岗位性质的关系,缺少藏品保管的实践和日常工作的积淀,宣教部门的人员要想在短时间内掌握丰富的藏品保护管理方面的知识和经验,对相关的工作手续、程序及要求有较深地了解是不可能。在这种管理模式下,展品保管仅仅限于不丢不错、不摔不碰的层面,缺乏规范的操作和科学的保护管理,而出现了一些不应发生的事故。而一旦事故发生,由于手续不清,责任不明,解决起来非常棘手。

综上所述,从目前展品的管理中看,不论属于哪一种模式,都存在职责不明、责任不清和操作不规范的问题,远远达不到藏品保管工作的要求。因此,我们必须对展品保管工作中存在的问题加以研究,找出相应对策,使之规范化。

二、对展品保管工作规范化问题的思考

近几年来,随着博物馆对社会公众服务意识

的提高以及现代化安防设备的配备与应用，目前，大部分博物馆用于陈列展览的藏品，多为博物馆馆藏精品。它们短则数月、长则数年甚至十几、二十几年在展厅中陈列，展厅实际成为它们的长期存身之地。这些精品藏品，本应得到较一般藏品更科学的管理措施、更完善的保护方法来保管。但因种种原因，展品的保管条件、管理水平却远远落后于库房藏品保管，成为我们工作中的一大盲点。要改变这种状态，必须使展品保管工作规范化。笔者认为，应从这样几方面着手。

1. 明确职责，展品保管工作应选派专人负责。

根据实际情况，展品由保管部门或宣教部门保管较为适宜。不管归属哪个部门，都应由部室主任指派专人负责，明确责任和工作任务，并定期检查他们的工作。负责展品保管的人员，应具备相关的藏品知识和较强的管理能力，并应具备一定的藏品保护知识。他的责任，不仅限于看管文物不丢不错、不摔不碰，还应严格按照藏品保管要求，采取科学管理手段和保护措施，全方位地保证其安全。

2. 分清责任，展品的交接手续要健全。

这里所谈的展品交接，不包括陈列部门从库房提取藏品的交接手续，而是特指这样两种情况：其一是陈列部门向宣教部门或保管部门交接已用于陈列的藏品。这种情况下，由于陈列、宣教部门的工作人员对交接规定不太熟悉，且思想上重视度不够，而现行制度又没有对这种交接手续加以规范，造成交接手续混乱的局面。主要表现为：有的交接单上不标藏品号，不写藏品时代，致使同类同名藏品发生混淆；有的藏品清单不注明完残程度，交接时在展橱外清点，对藏品的现状心中无数，以至藏品发生干裂、锈蚀、虫蛀等损坏后仍浑然不觉。因此必须对展品交接手续加以规范，可借鉴相关的藏品出库交接制度，设计藏品交接单，逐件、逐项填写，交接双方逐件、逐项检查藏品现状，不得有任何疏漏。长期陈列的藏品，应尽早确定展品保管负责人，此人最好能直接参加布展工作，一来可避免再次交接时搬动展品，发生意外；二来能让展品保管员在布展过程中近距离仔细地观察展品状况，更好地熟悉展品，为展品的科学管理打下良好的基础。其二是陈列部门已从库房提取、但由于种种原因没有展出的藏品再退回库房。这是在陈列展览筹备过程中，经常发生的事情，即某些藏品已列入陈列计划，并已从库房提取，但由于种种原因最终没有展出。这些藏品应该在布展结束后尽快归还。从本馆提取的，归还本馆库房；从外单位借用的，归还主单位。

这个问题看起来简单，但各单位在实际操作中却较为混乱。由于没有严格的制度约束，这部分藏品往往数年甚至十数年既不在库房，又不在展厅，而是在陈列设计人员个人手上，或是找个临时地点存放（手续仍在个人手中）。在个人手中存放的藏品，遇有调动、退休、死亡等人事变动，很可能成为无头之债而失去下落。在临时地点存放的藏品，由于没有专人负责，没有专门的防火、防盗、保养等措施，藏品安全得不到保障。不仅如此，有的馆由于种种原因，屡屡更换藏品临时存放地点，有时甚至没有提借人员在场，就加以搬动，更容易造成藏品混乱、损坏和丢失。

在此问题上，我们应该引起高度重视，尽快制定相应的规章制度。例如，展览开放后一周内，陈列部门即应清点完毕所有提展藏品，对已展出藏品和未展出藏品分别造册。开展一月内，清退所有从馆内和外单位提用的未展出藏品。如从外单位提借的藏品，没有到归还时间，不需立即归还，应统一造册，存放于藏品库房，指定专人负责。所有与藏品有关的人员，遇有调动、退休及其他人事变动，均应提前点清并交接所管藏品，再行办理有关手续。

3. 完善管理，展品也要建立相应的藏品账目来管理。

短期展览的展品，使用陈列部门的交接单管理即可，除了必须按规定填写单据之外，还应注意到：（1）单据必须由展品保管员妥善保管，以备后查。（2）单据要注明共有几页，每页均须注明页码，防止遗漏和丢失。（3）在单据的相应部位标明展品方位，包括展出橱柜号及橱柜内位置，方便管理与查对。

长期陈列的展品，应以展厅为单位，建立一套固定的展品账册，由展品保管员管理。账册栏目可参考藏品总账设立，但必须加注展品方位。长期固定陈列的一些展品因外借展出、科研、照相等原因经常提用，还应建立相应的展品借出账，及时标明展品变动情况,确保每一件展品的去向清楚无误。如今影像技术在博物馆各项保护工作中发挥着较大的作用,展品的方位和状况可用照相机或摄像机拍摄下来,以配合管理。

4. 核查账物,建立定期清点展品的制度。

这里所谈的清点,不同于展厅每天必须进行的展品检查,而是根据展品清单、账目全面清点展品。一件件清点、核对和记录,做到账、物相符。因各种原因提出展厅的展品,也应根据账目,逐件核对提取清单,使进入展厅的全部展品件件有着落。定期清点的时间,以每三个月一次为宜,最长不超过半年。

除此之外,保管部门也应不定期到展厅清点提展的藏品,按照原始提用交接单,将展品进行全面核对,核对结果要及时同展品保管员交流,避免展品发生其他问题。

5. 加强学习,改进展品保养的手段。

目前,我国大部分博物馆展厅条件有了很大地改善,安装了恒温恒湿设施和遮光防尘设备,温湿度、光照等自然环境指标基本能控制在正常值之内。但展品长时间裸露在外,褪色、干裂、生锈、内部纤维老化等自然损坏现象还是难以避免的。这就要求展品保管员加强藏品保护知识的学习,掌握一定的藏品保护常识和技能,不宜长时间展出的展品要定期更换,每年春天要根据展品的不同质地和要求定期放置防霉防蛀药物,注意展厅通风、降温、防尘、防紫外线等,一旦发现有锈、虫、霉、裂等自然损坏,及时向有关部门报告情况,采取保护措施处理,尽量降低自然环境对展品的破坏。

6. 规范提用,建立健全展品提取制度。

展品,出于各种原因需要暂时提出时,应办理相应的提取手续。与严格的库房藏品提取制度相比较,许多馆展品的提取手续过于简单,极不规范。有的只是口头上征得有关领导同意,提借人到展厅签个名就可提出。签名方法也不统一,有按要求填写提借单的,有随便写个借条的,也有在展品原始交接单上签名的。这里有很大的漏洞。一是借条不易保管;二是一些藏品反复提取,把展品原始交接单涂写得面目皆非,混乱不堪;三是提借藏品不记录完残程度,一旦造成损坏,则无法追究责任。

展品的提取,应参考库房藏品提取办法建立严格的规章制度,设计正规的提借单据。栏目包括提借日期、展品编号、展品名称、数量、时代、来源、完残程度、归还日期、备注等,还应有馆领导、部门领导、提借单位、提借人、展品保管员的签名。提借单位人员必须按规定逐项填写提借单据,一式三份,报请有关领导签字同意后方可到展厅提取展品。提取时借出方、借入方和作为监交的博物馆部主任以上领导各持一份单据,逐件、逐项清点无误后方可让借用单位将展品提取出展厅。展品提出后,展品保管员还应填写展品借出账,及时记录展品的变动情况。此外,对提出的展品,展品保管员要及时提醒展厅负责人催还,以保持陈列展览的完整性。

7. 全面彻查,展品要确保展品全部安全归还入库。

陈列展览结束后,展品保管员要以原始展品交接单为依据,并参考自建的展品账目和提借单据,对展品进行全面彻底的清点,将所有曾用于该展览的藏品落实清楚,确保从本单位及外单位提用的所有藏品万无一失,并详细查对每一件藏品的完残状况,凡有变动之处,要有文字记录,并有双方签名,确保每一件展品安全归还入库。

展品的保护与管理工作,虽有库房藏品保管经验可以借鉴,从理论上讲不难,但由于展品时时处在相对动态的状态下,并涉及多个部门,实际操作起来确实有一些难度。为使展品保管工作由无序走向有序,最终实现统一的规范化管理,我们在引起领导高度重视的同时,还要加强人员培训,尽快建立起一支懂业务、责任心强的专职展品保管队伍,齐心协力把展品保管工作做好。

浅谈博物馆临时展览主题网站的构建

王光宇

一、展览的模式

博物馆展览通常分为常规展览和临时展览。常规展览是指在初次进行陈列设计后,展览在较长的时期内保持不变,也叫基本陈列。临时展览则指博物馆不定期举办的活动展览,相比较常规展览,临时展览的展期要短得许多。由于受人力、物力和财力的制约,博物馆不可能对常规展览进行频繁地更新。那么,如何满足社会公众对展览常看常新的参观需求?在办好常规展览的同时,博物馆唯有充分挖掘馆藏资源和加强馆际交流及引进社会资源办好临时展览。

二、临时展览的特征分析

1. 展期

临时展览的展期一般较短,短的只有几天,长的也不过数月。虽然展期短,但办好一个展览的若干环节却缺一不可,包括展览的主题策划、展品准备、展板制作、布展、展览宣传及撤展等工作。整个办展的过程中付诸的人力、物力和财力虽然比办一个常规陈列要节省许多,但因为临时展览展期短,平均下来各方面的支出也是比较大的。

2. 场地

博物馆一般都设置了临展馆,用于临时展览的布展。临展馆场地面积的大小直接制约了临时展览的规模。如果场地太小,即便馆藏家底深厚,但由于场地太小,对于一些欲展出的藏品必须要有所舍弃,在引进临时展览时,对大型的展览也不得不忍痛割爱。如果场地太大,中小规模的临时展览,就会显得空空荡荡,展出效果也一定很不理想。

3. 形式

由于临展馆要用于不同主题展览的展出,临展馆在设计之初就充分考虑了它的通用性。这种通用性直接导致临时展览不能在空间上进行太多的设计,主要以平面布展为主。大量的展板成了临时展览最主要的辅助展览的工具,也成了公众除了展品外唯一可以获取展览相关信息的途径。临时展览的表现形式比较单一,其展出效果相比较主题分明,设计精妙的基本陈列来讲要逊色许多。

4. 保护

博物馆是文物收藏机构,主要在于收藏及保护好文物。在确保藏品安全的前提下,对藏品进行合理的利用,可以充分发挥藏品的教育及研究意义。临时展览的展品流动性大,频繁地进出库,不利于藏品的长久保护。如果是引进的临时展览,更要考虑展品在运输过程中的安全保护问题。同时,藏品在展出过程中,出于对展品的保护,一般都将展品置于展柜和独立柜中,公众只能隔着玻璃单视角地观赏展品。

5. 资源

博物馆为了办好临时展览,都会在前期布展准备工作中投入大量的工作。通过制作大量与主题及展品相关的展墙喷绘、展标、前言和展板等,尽可能地诠释展品背后的信息,营造良好的参观氛围,以期达到最佳的观赏效果。但随着展览的结束,专业人员精心设计的大量辅助展品都会失去它原有的价值,造成资源的极大浪费。

三、公众的参观需求分析

1. 满足自己的参观需求

一般情况下,观众的需求可以划分为由低到高的几个层次,即:一般性观赏、休闲娱乐;无明确目的的知识积累;有目的地接受专门性的教育;为从事研究工作获取课题或寻找物证。而实体博物馆的临时展览主要是从自身的角度来进行设计，很少考虑到观众的参观需求，更难满足到各个层次观众群不同的需求。

2. 看到更新、更全的展览

到博物馆参观的公众希望每次都能看到新的展览，这也是吸引他们来博物馆参观的重要原因。临时展览因其展期短，符合了公众到博物馆常看常新的参观需求。然而，大多数公众亦因展期短而错过了参观实体展览的机会。同时，由于临时展览场地的限制，不可能将所有藏品进行集中展示。

3. 聆听展品背后的故事

随着社会的发展和人们知识水平的提高，公众已不再满足于只欣赏美妙的展品，而更多的是想探求藏品背后所蕴藏的文化积淀，甚至渴望将某一部分特别喜爱的文化层面移出博物馆，融入到自己的生活中去。临时展览仅凭展板和说明牌很难深层次地挖掘展品背后的故事。

4. 看到形式多样的展览

随着观众欣赏能力和水平的提高，追求高层次的文化娱乐便成了一种趋势。走进博物馆的观众，已经不能满足于博物馆过去陈旧单一布展。他们希望看到表现手段多样，表现内容丰富的展览。临时展览平面单一的表现形式很难满足公众希望看到形式多样的展览。

5. 得到更多的互动交流

现在越来越多的人比较重视自身文化素养的提高，去博物馆参观、学习，自然成为一种不可或缺的方式。通过参观来提升自我正慢慢成为大众所形成的共识。但在参观学习过程中，难免会出现这样或那样的问题，他们希望寻求一种帮助和解答，更希望有一个学习交流的平台。

四、临时展览专题网的构建

随着网络技术的迅猛发展，互联网已成为人们获得资讯的新途径。临展网作为实体博物馆临时展览的一个重要的补充有其自身不可比拟的优越性。公众可以通过临展网获取展览信息，浏览馆藏精品并可以与博物馆进行互动操作。临展网不仅可以突破了实体展览展期短的限制，更可以全程记录整个临时展览。

（一）功能分析

1. 记录展览整个过程

临时展览从策划开始经历了布展、开幕式、展出及撤展等若干环节，每个环节都需要工作人员付出精心的劳动。随着撤展，这些劳动成果仅停留于较离散的文字和图片上，而这些文字和图片很难诠释临时展览的整个过程。通过临展网，可以很好地将文字、图片、声音和影像等素材整合到一块，经过知识重组，构成一个比较完整的主题资源。临展网很好地记录了展览的整个过程，公众则可以通过临展网随时随地获取展览的相关信息。

2. 满足公众层次需求

公众的参观需求是有差异的，这种差异表现为同一时期不同公众之间或同一公众不同时期的差异性。公众都希望能看到自己需要的展览。通过数字化技术，依照公众的不同需求，制作人员可以按类别分层次制作展品的相关信息资源。公众通过临展网则可以自主选择浏览符合自身需求的展品信息资源。这样，即使观众群的差异性再大，也可以从数字化资源中获取自己需要的内容。

3. 丰富展览表现形式

通过临展专题网，设计者可以充分发挥创意，运用多媒体手段大胆进行布展，及时推出最新展览。公众则可以近距离多角度地用鼠标"触摸"每一件藏品，细细品味，与精品来一次近距离的亲密接触。多媒体技术可以将传统的静止、呆板和简单的陈列模式，用声音、图像、动画等多种手段，丰富、生动、逼真和形象化地呈现给观众。

4. 扩充展览内容资源

临展专题网可以解决临时展览场地受限的问题，只要网站空间允许，可以将收藏在库房中的藏品进行展示。同时，还可以运用计算机技术建立"虚拟展厅"，可以将因场和经济原因无法引进的展览变为现实，更可以将世界上著名博物馆的精品展览通过虚拟展厅进行集中展示。

5. 搭建公众交流平台

博物馆与公众之间的互动交流可以激发公众的参观兴趣，提升公众参与的积极性。另一方面，公众反馈的信息将有助于博物馆更好地实施教育服务的功能。通过临展网，公众可以在品味精品时提出自己的问题，发表自己的评论，记录自己的参观感受,参与博物馆的展览调查,甚至公众之间可以针对展览相关的论点进行相互的切磋。临展网给公众思考的空间和发言的机会,不同的思想因临展同一个主题在这里汇集、交流。

(二)构建流程

1. 整体策划

一个网站设计得成功与否,很大程度上决定于设计者的策划水平。网站策划包含的内容很多,如网站的结构、栏目的设置、网站的风格、颜色搭配、版面布局、文字图片的运用等,只有在制作网页之前把这些方面都考虑到了,才能在制作时驾轻就熟,胸有成竹。也只有这样制作出来的网页才能有个性、有特色,具有吸引力。临时展览专题网是根据临时展览的主题进行全方面深层次报道与展示的网站,它是临时展览的重要补充,它与临时展览相辅相成,密不可分。在确定了展览需要制作专题网后,制作人员就要积极参与到临时展览的策划过程中,与展览陈列部的相关人员沟通,了解展览的主题思想,对专题网的要求等。网站主题确定好了,接下来该制定网站的风格、框架和内容了。网站的风格、框架和内容不但包含了相应的知识,更要体现设计者的思想感情。临展网并不是展览资源的堆积,而是从专题所蕴涵的特定文化、意义出发,对专题知识进行结构化的构建。

2. 栏目设计

经过网站整体策划以后,一个比较完整的网站栏目框架就基本形成了。临展网的栏目一般由以下几部分组成。

(1)展览介绍

"展览介绍"一般包括展览的简介、主办单位、展期及展出地点等。这些内容主要传递给观众有关实体临时展览的基本信息。

(2)开幕盛况

"开幕盛况"以文字、图片、视频等方式综合报道临时展览的开幕情况。

(3)精品赏析

"精品赏析"以详细文字描写和图片的形式展示精品。对于重点展品,可利用多媒体技术实现更多的展示效果。

(4)知识链接

实体临展由于场地和表现形式的限制,无法深入表达或诠释清楚藏品更多的信息。"知识链接"栏目扩展了信息资源,使公众除了解藏品固有的信息外,更可以获取藏品的相关知识信息。

(5)活动花絮

为了使公众更加深刻地体会临展的主题,博物馆都会配合临展举办一些主题相关的活动,这些活动包括讲座、论坛或其他一些教育活动。"活动花絮"栏目通过全程记录活动信息,使公众对临展相关活动情况了解,从而激发更多的人参与到临展的活动中来。

(6)媒体报道

"媒体报道"将转载报纸、电视、网络等新闻媒体对于临展布展、开幕式、展出等情况的报道,并以文字、图片、视频等多种形式向公众进行报道。

(7)展览留言

让访问者远程即可以参与到网物馆的相关活动中来,从而提高访问者的兴趣和访问的积极性。"留言本"将记录访问者在访问临展网后一些建议和意见,以及对博物馆相关问题的咨询,管理者要针对访问者的留言及时给予解答。

3. 采集素材

临展网的主题单一明确,所以围绕这一主题的材料必须收集得丰富翔实,符合访问群体的需要。明确了网站的主题以后,你就要围绕主题开始搜集材料了。常言道:"巧妇难为无米之炊"。要想让自己的网站有血有肉,能够吸引住用户,你就要尽量搜集材料,搜集得材料越多,以后制作网站就越容易。材料包括原创和搜集的两种材料。原创材料是指拍摄的照片,撰写的文本及录制的视频等,这类材料主要应用于"展览简介"、"精品赏析"、"活动花絮"等栏目。搜集的材料是指通过图书、报纸、光盘、网络搜集到的与临展主题相关的信息,这类材料主要应用于"知识链接"和"媒体报道"等栏目。这些材料还需要经过加工制作,最后成为制作网页的素材。

4. 选择工具

尽管选择什么样的工具并不会影响你设计网页的好坏,但是一款功能强大、使用简单的软件往往可以起到事半功倍的效果。网页制作涉及的工具比较多,首先就是网页制作工具了,目前大多数网民选用的都是所见即所得的编辑工具,这其中的优秀者当然是 Dreamweaver 和 Frontpage 了,如果是初学者，Frontpage2000 是首选。除此之外，还有图片编辑工具，如 Photoshop、Photoimpact 等；动画制作工具，如 Flash、Cool 3d、Gif Animator 等；还有网页特效工具，如有声有色等，网上有许多这方面的软件，可以根据需要灵活运用。

5. 制作模板

设计网站应首先考虑版面的整体布局，网站的主页整体版面布局结构在网站的设计过程中占据着关键的位置，起着主导的作用。网站的布局基本都表现为平衡对称，大致可以分为"国"字型、标题正文型、左右框架型、上下框架型、封面型、FLASH 演示型、拐角型和综合框架型。网站中最重要的信息，应该安排在注目率最高的页面位置，一般来说网站的主题位于上中部，主体信息要放置于中上部到底部稍上的大部分区域，这是整个页面中最佳视域位置。而动画和视频等学习内容适合安排在整个页面的右下角且占整个页面的大部分，同时在左右两侧周边留出适当的空白，这样的安排能使整个版面呈现一种对称均衡，布局稳定之美。此外还要注意页面的版面与内容的统一，就是在进行版面设计时，充分考虑页面编排符合专题的内容，能够体现内容的丰富含义，使版面和内容和谐一致。同时，页面的色彩搭配也是一种技巧，通常是选用一种主色调后，再调整其透明度和饱和度产生出新的相近色，这样整个页面看起来色彩统一又有层次感。

5. CMS 应用

CMS 是指网站内容管理系统，它是以文章系统为核心，增加用户需要的模块，如文章、图片、下载等，提供一个网站系统的整体解决方案。通过 CMS 可以方便、快速地实现建站的目的。博物馆计算机专业人员少，技术力量比较薄弱，在进行临展网开发的时候会遇到一些这样或那样的问题。采用 CMS 建站，不需要对代码、数据库有太多的了解，只要熟悉 CMS 的使用，就可以很快着手临展网的制作。除了使用简单、方便外，用 CMS 建站还提高了网站的安全性和稳定性。

参考资料：

平佳健、邬蔓菁《更好地实现博物馆网站的信息交流功能——对博物馆网站内容构建的一点看法》，《南方文物》2005 年第 4 期

王愉、张栩、史民峰《论网络博物馆的策划与建设》，《北京印刷学院学报》2008 年第 2 期

杜海琼、张剑平《人工智能教育专题网站的构建与研究》，《中国教育信息化》2008 年第 2 期

孙薇、孙金山、梁蜀忠等《图书馆员网络学习平台的设计与实现》，《图书馆工作与研究》2008 年第 5 期

周静、冯秀琪《专题学习网站的特点及功能设计分析》，《远程教育杂志》2004 年第 4 期

金志伟、周繁文《对网上博物馆的一点看法》，《中国博物馆》2004 年第 3 期

多媒体技术在中小博物馆展陈中的应用

——以南通博物苑为例

黄　金

多媒体技术是指利用计算机对文本、图形、图像、声音、动画、视频等多种信息进行综合处理并建立逻辑关系和人机交互作用的信息技术。当前，多媒体技术已逐渐成为现代博物馆展陈中不可或缺的一部分，日益受到青睐。合理巧妙地运用多媒体技术，往往能起到事半功倍、画龙点睛的功效，对于更好地表现、诠释展览，梳理展陈信息有着重要作用，还能增强展览的表现力度，强化展览信息的传播。

此外，对于广大中小博物馆来说，多媒体技术还具有相对投入小、应用广、使用便捷等优势，尤其适合缺少资金和人员支持的中小博物馆。本文旨在结合南通博物苑多媒体系统建设管理经验，探讨如何更好地促进多媒体技术在中小博物馆展陈中的应用。

一、多媒体技术在中小博物馆展陈的作用

为什么多媒体技术如此深受中小博物馆的青睐呢？

长久以来，博物馆的展示方式一直很单一，传统的"实物、图片加说明牌"的方式已无法充分满足观众探索的欲望和猎奇的心态。采用多媒体技术手段，不但能丰富展览形式，以通俗易懂、互动有趣的形式更加深入、多方位地传递蕴涵在展品中的信息，还可以对展览起到深化与提高的作用，增强表现效果。主要体现在以下三点：

1. 有助于解读展览内容。采用多媒体技术手段可以使展览主题更明确，展览形式更丰富，能更深入、多方位地挖掘并传递蕴涵在展品之中的信息，展现更丰富的内涵。在南通博物苑"人文江海——南通地域文化陈列"展厅，为了向观众呈现古代造盐过程，陈列着一具造盐工具——锅撇，旁边附有一些造盐场面平面图。但观众参观这些展品时，大都是走马观花，匆匆而过，很难从这些静态的展品里了解到细节内容，从而对造盐过程也就一知半解。而与展品配套的多媒体交互系统《煮海积盐》则较好地解决了这一问题，它通过动画的形式，将古代"煮海积盐"的八个详细过程——"开辟亭场、海潮浸灌、摊灰曝晒、淋灰取卤、斫运柴草、砌筑盐灶、煎卤成盐、成盐储运"以工艺流程画卷的方式依次动态展开，点击任意一个流程按钮，就会出现相应的动画解说画面，叙述简洁、展示直观，让浏览者对造盐过程一目了然。

2. 有助于辅助整体展示。运用多媒体技术可以整合大量的信息，取代过长的文字图片叙述，不但节省了展览空间，也节省了观众的参观时间和体力，同时也更突出了现有展品。以南通博物苑恐龙厅为例，主题为"腾飞之龙"的恐龙展厅以恐龙演变史为背景，按照时间顺序，重点突出了恐龙从生存、繁衍、演化直至毁灭的演变过程。但恐龙家族成员实在太多，光我国已发现的恐龙种类就有150多种，同时整个展厅的空间也有限，不可能在展览中一一列出介绍。而位于展厅出口处的多媒体触摸屏系统《恐龙时代》则起到了很好的辅助补充作用。该系统共分五大块——"恐龙历史"、"恐龙帝国"、"考古与发现"、"开心恐龙园"、"搜龙行动"，用图文并茂、动画、视频等方式系统介绍恐龙家族成员160多种，时间跨度上涵盖了三叠纪、侏罗纪和白垩纪；空间跨度上涵盖了天空、陆地和水下。参观完实体展览仍意犹未尽的观众可以很方便地从中查看自己想要了解的其他相关知识。

3. 有助于增强趣味互动。参观博物馆是一个耗费体力和脑力的体验过程，观众不知不觉中就会有疲劳厌倦感。而通过合理运用多媒体技术，将展品、知识和各种信息融入到情节、故事中，既可以摆脱单纯说教的形式，使原本枯燥的展览生动有趣，又可以缓和展厅严肃紧张的气氛，营造活泼的参观体验氛围。在南通博物苑"人文江海——南通地域文化陈列"中，多媒体交互系统《三十六行风俗图》用动画形式精心描述了16个清代南通市井生活片段，观众在诙谐幽默的动画场景中不但能了解到南通近代各行各业的生活场面，还能聆听地道的南通方言。其独特的设计形式、精美的画面、形象的内容吸引了大批的观众尤其是广大青少年朋友，参观者在不知不觉的互动体验中就能接受枯燥的非物质文化遗产教育。

二、多媒体技术在中小博物馆展陈中应用的形式

多媒体技术在中小博物馆展陈中应用的具体形式很多，以南通博物苑为例，目前整个展馆采用多媒体技术的展示系统共22个，内容涵盖历史、人文、艺术、自然科学等多个领域。其中"人文江海——南通地域文化陈列"展厅有7个，分别是《青墩遗址》、《江海变迁》、《煮海积盐》、《三十六行风俗图》、《如何使用印香炉》、《南通民间文艺》、《南通历史人物》；"天产物华——南通市自然资源陈列"展厅有8个，分别是《鲸骨拼图》、《南通自然资源》、《蚕的一生》、《与非洲狮赛跑》、《植物的生长》、《植物的分类》、《听鸟叫》、《麋鹿还乡》；"鸿宝名器——苑藏工艺珍品展"展厅有3个，分别是《鸿宝名器》、《艺苑撷英》、《精品展示》；"腾飞之龙——恐龙专题展"有3个，分别是《恐龙灭绝揭秘》、《重返恐龙时代》、《恐龙时代》；新展馆大厅入口处有1个，为《南通博物苑观众触摸屏服务导览系统》。将其归纳分类一般有以下几种：

1. 多媒体交互系统。该类系统大都采用电脑主机＋触摸屏或液晶电视的硬件方式，通过特定软件将多种媒体结合而成（图一）。多媒体交互系统可以帮助观众更为简便直观地浏览学习，能对观众的选择做出迅速响应。观众自行控制系统页面显示，不必按系统设定的流程顺序，可以跳跃式地选择操作，系统在接收到观众相应的操作指

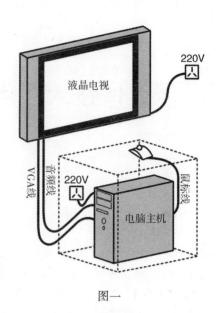

图一

令后做出响应，显示相应的页面。一般来说，信息含量较大、内容分类较多的项目适合采用该类系统。

以布置在南通博物苑新展馆大厅入口处的《观众触摸屏服务导览系统》为例，其主界面有"本苑概括"、"百年历史"、"展陈简介"、"文物藏品"、"自然园林"、"学术研究"、"服务导览"七个子页面链接，每个子页面还有下级分类显示。再如，展示非物质文化遗产的典型代表《南通民间文艺》，收集了濒临消亡的南通原生态民歌、戏曲、舞蹈、宗教音乐近200段，附有曲谱、动作解析、音视频资料及相关研究成果，分类较多，信息含量大。通过这些多媒体交互系统，观众可以根据自身喜好选择观看内容，充分尊重了每个观众的参观个性，实现了博物馆与观众的良好互动。

2. 数字专题片。该类系统采用显示设备液晶电视＋播放设备影碟机的硬件方式（图二）。例如，南通博物苑数字专题片《麋鹿还乡》以保护濒危野生动物麋鹿为主题，记述麋鹿由盛至衰、濒临灭绝，又重新繁盛的经过，借以对观众进行保护生物多样性方面的教育。专题片通过"麋鹿代表"拟人化的陈述发言，如"麋鹿科学家"的《对麋鹿家乡的考查报告》、"归国华侨代表"的《麋鹿还乡的经过》、"麋鹿青年代表"的《保护区麋鹿情况汇报》以及"大会主席"总结麋鹿还乡这个动物异地保护的成功范例等等，进行环保知识、野生动物保护知识方面的科普教育。

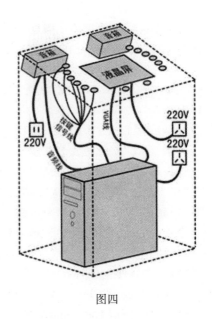

图四

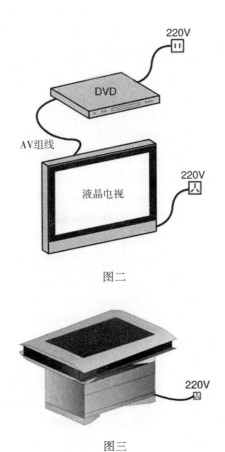

图二

图三

3. 数字沙盘系统。该系统采用水平放置的可触摸式显示设备，通过计算机仿真技术建立三维模型，实现沙盘的效果（图三）。简单地说，数字沙盘系统就是在传统的沙盘模型上，增加了多媒体展示以及互动功能。数字沙盘系统提供各种功能按键，通过展示场景放大、缩小、移动等细节动态变化过程，达到一种惟妙惟肖、变化多姿的动态视觉效果。数字沙盘最大的作用就是可以细致观看显示主题的变化和发展趋势。

南通博物苑"人文江海——南通地域文化陈列"中的数字沙盘系统《江海变迁》，融合了全息地图、动态演示与交互功能于一体，客观动态地反映了南通江海岸线从古代到近现代不同时期的变迁发展过程，形象生动，直观明了。观众不仅可以通过该沙盘对比不同时期南通江海岸线的大小、范围，还能了解与之相关的社会、经济、文化信息。

4. 多媒体点播系统。该类系统也是采用电脑主机＋显示器的方式，将主机键盘与控制按钮用信号线相连，点播不同的按钮，程序就会自动调出相应的内容来（图四）。

南通博物苑自然资源展厅多媒体点播系统《听鸟叫》通过软硬件的结合，将不同鸟的叫声巧妙地展现给观众。观众既可以看画面了解不同鸟类的生活习性等基本知识，还可以通过操控点播台上的不同按钮与系统中的主持人及各种鸟的叫声之间产生互动。该系统打破视觉阅读的常规，让观众先通过听来想象判断鸟的名称，充分调动了观众想了解知识的欲望，加深对鸟的相关知识了解。

5. 声光电同步演示系统。声光电同步演示系统形式多种多样，如封闭式（又分2D，3D，4D）、情景式，以及安放在观众参观路线上的开放式等。声光电同步演示系统是全方位、多角度的现代化展示手段，通过它可以创造出意想不到的环境声效和视觉效果，使展览更为生动形象，令观众仿佛置身于活的历史氛围和自然环境之中。

南通博物苑恐龙厅声光电同步演示系统《恐龙灭绝揭秘》以生存在亿万年前侏罗纪时期的恐龙为背景，叙述了恐龙这一早期地球上的生物，在经历了一场毁灭性的灾难后，从地球上彻底灭绝的事实。该系统针对展厅空间、恐龙化石的具体特征，采用舞台背景、光电造型以及仿真背景等衬托方式，赋予冰冷、机械的恐龙化石以舞台主人公般的角色，集互动性、观赏性、知识性和娱乐性于一体，大大提高了整个展览的表现力度。该系统以圆形穹顶和巨型恐龙化石后的拉膜布为载体，在圆形穹顶上演示地球气候和恐龙生活环境的变迁,风起云涌,各类壮观的自然奇观涌现,万龙奔腾,烟尘四起,气势磅礴。同时在展厅上方附加大型的声效设备,在现场营造强烈的、极具震撼力的气氛,让到场的观众置身于其中,享受震撼的视觉、听觉冲击。

6. 幻影成像系统。幻影成像系统由机柜、光学曲面反射镜、透镜、视频播放设备或计算机、显示设备等组成,通过光学器件与播放设备组合应用,产生物体图像悬浮在空中的立体成像效果。它的原理比较简单,但是如果能做到构思巧妙、图像精细、制作精良的话,它就会给观众耳目一新的感觉,使观众备感亲切,成为整个展厅的亮点。

南通博物苑恐龙厅多媒体系统《重返恐龙时代》就运用了该幻影成像系统,它采用三台大尺寸显示器组合成的多媒体墙面,借助声光电等高科技巧妙地使背景模型、实物与多媒体影像融为一体,生动地展现了众多恐龙的生活习性、生活方式,由于这种形式寓教于景,新颖生动,吸引了大批观众,尤其深受小朋友的喜欢。

7. 多媒体互动游戏。多媒体互动游戏在博物馆展览中正发挥着越来越重要的作用,它寓教于乐,实现了观众与展览、观众与观众之间的对话交流。比如南通博物苑自然资源展厅多媒体互动游戏《与非洲狮赛跑》,它借助硬件和软件的结合,将不同动物琐碎的知识串联起来,并糅合到一个游戏中,传输给受众。该游戏比赛由三关组成,受众者通过骑自行车与画面中的三种动物分别赛跑,每一关赛跑结束后,会出现介绍该种动物知识的画面。通过互动游戏,既可以活跃展馆内的气氛、吸引更多的观众,又可以让观众在轻松的环境中学习知识,加强展馆与广大观众之间的交流。

以上介绍的只是南通博物苑现有多媒体应用的形式,随着多媒体技术的不断发展,新的应用形式层出不穷,如球幕电影、环绕投影、组合录像、虚拟互动等,它们将逐渐走进中小博物馆的视野。

三、中小博物馆运用多媒体技术应遵循的几点规范

尽管多媒体技术在中小博物馆展示中可以发挥如此效用,但由于种种原因我国中小博物馆展陈中多媒体技术的应用却不甚理想。笔者长期从事南通博物苑多媒体系统的建设管理工作,在对多媒体系统日常维护和管理实践中积累了一定的经验,笔者认为,中小博物馆开展多媒体系统项目建设时,要遵循以下几点规范:

1. 要立足实际,量力而行。俗话说,适合的才是最好的,在多媒体技术的应用上,中小博物馆要量力而行,实事求是,不能贪多图快。要始终坚持实际性、实用性两大标准。实际性即要以中小博物馆实际条件、实际需求和实际能力为原则;实用性则是以中小博物馆业务应用为需求,不要华而不实的花架子。因此,中小博物馆在多媒体系统建设上可以借鉴大馆经验,但不能盲目照搬。同时,多媒体技术的投入使用,既要考虑中小博物馆一次性的经济承受能力,也要考虑将来长期的运营和维护成本,花费高昂的多媒体展示设备未必是最佳选择,况且多媒体设备的更新换代非常快,一般中小博物馆也承担不起。

2. 要立足长远,合理规划。"凡事预则立,不预则废",任何工程项目都要经过合理规划、反复论证后,才能立项,多媒体系统建设也不例外。在多媒体技术的应用上,中小博物馆要根据自身场馆大小、建筑空间、展厅环境、展览内容等进行合理规划,从长计议。

a. 他山之石,可以攻玉。为避免走弯路,减少不必要的财力物力浪费,中小博物馆可以去兄弟博物馆学习取经,吸取其失败教训,借鉴其成功经验,采用"拿来主义",避免重蹈覆辙。

b. 要与主题展览自然融合。多媒体技术的应用要从外观上与主题展览自然融合,要尽量减少设备占地,做到美观、隐蔽。要根据展览的形式设计,最大限度隐藏后台设备,同时将前台设备和周边环境融合。前台设备直接面向受众,它和周边展陈装置的衔接、过渡要力求巧妙、自然、美观。同时,在设备的选用上要尽可能减小其体积,比如用一体电脑代替一般的台式电脑;用液晶电视代替背投电视等。

c. 要有稳定的硬件平台支撑。博物馆主要职能工作是对藏品进行宣传、教育、保护和研究,不可能为了维护多媒体后台设备投入太多人力财力,所以多媒体系统一定要有稳定、可靠、高效的硬件平台支撑。首先,多媒体系统布线、设备安装要简单,维护起来要方便;其次,设备要耐用,使用寿命要长;最后,平台及设备要具有兼容性,方便

升级,要具备进一步扩展、更新和替换的能力。在这里笔者推荐中小博物馆采用分布式多媒体集成系统,它将不同形式的多媒体系统,通过统一的网络平台实现集成,改变了以往需要多个独立系统的做法,对多媒体终端进行统一管理,从而远程实现画面监控、更换内容、开关机等功能,具有结构优化、经济节约、维护方便、效率提升等显著优点。

d. 要相对延长多媒体系统软件的生命周期。多媒体系统软件生命周期是指其由产生到报废的存在时间长度,一般来说,多媒体软件的生命周期是和其对应的展览相同的,展览结束,多媒体系统也失去了存在的意义。对缺少资金支撑的广大中小博物馆来说,显然不可能为每一个展览(尤其是临时展览)配备一个多媒体系统。为延长多媒体系统生命周期,充分挖掘其使用价值,在对多媒体系统软件规划设计时,要使其内容能方便更改,可以二次开发利用。

3. 要立足地域,突出特色。中国目前拥有博物馆数量为 3200 多个,对广大中小博物馆来说,地域文化特色是其存在之根本。地域文化指特定区域源远流长、独具特色、传承至今仍发挥作用的文化传统。同样,中小博物馆在多媒体技术的应用上也要立足地域文化资源优势,紧紧抓住地域特色,突出个性品质,打造独一无二的特色品牌。对南通博物苑来说,张謇、中国第一座公共博物馆、近代第一城、江海文化、众多国家级非物质文化遗产等都是其地域文化中的亮点,都可以挖掘成为多媒体系统中独特的题材。采用多媒体技术抓住地域特色,体现文化个性,成为当前中小博物馆展陈建设中必须重视的问题。

4. 要立足展览,定位辅助。多媒体技术作为展示的一种辅助手段,必须服务和服从于展览主题和内容传播的需要,不能喧宾夺主。它应以展览内容解读为基础,不能以技术玩花架子,脱离展览内容的技术应用往往会产生适得其反的效果。

同时,尽管多媒体系统表现形式更形象生动,但事实上多媒体技术并不是万能的,通过多媒体展示并不能完全表现展品的全部信息。很多时候,受众接受到的往往也只是它的表层信息,许多如展品艺术意境、文化底蕴等看不到摸不着的东西,至今还无法将其用多媒体技术展现。这些都注定了多媒体技术只能从属服务于展览展品,充当辅助的角色。

5. 要立足质量,宁缺毋滥。博物馆多媒体是面向社会各个文化阶层、各个年龄段的观众,所以在质量上有很高的要求,要严格把好质量关,宁缺毋滥。因为好的多媒体作品不但可以深化展览主题内容,更能在感官上带给观众美的享受,其内容以及形式更为观众所喜闻乐见、易于接受、方便操作。一般来说,好的多媒体系统要具备以下几个特征:系统结构逻辑性强、导航交互设计合理、画面设计精美、内容表述清楚等。同时也要注意,为保证效果,在同一个展厅内,多媒体展示项目也不宜太多,以免彼此干扰,影响观众参观。

四、结　语

作为一种行之有效的展示手段,多媒体技术较好地满足了新时期观众对博物馆的高要求,具有广阔的应用前景。因此,我们有必要加强对多媒体技术在博物馆展示中应用的研究,探索和总结基本规律及规划要求,从而促进博物馆的宣传、教育、保护和研究等职能工作的整体提升。

参考资料:

龙霄飞《多媒体展示对博物馆形象宣传与展览的深化及提高》,《中国博物馆》2007 年第 3 期

黄玉亭《多媒体技术在博物馆展览中的作用》,《现代企业文化》2008 年第 23 期

北京万视通科技有限公司网站,http://www.av9av.com

保护工业遗产　再塑唐闸辉煌

王建华

我国工业化时间不长,却经历了复杂的发展过程。留下的工业文化遗产形式多样,与各个城市的发展血脉相连。随着经济和社会的迅猛发展,众多工业遗产面临重要抉择,一些有价值的工业遗产正在遭到破坏和损毁。面对日益严峻的工业遗产保护形势,2006 年国家文物局下发了《关于加强工业遗产保护的通知》,工业遗产保护列入了日程。2007 年,我国启动了第三次全国文物普查,国家文物局将工业建筑及附属物归为近现代重要史迹及代表性建筑的重要子类予以明确。唐闸,南通近代历史上的工业重镇,在百年发展史上,经历了繁荣——萧条——再繁荣——再萧条的坎坷经历。随着工业遗产资源的重视,唐闸百年工业发展史上留下的珍贵工业遗产的价值已逐渐为世人所认知。它们不再是唐闸发展的历史包袱,而是唐闸可以引以骄傲的独特文化遗产。在第三次全国文物普查之际,我市普查人员深入唐闸工厂社区,对唐闸珍贵的工业遗产作了详细调查和登录,有了许多重大发现。唐闸是一座富矿,等待人们去挖掘。保护利用好唐闸宝贵的工业遗产,对于彰显南通作为国家历史文化名城,解读"中国近代第一城",学习张謇"实业救国"的爱国情操有着重要意义。

一、唐闸工业遗产的概况和特点

唐闸,距南通城西北 15 里,1895 年清末南通状元张謇为实现"实业救国"的抱负,毅然在此开基筹建大生纱厂。经过 4 年艰苦创建,1899 年底大生纱厂正式开工生产。在此后数年里,张謇以纱厂为中心,在大生纱厂周围陆续兴办了榨油、磨面、冶铁、蚕桑染织等一系列附属实业,以及包括原料运输、仓储、产品综合利用等的配套服务设施,形成了一个以大生纱厂为垂直核心的统合性工业乡镇。此后短短三十年间,张謇凭借惊人的毅力,将一个资本不足 45 万两、纱锭仅 2 万余枚的棉纺厂,发展为拥有 4 家纱厂、16 万枚纱锭、1300 余台布机、包括 40 多个企事业单位、总资本达 3000 余万元的中国第一个民族资本企业集团——大生纺织集团。大生集团是我国近代民族工业成功的典范,它为南通近代璀璨的历史文化奠定了物质基础,造就了南通近代文明的辉煌。而地处江海之隅的乡村小镇唐闸,也从此跻身世界著名的新兴工业城镇之列。

通过普查我们欣喜地发现,唐闸至今仍然保持着近代工业城镇的基本格局。大生集团龙头企业大生纱厂,是一个百年老厂,至今仍在生产,而且有了更大的发展,创造了中国老字号工业企业的奇迹,在全国纺织行业也举足轻重。当年的清花车间、南仓库等仍在使用与正常运行,张謇当年修建的公事厅、专家楼、钟楼、大储一栈、大储堆栈打包公司等建筑仍保存完好。衍生配套的一批企业如广生油厂、复兴面粉厂、大生织物公司、资生铁冶厂、造纸厂等仍在原址,并都保存着一定的工业遗存与机器设备。更为可贵的是,唐闸还完好保留了围绕大生企业规建的有着百年历史的东工房、老工房、高岸街等工人集中居住区,保存有实业小学、南通学院纺织科、敬儒中学、唐闸工人子弟小学等一系列与工业遗存关联的教育设施遗存,当年繁忙的通扬运河两岸还留下了具有西洋风格的近代商业建筑群,规模宏大的近代仓储建筑群,以及当年公园、医院、戏院、码头、桥梁、船闸等全部的社会生活历史景观,展现了一个完整的近代工业城镇的原真性面貌,这在全国范围也是罕见的。唐闸镇完整的近代工业遗存是其他外地单体近代工业遗存所不可比拟的。从工业遗产的完整性看，唐闸工业遗产几乎涵盖了国际上对工业遗产定义的全部内容与价值指标，是工业遗产活的教科书。

唐闸近代工业遗存珍贵的历史和文化价值已逐渐为学术界所公认。2006 年，我国公布了第六批全国重点文物保护单位名单，大生集团龙头企业南通大生纱厂榜上有名。2009 年，南通以其优秀而独特的近代文明被国务院公布为国家级历史文化名城，这其中唐闸辉煌的近代文明和珍贵的工业遗存无疑占有一席之地。

二、唐闸工业遗产保护面临的问题和对策

在我国，对工业文化遗产的保护和研究只是近五六年的事情，虽然取得了一些成绩，但问题也十分突出。正如国家文物局局长单霁翔指出，"工业文化遗产在旧城改造的热潮中、在推土机的轰鸣中快速消失的一幕，依然在全国多座工业城市不停地上演，烟消尘散后，留下的是伤痕累累的城市记忆"，因此寻找工业文化遗产与城市现代化建设的最佳结合点，成为衡量政府眼光的又一条标准。如何保护和利用好唐闸珍贵的工业文化遗产，笔者认为：

1. 领导重视　加强保护

实践中一些领导干部对工业文化遗产的价值认识不足，特别是一些主管部门，缺乏保护意识，片面理解城市现代化，在城市建设中，一味追求新建快建，缺乏对工业文化遗产的统一规划、保护，导致一些有较高历史文化价值的工业遗产被损毁，造成无法弥补的损失。因此，文物行政部门要多反映多呼吁，应努力争取得到地方各级政府的支持，密切配合相关部门，将唐闸工业遗产保护纳入当地经济、社会发展规划和城乡建设规划，没有政府领导和相关部门的支持，唐闸工业遗产保护利用将举步维艰。

2. 制定法规　依法保护

地方政府应尽快制定相应的政策法规，依据《中华人民共和国文物保护法》和"国家文物局关于加强工业遗产保护的通知"精神对唐闸工业遗产的拆改毁加以限制，防止重要遗产在尚没有认定前被拆迁或损毁。具有重要价值和意义的工业遗产一经认定，应当及时公布为文物保护单位或文物控制单位，通过强有力的手段使其切实得到保护。对于暂时未列入文物保护单位的一般性工业遗产，在严格保护好外观及主要特征的前提下，审慎适度地对其用途进行改造。

3. 组织协调　合力保护

工业遗产分属不同行业和不同层次的部门管理，由于体制所限，难以归入文化或文物部门统一管理，管理体制各自为政，保护标准各行其是，管理模式五花八门，不利于遗产的长期、有效保护。各级政府和有关部门要联动协作，形成工业遗产保护的合力，才能有效推进，取得好的成效。这其中文物行政管理部门要起到关键作用，责无旁贷。

4. 他山之石　借鉴保护

目前国内一些城市在工业文化遗产保护方面取得了令人瞩目的成绩和重要经验，一些老旧厂房和遗存，经过精心设计和改造，成为城市的新名片，如无锡市利用茂新面粉厂建立的中国民族工商业博物馆，沈阳铁西区利用原铸造厂车间改建的沈阳铸造博物馆，上海在工业遗产保护方面也作了成功尝试，为我国工业遗产与城市现代化建设的有机结合做出了示范。我们要认真学习和借鉴国内外城市工业遗产保护的经验，结合本市特点，合理制定保护规划，稳步推进，打造具有地域特色的工业遗产保护景观，再塑唐闸新的辉煌。

5. 摸清家底　针对保护

市文物部门要进一步开展唐闸工业遗产的调查、评估、认定工作，首先要摸清工业遗产家底，认定遗产价值，了解保存状况，在此基础上，有重点地开展抢救性维护工作，并会同规划部门制订切实可行的工业遗产保护工作计划。同时，要加强理论学习，提高工业遗产保护水平，从而指导工业遗产保护与利用的良性发展。

6. 社会关注　全民保护

市普查小组历时两个多月深入唐闸工厂社区进行了普查。共查访了 200 多个普查对象，受访单位 100 多家，受访市民 200 多人，登录普查单位 106 个。普查之行也是工业遗产保护宣传之行。绝大多数市民对唐闸近代历史的辉煌怀有深厚的情感，对普查小组的工作予以理解和支持。也有少数市民由于长期生活在破旧的环境中，迫切希望拆迁改造，对普查工作怀有抵触情绪，甚至冲击普查人员。笔者认为，保护文化遗产应与改善民生齐头并进,让老百姓得到最大的实惠,才能得到广大群众的支持和拥护,唐闸人民应是唐闸工业遗产保护开发的最大受益者。此外,由于经济转型,一些拥有工业遗产的企业单位因资金经营困难,放松了对工业遗产的保护,拆除老厂房、旧机器,丢弃损毁档案的事时有发生,对全面有效保护工业遗产带来了困难。文物部门应及时开展保护工业遗产的宣传教育,提高公众对工业遗产的认识,使工业遗产保护的理念和意识深入人心,充分调动社会各界保护工业遗产的积极性,营造良好的社会保护氛围。

7. 筹措资金 多元保护

工业遗产保护需要大量资金来实现,缺乏保护和开发利用资金,成为制约工业遗产保护利用的瓶颈。地方政府应拿出一定的资金投入工业遗产保护和开发利用,同时,可建立工业遗产的多元化投入机制,引入多元化利益主体,公益性服务与市场化开发并举。发展民间保护组织和基金会,充分调动社会各界的积极性,参与到工业遗产保护和利用工作中。

总之,唐闸丰富而独特的工业遗存是南通也是中国极其珍贵的文化遗产,我们要进一步深入调查挖掘现存的工业遗产资源,依法保护,合理规划,加强管理,精心经营。令人振奋的是,南通市政府已充分认识到唐闸工业遗产的珍贵价值,制定了保护利用规划,并正分步实施"唐闸1895工程"。相信在各级政府的领导下,在社会各界的通力协作下,百年老镇唐闸一定会凤凰涅槃,再现辉煌。

(上接第59页)

观众服务及社区文化服务提供了有价值的基础资料。

博物馆参与社区文化建设,从表面看是博物馆的一项文化服务工作,然而在深层次上,它是社会发展到一定阶段以后,尊重个人需求与创造力的体现,是与当今"以人为本"和"构建和谐社会"的时代发展潮流相一致的。今年国际博物馆日的主题是"博物馆致力于社会和谐",社区文化建设是构建和谐社区并创造全社会和谐的先导。博物馆社区文化服务的开展,一方面使社区文化建设得到有力的智力支持;另一方面博物馆通过不断关注社会热点等问题,结合自身的特色,针对在居住民众、历史文化背景都有不同的社区,开展各具特色的文化活动,为社区文化建设提供服务,既成为城市人民群众文化生活的基本阵地、基本活动方式的载体,又使本身社会职能得到充分发挥。博物馆的这种发展趋势,不仅促使博物馆能更好为社会与社会发展服务,同时也促进了博物馆自身职能的进一步完善与发展。

余东古镇的历史文化资源和保护利用

邹仁岳

2008 年 4 月，海门市余东镇被公布为江苏省历史文化名镇，并于 2008 年 10 月由国家城乡建设部和国家文物局公布为第四批中国历史文化名镇，这是南通地区第一个国家级历史文化名镇，也是唯一被列为历史文化名镇的盐场古镇。几年前，我曾为它写过一篇题为《古镇余东——千年等一回》的文章，如今它终于等来了千载难逢的机遇，这是海门市和余东镇政府近二十年努力的结果，然而，成为名镇，既是荣誉，更是责任，意味着余东今后的建设必须严格按照《文物保护法》、《江苏省历史文化名镇保护条例》实施，比起大拆大建式的开发，其难度要大得多，如何保护利用余东独有的历史文化资源，为其注入新的活力，是一项十分繁重的任务。

一、余东的历史及其现状

余东位于海门东北部，是明清两淮盐场之一，历史上曾属通州。它始于唐代，兴于宋代，盛于明清，因早期设灶煮盐而逐步发展形成了有 1300 多年文字记载的古镇。它于明代筑城，因其街巷格局形似凤凰而被誉为"凤城"。

早在南北朝时期，余东一带开始露出海面，后逐渐形成一条狭长的水脊，古称"白水荡"，初唐四杰之一骆宾王曾避难于此，余东至今仍流传骆宾王与木桩港的故事。唐代，东布洲开始形成，余东位于东布洲之西北部，唐大历年间（766－779年），黜陟使李承实巡查两淮，在此设灶煮盐，余东有了它最早的名称"李灶"，南唐时余东建置"余庆寨"，为通州兵防之要塞。北宋太平兴国年间（976－983年），因盐业发达而建余庆场，元代改为余东场，余东镇为场署所在地，其名称沿用至今。

余东古称"凤城"，民间传说曾有凤凰降临于此而成城。凤城之称，早在明代洪武年间就有文字记载。《万历通州志》载："余东镇明正统中建"。据说嘉靖年间修建北城楼时从真武大帝塑像中发现藏有唐代尉迟宝庆复制的钢鞭一根，内嵌"凤凰之城，福祥宝地，余东百官，如日东升"字样。明嘉靖年间，为防倭寇侵犯，余东筑城，引运盐河为城河，余东历来有"通州无北门，余东有四门"之说并引以为豪。乾隆三十三年（1768年），潮水决堤，冲垮余东城墙而仅存四座城楼。在战争年代，余东多次发生大规模战斗，城楼和城内建筑遭受很大破坏，至解放初仅存南城楼，但街巷依旧，城河环绕，总体面貌没有大的改变。

余东真正的繁荣是在明代以后，盐业的发达，又得于运盐河之利，使其成为通东重镇，各地来此经商者络绎不绝，由于其南侧古海门的不断坍没，许多居民也不断迁居余东。如今我们从其凤凰展翅般的街巷格局和鳞次栉比的老街商铺可以体会到它过去曾有过的繁荣和热闹。从 20 世纪 50 年代至 70 年代，余东依然保持着旧时代的市井风貌。1972 年，南城楼被拆除，南城河被填改路，在城南的通启公路两侧，形成新的商业中心，原在城内的商店、机关陆续迁出，老街渐趋冷落。80 年代初，汤正公路在东侧穿城而过，如给古镇划上一道深深的伤口，无法愈合。然而幸运的是，近年来，在各地旧城改造的热潮中，余东历届政府一直以自觉的保护意识，未曾在古城内进行大规模的改造和房地产开发，工厂企业的建设也没有利用旧镇区和城河周边土地，余东镇居民、历届人大代表、政协委员不断呼吁保护余东古镇，使古镇大部分风貌保存至今。虽然暂时没有条件进行维修，但仍立足于维护现状，控制镇区民居的改建，使古镇免遭彻底毁灭的命运。

二、余东的历史文化资源

余东旧镇区，以护城河为界，面积仅0.62平方公里，加上城南延伸部分，共0.89平方公里，论规模，在中国古代城池中，无疑是个"小不点"，是名副其实的袖珍古城，但其形制完备。中轴对称，城河相拥；街巷纵横，曲径通幽；设施完善，功能依旧。其历史文化遗存十分丰富。通过申报历史文化名镇，结合第三次全国文物普查，大量文化遗存进入我们的视线，使我们对余东古镇的历史文化资源有了更新更清晰的认识。

（一）底蕴深厚的盐业文化

余东因盐而兴，因盐成市，盐业文化是它的文化之源，至今仍保存众多的盐业遗址，分布着盐仓、盐市、盐店、秤房、盐道、盐码头等建筑和设施，这在两淮盐场现存的古镇中是少有的。主要有：

1. 盐码头遗址。余东盐码头，古称余东盐埠，明代时就建有一码头，位于西城河，称为"西码头"，水面下用木桩固定，上用废旧石磨，逐步向上堆砌成台阶至岸上。清乾隆年间，余东场大使王嘉俊奉旨修建西门外的保安桥，余下不少石条，就在桥南又建了一个盐码头，如今两处盐码头遗址尚在。去年在码头附近发现一截残碑，内容为清代皇帝颁发的严禁利用船运夹带私货，逃避税收的禁令，见证了盐码头的历史。

2. 盐商客栈。从盐码头上岸，城内尚存几处过去供盐商歇息的客栈，依然保持明清旧貌。

3. 盐店弄。位于北大街西侧，自北大街至西城墙长205米，这里有北宋太平兴国年间建盐场后首家经营的"宝记盐店"，故名盐店弄，西侧有明代的盐仓库，部分建筑尚在。

4. 钱粮房。是余东地区因地租征收米谷或折征银钱之所在。明代，衙门为防倭寇侵犯，将盐场土地划归刘、江、何、姜四家管理，每家为一团，各团向衙门包干后，凡灶地、土地买卖契税和征收钱粮均由钱粮房操办，提成后解交场署衙门。抗战期间，钱粮房遭日军破坏，现存一处仍是明代建筑。

（二）特色鲜明的古镇空间

在各地古城古镇大量毁灭的今天，余东却依然展示出它原汁原味的历史风貌，成为古代海门镇免遭彻底毁灭的命运。

留存至今的一部历史文化孤本和明清盐场古城的一个实例。

1. 明清石板街。余东城的石板街在建城时所建，南北走向，600年间一直是余东最为繁荣的商业街，全长876米，至今尚存2146块石板铺就的街道，是南通地区保存最为完整的一条古街道。街道下为排水道，排水道穿城而过至护城河。《直隶通州志》载："余东石港各有城，以土为之分四门，就水道为关。"以石板街为中轴线，两侧有20多条巷子伸向四方，城中与东西向街道相交形成十字街。街两侧前店后坊，店铺相邻，平房楼房高低参差，沿街还有众多大门堂，穿过大门堂就是一座座老宅子。

2. 护城河。护城河利用运盐河开掘而成，运盐河海门段始掘于南宋咸淳五年（1269年），两淮制置使李庭芝发动民众开掘自通州经金沙至余东，明代成化二十年（1484年）延伸至昌四，在余东段环绕城墙成为护城河，此段河面开阔，风貌依旧，沿河没有高大建筑和工厂企业，没有污染。可惜南城河于1972年被填改路。

3. 古石桥。余东城河上尚存两座古代石桥，分别为北门的泰安桥和西门的保安桥，始建于明代，清代乾隆年间重修，如今桥面已改，桥墩仍是原貌，其中保安桥上仍保存乾隆年间的石刻。

4. 古井。余东城内几乎家家都有井，曾有"百井之城"之称，20世纪60年代统计城内尚有水井168眼，其中以老街中段的"姐妹井"最为有名，两井对称分布，井栏青石材质，高度、口径、形制均一致，为明代古井，至今仍为居民正常使用。

5. 大门堂。大门堂是最具特色的余东民居建筑，最多时余东镇上有大门堂108座，其中63座含有二门或堂间式，大门堂一般有石雕、木雕和灰雕装饰，大门上均雕刻或张贴有大红对联，以显示主人的身份门第及个人修养。

6. 东岳庙建筑群。由法光寺、芙蓉池、地藏殿、文昌宫组成。东岳庙建于明代后期，原为吴氏宗祠，后演变为寺庙，20世纪80年代整修后改名法光寺，由山门、天王殿、大雄宝殿、藏经楼等组成，其中天王殿为原东岳庙正殿，为明代建筑。法光寺后为芙蓉池，由海门望族张文先掘于明代嘉靖年间，后成为明清两代余东特产芙蓉布的产地。芙蓉池西侧为文昌宫，始建于明代嘉靖年间，抗战时被毁,现建筑为近年重建。芙蓉池北为近年重建的地藏殿。文昌宫北侧为场署衙门遗址,现为凤城街道居委会。

(三)鳞次栉比的明清民居

近年来,国内多名著名的古建筑专家和文物保护专家如阮仪三、戚德耀、朱光亚、方长源、束有春等曾先后来余东考察,对一个江北的沿海小镇能集中保存众多的明清民居建筑给予高度评价。阮仪三教授说:"这是周庄、同里不曾有的历史文化见证。"省内专家们认为余东民居具有"过渡性"的特征,兼受南北民居技法的影响。概括为"浅进深、宽开间,合院组合单层房;穿斗式、抬梁式,框架木构立贴墙;蝴蝶瓦、青砖墙,双坡屋面亮堂房;东西屋、南北房,家家都有大门堂;瘦立柱、胖月梁,木柱础中有名堂;燕尾博、龙头脊,考究就加挑檐枋;浅木刻、镂木雕,亦有砖雕灰塑傍。"余东现存百年以上的民居比比皆是,重要的明清建筑有:

1. 武进士故居。建于明代,为嘉靖年间武进士姜锦球住所,又名进士府,原有大门堂、二门堂,现仅存三间住房,东侧二间仍是明代原物。

2. 张氏私塾。又名张兰轩秀才府,初为崔桐老师张成始建的张氏祠堂,张氏为海门望族,明代因江坍由海门县城迁至余东,现存房屋为清代所建,保存完好,张謇也曾来此讲学。

3. 范氏宅院。即盐商范少卿的故居,范少卿祖籍安徽,在余东经营盐业,收入颇丰,故居为清代建筑,木雕精细,现存中路和西路两排朝南屋和西厢房,具有徽派风格,十分气派。

4. 程氏宅院。始建于明代,现建筑为清代重修,为三进宅院,前二进三开间,后为明三暗五的大堂,西侧有备弄将各进相连,东南侧为大门堂,因衙门赠程氏祖先"大夫第"匾额而得名大夫第宅院。

5. 江村祖居。江村(1917-1943年)原名江蕴端,著名话剧表演家和诗人,原籍余东,其祖父母和父母于1912年迁至南通,余东现存江村祖居,临街为大门堂,进内为院落,有住房三间,为清代建筑,现由江氏后人居住。

6. 南楼西弄明清建筑群。位于南门内西侧,由郭利茂银楼、盐商客栈和宋姓住宅组成,三处建筑依次相连,各有院落,沿南楼西弄延伸近40米。

郭利茂银楼坐西朝东,面向大街,为徽派建筑。

(四)丰富多彩的文化"非遗"

历史上余东地处江海一隅,早先由流人来此煮盐,后有各地移民来此开发。古海门坍没后,余东成为通东地区的中心,形成了独具个性的通东民俗文化,既是古海门文化的遗存,又受到江淮文化的影响,至今在许多方面保存了它的原生态。

1. 纺织文化。早在明清时期,余东就是通州地区土布纺织业的中心,其生产的"芙蓉布"曾作为朝廷贡品并远销东南亚。其原料为余东盛产的一种植物叫木芙蓉,将其皮浸泡于池中,经处理后织成芙蓉布,明清两代通州志载:"用苎麻织成之,出余东镇者为佳。""手巾之出余东者,最驰名。"芙蓉衫、芙蓉巾一度成为余东的品牌。如今,芙蓉布工艺已失传,但其生产场所"芙蓉池"还在。另外,以蓝印花布为代表的土布生产工艺在余东兴盛不衰,直至20世纪70年代。现城内的曹裕兴染坊旧貌依然。

2. 通东民歌。通东民歌有田歌、渔歌、号子、小调等,是海门山歌的重要组成部分,是古代海门的山歌,由于地域环境的影响和岁月沧桑的浸润,通东民歌激昂高亢,更具大海的风韵。2008年海门山歌被公布为国家级非物质文化遗产(民间音乐类),而通东民歌的音乐则为海门山歌增色添彩。余东是通东民歌的主要流行地,至今流传众多原生态的民歌号子。

3. 通东习俗。通东地区包括明清时的余东场、余中场、吕四场,在这狭长的区域内保留了古代东布洲和古海门众多的社会生活信息,是古海门文化的活化石,而余东作为通东地区的中心城镇,其民俗更具典型性,它反映在方言、居住、服饰、岁时、礼仪、信仰等多个方面,如说房贺令等都是极其个性的婚嫁习俗,尽管社会生活不断变化,但通东地区的习俗具有相当大的稳定性,至今仍在流传。

4. 说利市。说利市是余东一带民间艺人的一种说唱形式,多出现于喜庆场会,艺人随编随唱,长者要有数百句,是饶有趣味的民间艺术,深受百姓欢迎,至今仍有不少艺人在活动。在当代文化人的创作演唱活动中,说利市还赋予了新的内容和时代气息。

5. 京剧演唱。余东的戏曲活动始于明代早期,城隍庙前曾建有海门最早的古戏台——万年台,清代中后期,余东成为里下河地区京徽戏班的重要演出地。清代光绪年间,余东附近的六甲镇(当时属余东)诞生了海门第一个京剧戏班——洪福班,1937年改为同乐戏班,新中国成立后组建南通京剧团。戏曲的繁荣还产生了民间戏曲习俗——中秋猜盘谜活动。京剧票友演唱活动在余东长盛不衰,至今仍有京剧联谊会正常活动。

7. 民间工艺。有凤城青描绘、凤城刻纸、瓦塑技艺等。"凤城青描绘"是民间绘画,以生肖、脸谱、门神、紫薇中堂、菩萨为主,风格纯真质朴,色彩神奇魂丽,至今仍在传承,为民间所喜爱。余东刻纸源远流长,最初用于彩灯、门窗以及喜庆装饰之用,后发展到制作镜框、挂屏和装裱条幅。龙头瓦塑是余东最富特色的民居屋脊装饰,称为"龙抬头",遍及家家户户。

(五)星罗棋布的革命遗址

余东是革命老区,历次革命战争都留下了众多的革命遗址。第一次国内革命战争时期,北伐军曾进驻余东,其驻地"震丰恒布庄"建筑依然完好。土地革命时期,余东地区成为红十四军第二师的活动中心,在城外(新中国成立前属余东,今属王浩、货隆),有三打汤家苴遗址、二师师长秦超烈士墓、通东地区第一个中共支部旧址、南通东乡第一个苏维埃政权遗址,工农红军江苏第一大队成立地遗址等。1930年5月18日,红军攻入余东城内,并召开群众大会,号召建立苏维埃政权。这是红十四军攻下的最重要的城镇。1940年12月,陶勇率新四军东进海启地区,攻占余东城,与日寇血战龙须口,新四军阻击部队一个排37名战士全部壮烈牺牲,民族英烈墓安葬着新四军战士的遗体。1948年4月,我军围攻余东,全歼守敌而余东解放,余东解放纪念碑见证了这一历史时刻。

三、余东古镇的价值和保护利用

余东作为千年古镇,历史文化名镇,无疑具有重要的价值,具体表现在:

1. 历史价值。古镇是历史的遗存,由于自然因素、战争因素和建设因素,中国现存的古镇并不多,据专家调查,中国如今完整的古镇不过百,大多数古镇是新老混合,或者新的胜过旧的,古镇的自然环境和文化空间已根本改变,原汁原味的古镇成了稀有资源。就南通地区来讲,许多古镇都成了新镇,余东是仅有的古镇资源。就江苏沿海的明清两淮盐场来讲,余东也是保存最为完善的古镇。物以稀为贵,越老越值钱,这是一个基本的价值规律。看起来破旧的老房子,如今都已成了文物,是不可再生的文化资源。我们完全可以将余东开发成一个开放式的露天博物馆,每一幢老屋,每一口古井,每一条石板都是这座博物馆的展品和标本,比起新建一座博物馆,新搞一些现代化的陈列展览,要形象生动得多。相信随着时间的推移,其历史价值更显珍贵。

2. 文化价值。在现代化建设的今天,大批古镇和历史街区消失的情况下,仅存的少量古镇可以保存历史、保存文化,延续了千百年的文脉,从而成为现代人的精神家园,成为追寻历史的人文环境。同时古镇往往同名人、名品和众多的非物质文化遗产融合在一起,体现出传统的人文价值。余东就是记录海门和通东历史文化的一部孤本和未加雕琢的民俗文化博物城。

3. 市场价值。历史文化名镇作为余东的一张名片,可以产生品牌效应,在市场经济的今天,可以衍生出它的经济价值。历史文化资源也是投资环境,可以借此影响聚集人气,可以开发文化产业,促进旅游产业,形成与其他乡镇不可能有的独特的市场环境。

多少年来,余东镇的老百姓怀着对家乡深厚的感情,精心呵护着这笔遗产,守望着他们的家园,余东镇几届政府也尽了许多努力,保护了这座古镇,它的保护工作起始于1988年的修复东岳庙,由于缺乏经验和经费,保护工作总体上并不乐观。如今,随着历史文化名镇的公布和古镇大量历史建筑年久失修的现状,保护工作迫在眉睫,艰巨又繁重。简略梳理一下,我认为余东的保护应该考虑以下几点:

1. 规划先行。遵循"抢救第一、保护为主"的原则,科学规划,分步实施,避免随意性,绝不能急功近利,更不能搞形象工程,任何想通过保护短期内就产生赚钱效应的想法都是不切实际的。古镇的保护也必须坚持科学发展观,保护好余东固有的古镇风貌和文化遗产,本身就是造福后代功德无量的政绩。请专业部门和有关专家编制好保护规划是前提,在此基础上,再开展各项保护工作。

2. 全面普查。结合第三次全国文物普查，对古镇所有的历史建筑和文化遗存进行普查，逐一确定年代、沿革、价值和保护方案。重要的单位挂牌保护，并推荐为各级文物保护单位，确定保护范围和建设控制地带。

3. 优化环境。目前古镇区环境比较杂乱，必须加以改造，清除各家各户的垃圾堆和厕所，整治清理护城河，改善镇区的道路、供水、供电和公共卫生设施，使旧镇区既不失原有风貌，又使居民的生活环境有所改善。

4. 重点修复。对重要的明清民居和历史建筑，逐一编制维修方案，并请专业队伍施工，做到修旧如旧，其费用可通过政府、集体、社会、个人共同解决，并积极争取上级拨款，根据国家规定，每年的城市维护费中应有一定比例用于文物维修，这一条应该得到落实并向余东镇倾斜。历史建筑维修后，根据谁出钱谁受益的原则，仍由原产权人使用。重建南城楼等标志性建筑，重建应尊重历史，不能搞成不伦不类的建筑，同时恢复南城河，迁移休闲渔村，贯通城河水系，真正恢复古镇"中轴对称，城河相拥"的旧貌，并建设城河风光带。在工作日程上，根据目前许多明清建筑濒临倒塌的现状，抢救维修这些建筑应该优先于已消失的历史景点的重建。

5. 激活老街。在重建南城楼同时，把城楼向南至老通吕公路的南大街恢复成富有传统特色的商业街，并逐步向城楼以北的旧镇中心延伸。制定优惠政策，鼓励居民老店新开，或出租店铺，恢复百年以上的老店号等。对尚不具备开店条件的沿街建筑，用于民俗文化和非遗文化的陈列展示，使老街成为一条民俗文化街。

6. 开发产业。着手古镇旅游的形象设计和宣传，旅游产品的开发，对传统的名吃、名品进行开发和包装。同影视单位联系，争取将余东古镇作为影视拍摄基地。去年，中央电视台拍摄《走进海门》，就利用余东的店铺作坊再现传统的酿酒场景，效果非常好。海门正在筹拍电视连续剧《张謇》，余东古镇的许多景点可以作为该剧的内景和外景，比起新建拍摄基地要经济实惠得多。和旅游部门合作，争取将余东古镇作为旅游产品推介，如今海门旅游东有东灶港，西有叠石桥，而余东处于两者接点正好把东西线路连接起来。除古镇本身外，还可拓展农家游、生态游等项目。

7. 传承"非遗"。非物质文化遗产是古镇所承载的文化之魂，是组成历史文化名镇不可缺少的内容。余东非物质文化遗产十分丰富，应进一步发掘、整理和研究。据悉，余东镇的李茂富先生积数十年心血，已整理成余东民俗、凤城传说等近百万字系列手稿，这是一笔珍贵的文化财富，政府和文化部门有责任帮助其出版。研制复原芙蓉布等特色产品，作为余东的旅游品牌。

8. 理顺体制。由于古镇区位于现在余东行政区域的最北端，城河外就是王浩镇和正余镇范围，这不利于余东古镇保护的总体规划，特别是建设控制地带的划定和今后的实施。建议结合村镇行政区划的调整合并，将古镇外围的几个村划归余东镇管辖。

余东古镇的保护不仅是余东镇，也是海门市乃至南通市的大事，应给予高度重视和支持。建议由海门市政府成立古镇保护工作组，并聘请有关专家、学者参与。余东古镇的保护利用是篇大文章，是个大工程，完成它任重道远，虽然不能利在眼前，但却功在千秋。相信通过许多人不懈的努力，我们一定能将这座前人留给我们的遗产完整地传承下去，以对得起祖先，也对得起后人。

坚守传统　自出机杼

——论金石书画家王个簃的书法艺术

魏　武

王个簃（1897—1988年），原名王能贤，后省去"能"字，易名王贤，字启之。吴昌硕曾亲笔为其手书名片：王贤，字启之，别号王个簃。他先后所用斋名甚多，其中有"霜荼阁"、"暂闲楼"、"千岁芝堂"、"待鸿楼"、"炙毂楼"、"昨今无自非斋"、"见远楼"、"劳劳亭"、"庆宪楼"等。后因偶得吴昌硕所刻巨印"还砚堂"，遂以"还砚堂"作斋名至终。王个簃出生于江苏海门的三星镇，为现代著名金石书画家、艺术教育家。

王个簃出生的年代，正值吴昌硕声誉日隆、名扬海内外的历史时期。南通又临近上海，受吴派影响至深，王个簃即为其中之佼佼者。因此，王个簃于1923年（27岁）毅然辞职，投吴昌硕门下。

1924年（28岁），吴昌硕为王个簃亲订书画篆刻润格："启之王君性耿介，不屑屑治家人产。年少好学，其所作篆隶郁勃纵横，参以猎碣公方神意。间染丹青，花卉、古佛颇得晴江、复堂姿势，而古趣益然，盖由书力功深所致也。刻印踵秦汉遗矩，终日弄石，猛进如斯。或有请其游于艺也，而启之未能自信，余乃为订其例……"（图一）。1927年（31岁），吴昌硕又书赠对联："小印刻初成，遐哉皇古；长城攻不克，突起异军"。对王个簃奖掖备加，此后数月，老师吴昌硕即与世长辞。王个簃怀着对艺术的执著和自信，迈着坚定不移的步伐，在漫长的书法道路上继续跋涉。

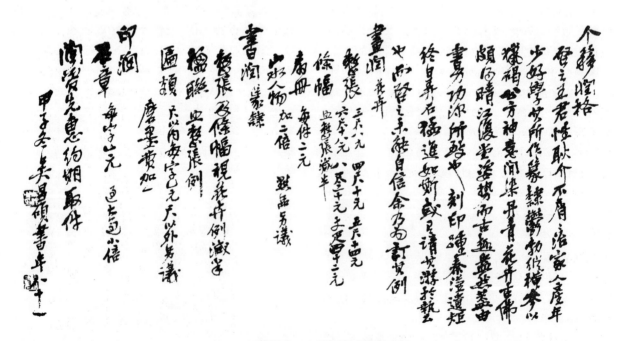

图一　吴昌硕为王个簃订书画篆刻润格

一、王个簃的书法分期及风格特征

王个簃诸体皆精，于篆书尤浸淫最久，曾取法于《三公山碑》、《少室石阙》、《琅琊石刻》、《散氏盘》、《毛公鼎》及钟鼎彝器铭文，广博汲取。而《石鼓文》则是他终身的追求。曾云："60年来，坚持书写石鼓，参以琅琊石刻、古籀文笔意，并其他金石文字，旁及行、隶，未敢或辍，以求得用笔中生、拙中奇，凝练浑朴，气势厚重。"王个簃的隶书则得益于《张迁碑》和《华山碑》等，行草书有黄山谷、王铎、张瑞图等人遗意。为了清晰王个簃走过的书法道路，我们可将其书风分为以下三个时期：

1. 早期书风：天道酬勤，卓荦不凡。任何一个艺术家都需要有厚积薄发的过程，王个簃自幼笃好诗文、金石、书画。14岁入海门高等小学读书，学校的国文老师黄松庵满腹经纶，并写一手好字，对王个簃先生影响很大。这时王个簃开始接触篆书，自学刻印。其后王个簃去南通省立第七中学求学，校长缪敏之善写楷书。据《王个簃随想录》载："一有机会，就去看他写字，可以说，他培育了我日后对书法的爱好。"毕业后，王个簃在城北高等小学校任教，在这期间认识了当时南通著名金石书画家李苦李先生："而对我走上艺术的道路起过很大影响的是李苦李先生，他是南通的一位名流，是吴昌硕先生的得意门生。……常到他的画室去，论书谈印，受益匪浅。"在李苦李先生的画室里，王个簃结识了不少良师益友，如陈师曾、金泽荣等。并常在一起做诗、习字、刻印、作画、抚琴。"在南通，由于我对刻印兴趣浓厚，因而也学篆，也学隶，打下了一定基础。"王个簃与这些书画名流在一起雅兴聚会，或一觞一咏，畅叙幽情，或谈诗论画，切磋技艺。王个簃跻身于此列，艺事日进。随后，王个簃又托诸贞长先生携印稿呈吴昌硕批阅，吴昌硕在每方印拓边详加批语，大为赏识。在王个簃27岁时，毅然辞去收入颇丰的教师职业，离开南通，来到上海，几经周折后在吴家担任家庭教师。吴昌硕经常喜欢在夜阑人静时，与王个簃交谈，切磋当天创作的想法。王个簃还陪同吴昌硕游历浙江塘栖、杭州等地，师生之间朝夕相处，得益遂多。

王个簃曾回忆道："在昌硕先生的指教下，发愤用功，几乎每天只睡四、五小时。我反复临了《石鼓文》，还兼及《散氏盘》、《毛公鼎》、《三颂》等，隶书写了《张迁碑》、《西峡颂》、《石门颂》、《三公山碑》等，其中《张迁碑》致力最深，行楷则写了钟太傅、王觉斯、黄道周、倪元璐、张瑞图等。"扎实的基本功加上他的勤奋，这个时期的王个簃在书法上突飞猛进。"我跟昌硕先生学艺，就不能不循着昌硕先生走过的路去探访、去摸索，不是这样就不能很好地了解昌硕先生。"凭着他的那份悟性和勤奋，终为吴昌硕艺术的衣钵传人。

1933年，王个簃37岁通临大篆《散氏盘》，醇厚朴拙，笔墨变化多端，已具相当功底（图二）。1935年，王个簃39岁临《汉三公山碑》，古趣盎

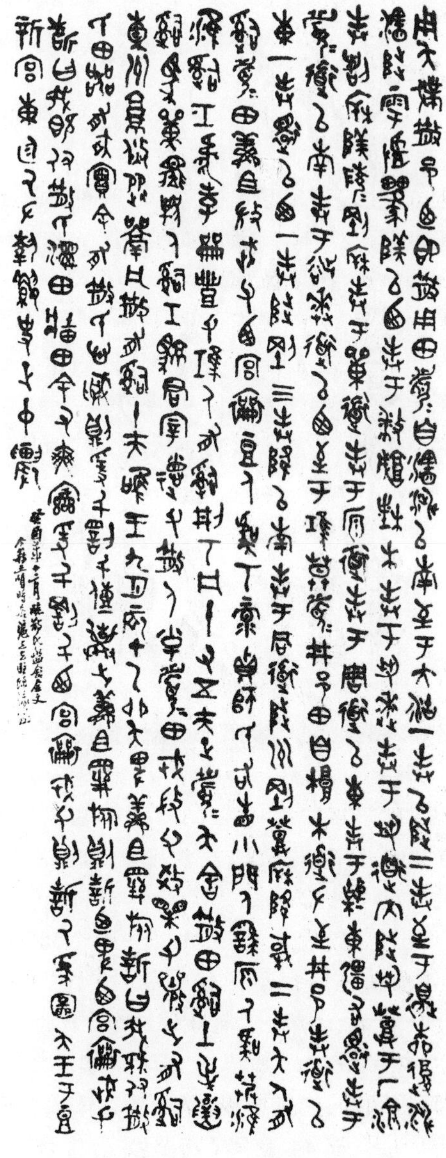

图二　王个簃临《散氏盘》

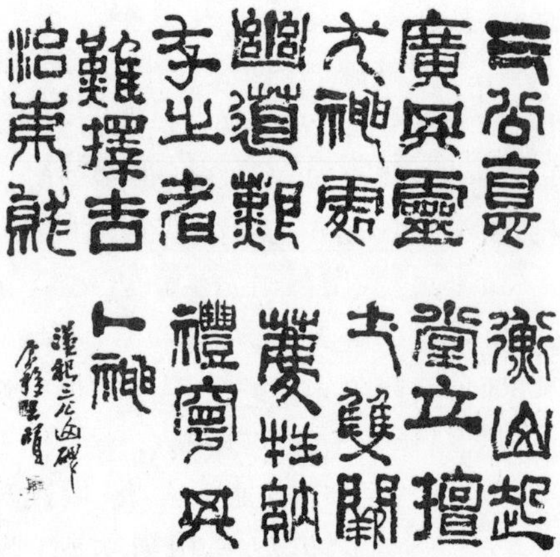

图三　王个簃临《汉三公山碑》

图四　王个簃书《与沙孟海信札》

然，融张迁、石鼓之意。与吴昌硕所临风格有别，吴昌硕更多用石鼓笔法，这说明早期的王个簃在继承吴昌硕书法"厚、重、大"的同时，已注意不受束缚，写出己意（图三）。1937 年，王个簃 41 岁书《与沙孟海信札》，虽是信札小品，却小中见大，或浓、或淡、或急、或缓，运笔藏锋内转，提笔处如游丝袅空，顿笔处如雄狮蹲地，横勒有起伏，直下有提顿，转折园劲，挑趯挺拔，章法随意而成（图四）。1940 年，王个簃 44 岁集《石鼓文七言联》，其参《琅琊台石刻》笔法，用笔沉雄朴厚，字体端庄凝

重，正如其在《篆书歌诀》所提倡："能疏能密，气贯长虹"（图五）。1945 年，王个簃 49 岁集《汉华山碑五言联》，此碑立于东汉延熹八年，体势端庄，雍容典雅，为汉碑中艺术性很高的作品之一。清朱彝尊尝云：汉碑分三种，一种方整，一种流丽，一种奇古。王个簃此作最能代表他的早期书风，他饱含隶意，行笔遒劲峭劲，融众多汉碑之特色，尤得丰腴俊逸、质朴奇古之美（图六）。

图五　王个簃集
《石鼓文七言联》

图六　王个簃集
《汉华山碑五言联》

2. 中期书风：出规入矩，融会贯通。沙孟海先生曾云："个簃先生前半生的笔墨，完全遵循吴老师的法度，具体而微。"这一时期，王个簃努力继承传统，尤其在吴昌硕的"厚、重、大"特征的同时又融入己意，笔力之强劲，气质之醇厚，已现峥嵘气象。诚然，书法风格的形成不是靠短时期或有意造作所成，而是靠长年累月的锤炼，使之自然的流露。王个簃真正领悟了吴昌硕书法艺术之精髓，并在字体的间架和用笔等方面有所突破。有位书法评论家曾经指出："比如篆书，吴昌硕一般都有取右高左低之势，字型后仰，观者看了有一种不习惯或别扭感，而王个簃的大篆从用笔到结体更为平稳、更为协调、更为美观。又比如说行草书，吴昌硕用笔刚狠且尖锐，结体上宽下窄，且常常从右侧耸起一个肩膀，习气极重。但王个簃将这

图七　王个簃书
《石鼓文十一言联》

图八　王个簃隶书"广宗六艺，
披揽百家"联

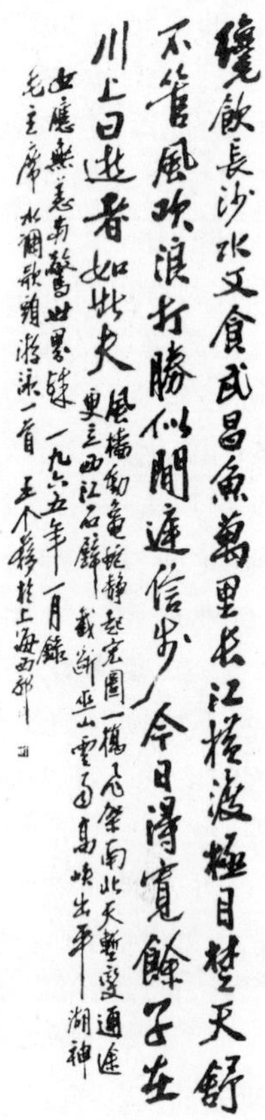

图九　王个簃行书《毛
泽东水调歌头·游泳》

一切调整到一个随意、和谐的境地，自然流畅，充满变化。"

1957年，王个簃61岁书《石鼓文十一言联》。《石鼓文》历来就被誉为"千古篆法之祖"，它介于大、小篆之间。王个簃在继承吴昌硕篆书风格基础的同时，又有了新的思考。他一方面汲取和发扬其书风，另一方面又去其习气，尤其是在体势上注重严紧端庄，去右高左低之势，并糅入金文之美质，其笔法意韵更加古趣朴茂（图七）。1963年，王个簃67岁隶书"广宗六艺，披揽百家"联。隶书虽不是王个簃书法创作的重点，但其所表现的风格的独特性亦已达到一定的艺术高度。此联明显出自《汉张迁碑》，兼有《衡方》、《曹全》、《华山》等诸碑之意。寥寥数字，雄浑野逸，郁勃飞动。可见，王个簃已渐渐进入到自己独特个性的世界里（图八）。1965年，王个簃69岁行书《毛泽东水调歌头·游泳》。王个簃在行草书上极为推崇张瑞图、傅山、王铎、黄道周等人。此作强调要有轻重、

虚实、伸缩的变化，即墨色的干湿、浓淡，用笔的轻重、快慢，字形的伸缩、大小等。如作品中"信步"二字，则若断还连，左右揖让，疏密有致，正如"信步"之词意（图九）。

3. 晚期书风：老笔纷披，风规自远。王个簃通过70多年的艺术实践，对如何继承和发扬中国书画艺术有独到见解，笔者归纳总结为：（1）重视传统，摆脱束缚。（2）深入生活，善于取舍。（3）外师造化，别开生面。（4）强调自我，意趣天成。（5）追求统一，率意求变。（6）小中见大，天地空阔。（7）细心布局，虚实轻重。（8）讲究线条，知白守黑。（9）诗书画印，融于一炉。

吴昌硕是我国最伟大的书画大师之一，他是以诗书画印融会贯通于一身的近代文人画巨匠，"海派"画家的代表人物。在他的周围，先后有陈师曾、赵子云、潘天寿、沙孟海、诸乐三、钱瘦铁、王个簃等人得到了充分的艺术修养的滋润。同样，王个簃始终在领悟"诗文书画有真意，贵能深造求

其通"的深刻内涵,所以,王个簃即使已至暮年,还没有停下追求的脚步,没有削弱向艺术高峰攀登的意志,他以"学到老"的治学态度进行创作,晚期作品再现中国书法的真正魅力。

1980年,王个簃84岁大篆《钟鼎五言联》,此作的最大特点是节奏感强。王个簃虽然书出《石鼓》,但其晚年的临摹或创作皆一改平稳单一的线条,赋予极强的节奏感。具体表现在两个方面:1.线条的变化。线条是一件书法作品的血脉,平庸的线条则失去书法的生命活力。此联如万岁枯藤、盘龙曲铁。特别是上联"明"字,点画斩钉截铁、自然脱落。末笔提按有度、运笔迅疾。下联"太"字虽寥寥数笔,则强劲有力,大有"动不可留,静不可推"之感,恰似一樽鼎器,沉雄朴茂。2.墨色的变化。王个簃晚年书法善用浓墨、焦墨、枯墨等,使作品"带燥方润,将浓遂枯",此作在气、韵、神等方面都运用得十分得体自然,堪称得意之作。正如其在款识中跋云:"呵冻作篆,颇饶佳趣耳"(图十)。1982年,王个簃86岁,书《石鼓文七言联》。王个簃在经过了半个多世纪的积淀,书艺达到了前所未有的高度。他努力遵循"无法中要有法,有法中要无法,不可以寡求寡,而要寡中见

理"的治学原则,作品进入人书俱老、心手两忘之境地。传统书法强调中锋用笔,注重提按、节奏、起收的变化。王个簃此作不再拘泥于一点一画的处理,没有刻意安排所谓的"枯、湿、浓、淡",他从"古藤疑篆龙虬动"中悟出并实现其书法追求的独特个性。同时,他不再有意注重篆书结构的体势变化,却自然形成为平整祥和、高古端严的独特面目,这正符合了唐孙过庭在《书谱》中所提出的"初学分布,但求平正;既知平正,务追险绝;既能险绝,复归平正"的书法艺术发展规律(图十一)。

二、王个簃书法艺术的三个"相融"

通过研究分析王个簃书法的发展轨迹,其书风已十分清晰,毫无疑问,王个簃的书法具有一定的代表性和独特性。概括起来,具有如下三个"相融":

1. 人格品质与书法相融　王个簃于政治胸怀豁达、热爱祖国;于道德事亲至孝、尊师重道;于教育敬业乐群、为人师表;于名利淡然无极、清虚静泰;于艺术积极进取、不落窠臼。他曾将数以百计的书画藏品献给国家博物馆和西泠印社,感人至深。古人云"书如其人",历代书家也如此大力提倡。如颜真卿"忠义光明"、柳公权"心正则笔

图十　王个簃大篆《钟鼎五言联》

图十一　王个簃书《石鼓文七言联》

正"、蔡襄"才德俊伟"等。王个簃学养既深，老而弥笃，信手拈来，无不佳妙。以崇高的品质感染他人，以超逸的笔法发现自我。因此，书法与其禀性才学和人格品质相融。

2. 金石碑刻与书法相融　王个簃书法的主要特征是具有浓郁的金石气。所谓"金石气"是指在书法创作中融入了钟鼎彝器和碑石篆刻等文字的气息和意韵。这也是一个成功书法家必须开拓眼界、提高书艺的关键。康有为曾提倡碑学思想所谓的"十美"，即"一曰魄力雄强、二曰气象浑穆、三曰笔法跳越、四曰点画峻厚、五曰意志奇逸、六曰精神飞动、七曰兴趣酣定、八曰骨法洞达、九曰结构天成、十曰血肉丰美"。在近代书家中，有赵之谦、徐三庚、吴让之、吴昌硕、黄牧甫、齐白石等人都是在此方面自出新机，书印互相升华的杰出典范。其中以吴昌硕和黄牧甫最为突出：吴昌硕雄健豪强、古拙奇肆；黄牧甫熔古铸今、古新俱存。他们在书坛的地位和成就，凸现在中国近代书坛。王个簃在吴昌硕的强烈影响下，书法艺术不断得到升华，并在字体间架和用笔技法上得到了最好的继承和发扬，形成了用笔老辣纷披、线条盘曲刚劲、结字遒劲凝练、章法自然生动、通篇大气磅礴的独特风格。王个簃通过长期实践，对篆书尤有心得："我琢磨着把写篆字之法归纳为'横、竖、曲、围、折'五笔，称为'篆书五法'，我认为这五法是可以概括篆书的基本笔法的。"又写《篆书歌诀》作进一步阐发：握管要紧，笔头开通。运腕牢记，笔笔藏锋。回旋转折，灵活生风。先工后放，奋笔如龙。自成节奏，下笔轻松。能疏能密，气贯长虹。

3. 绘画艺术与书法相融　古人早就提出"书画同源"的美学思想。汉代扬雄在《法言·问神》中曰："书，心画也。"因此，书法已不仅仅是技法的运用，应是人们思维品质潜移默化形成自我的过程，是多种外化的营养融和成一种整体和楷的美。王个簃是将书与画结合得最为和谐、最为成功的典型艺术家。他曾云："对于'从书法演画法'这一点，我自己也颇有体会，例如画紫藤、葡萄、扁豆、葫芦等藤本物象时，我就发挥篆书的笔法。行草的笔法，使那些繁枝蔓藤曲折飞动，洋溢出蓬蓬

勃勃的生命力。……我画流水，也是结合篆草笔法，既要写出流水自然流畅的曲线美，又要表现出它流动时的音乐般的节奏和旋律。"在南通市个簃艺术馆的大量书画藏品中，不断散发出醉人的芳香。

王个簃于1934年创作的《墨竹图》，用籀篆之法写竹干、竹叶，浓淡交错，尤显高风亮节之概。1944年创作的《山中幽兰图》，其石上之墨兰亦以篆隶之法撇写，给人以馨香幽远之气。1977年创作的《雨花纹石图》，画面寥寥数笔，宁静简洁，配上长款题跋，形式完美统一。1982年创作的《松花泉声图》，一丛苍松，浓淡相宜，而石间之清泉则以草、篆笔法表现，自然酣畅，行云流水。1986年创作的《墨荷图》，以篆法将枝梗疏密穿插，以草法将小溪自然流动，整体给人以浑穆郁勃之感。1987年创作的《紫绶图》，花叶、紫罗任意点染挥洒，将书画熔于一炉，出神入化。

三、结　语

在中国书法的历史长河中，王个簃具有一定的独特性，应是近现代阶段杰出的书法家。他师古人，出己意，以传统经典特别是徐渭、陈淳、朱耷、吴昌硕等人为重要支撑，结合诗书画印，相得益彰。又在用笔、用墨、题款、钤印、章法诸方面食古而化，别出心裁，表现了文人书法最有代表性的特质。吴派艺术犹如艺术百花园中的一朵奇葩，吮吸了充分的营养，越开越艳，否则又怎会经久不衰呢？

参考资料：

《王个簃随想录》，上海书画出版社，1982年

《王个簃书法选集》，上海书画出版社，1996年

王个簃《霜荼阁诗》，南通市文联编，2006年

（唐）孙过庭《书谱》

丁羲元主编《王个簃画集》（曹用平——王个簃艺术年表），上海人民美术出版社，2006年

施作雄编著《艺术大师之路丛书——王个簃》，湖北美术出版社，2005年

达斋，魏翰邦《20世纪书坛名家作品批评——书法门诊室2》，江苏美术出版社，2002年

龙泉青瓷实地考略

颜飞成

第一次到龙泉,当心目中的瓷器圣地展现在自己眼前时,我掩饰不住心中的激动,这是一座不大的城市,当同学骑着电动车载着我穿过小桥,桥下潺潺流动的是瓯江之水。沿途看到的是一家家现代或古代的买卖青瓷或宝剑的店铺,我好奇地问起,同学说龙泉的宝剑在历史上也是很有名气的,甚至现在还有一条街叫做"剑池街"。回来之后,我上网搜索,翻阅同学送给我的《龙泉县志》(1994年6月第一版)才发现自己原来是如此孤陋寡闻。

龙泉位于浙江省西南部浙闽赣边境,东临温州经济开发区,西接福建武夷山风景旅游区,素有"瓯婺八闽通衢"、"驿马要道,商旅咽喉"之称。龙泉于唐干元二年(759)置县,历史悠久,景色优美,物产丰富,人文荟萃,是著名的青瓷之都、宝剑之邦、世界香菇生产发源地和"中华灵芝第一乡",被誉为"处州十县好龙泉"。1990年12月,国务院批准龙泉市撤县设市。龙泉青瓷发轫于五代。宋时,创制了"哥窑"、"弟窑"两大类产品,"哥窑"为全国五大名窑之一;"弟窑"中的梅子青、粉青产品,青润如玉,亦为绝代佳品。历宋、元及明前期,龙泉青瓷以主角身份,参与开拓了漫长的世界"陶瓷之路"。世传春秋战国时期欧冶子即在龙泉的秦溪山下炼宝剑。千百年来,经历代匠人经验积累,形成了龙泉宝剑"坚韧锋利、刚柔并寓、寒光逼人、纹饰巧致"四大特色,被公认为剑中之魁。同时,龙泉也是中国南方重点林区县和世界香菇生产发源地之一①,这个在后来与龙泉当地人的谈话中得到证实。现代的龙泉虽然已经变得城市化,不过古老的历史痕迹还是深深地烙印在龙泉这块土地上,随处可见的瓷器、宝剑店铺,路两旁的公益广告牌上当地的工艺大师照片以及介绍,家居生活中的青瓷杯、青瓷碗等等,无时不在提醒着你这里曾经乃至延续至今的灿烂的历史文化。

龙泉县位于瓯江的上游,瓷土矿藏十分丰富,河流的两岸山峦起伏,森林茂密,盛产烧瓷用的燃料——松柴。瓷窑可利用溪流的山坡选址,制瓷原料可依赖廉价的水碓粉碎并加工,成品也可从瓯江顺流而下运到温州,输出十分方便,这些都是对瓷业生产十分有利的条件和环境。在没到龙泉之前,对于龙泉窑的瓷器我已经是耳闻已久,由于自己想要研究海上丝路的外销瓷贸易情况,对于龙泉这个在宋元明时代一直处于海上丝路外销瓷的重要出口产地一直有着必要的关注,这次能够来到龙泉,并且获得龙泉市地方志办公室的帮助,实在是感到万分荣幸。早上我们早早地便从市区出发了,为了便于一天考察完所有的重要遗址、博物馆,我们租了一辆小巴,开往今天的第一站——龙泉大窑遗址。

一、浙江龙泉大窑遗址

(一)实地考察

沿着一条盘山小径,小巴沿公路一侧向山上延伸,上山的公路非常简陋,边上是潺潺溪流以及茂密的树林,隔着车窗可以看到古窑胚、碎瓷片露出头来。上山的路是艰难的,我们在车里颠簸着,都有点头晕目眩。真的很难想象,千余年前,先人们是如何靠着肩挑背扛,将那些烧制成型的瓷器运往山下,再顺江而流,走南闯北,漂洋出海的。

龙泉窑是宋代五大窑系"官哥汝定钧"中哥窑最重要的生产地,虽然至今对于这一结论还有分歧,但也不会妨碍龙泉瓷器在中国瓷器史上的重要地位。而小梅大窑,作为迄今为止发现的龙泉窑中规模最大的遗址。难掩的兴奋之情在我心里涌动着,我很难想象,就在这里,龙泉窑曾经把中国的陶瓷史推向一个灿烂的高度。在有关同志的带领下,我们很顺利地进入了龙泉大窑遗址,遗址现场窑具随处可见,数量非常惊人。地上一不小心就可能踏到已经露出地表的瓷器碎片,尽管我们已经很小心地注意脚下了,还是会一不留神就听到"嘎达"一声。顺行的大窑文保处的周关贵老师也是一直不忘给我们讲解有关龙泉大窑的情况。

龙泉大窑遗址是具有重要历史、艺术、科学价值的古文化遗址,1988年1月13日中华人民共和国国务院文物局公布其为全国重点文物保护单位。遗址范围内有126处窑址,年代从五代始至清代结束。属南方青瓷系统,是宋元明时期著名窑场之一。2006年9月至2007年1月,考古人员对浙江省龙泉市大窑遗址岙底片枫洞岩窑址进行考古发掘。在明代初年的地层里出土了一批制作工整、纹样精细、釉色滋润、器形较大的龙泉青瓷。

烧造瓷器包括三个步骤:备料、成型、烧成。其中备料又包括取土、水碓、粉碎、淘洗等。

分级分布的淘洗池,一般要淘洗2到3次,这样一般要有3级淘洗池连续分布。其中特别介绍到了烧造工具包括有匣钵(用粗陶土制成),主要可以起到控制温度,防尘和减省窑位的作用。

我们更是看到了传说中的龙窑:将近40米的龙窑静静地躺在我们所参观的遗址的右边,据周老师介绍,一窑一般要烧制1-5万件瓷器,每年烧2-3窑,龙窑上有投柴孔,温度一般可以达到1200摄氏度。住房遗址,由鹅卵石铺地面,这主要是给高级人士居住的,还有蓄泥池、炉、灰坑、垫饼、轳辘坑等,周老师都给我们做了一一介绍。我们还就如何鉴别宋元明龙泉瓷器请教了工作人员,得知宋元龙泉青瓷重器形,明代重工艺;而在釉色上,南宋时期的龙泉青瓷主要是梅子青和粉青,明代则是斗青和斗绿;烧造方法也不一样,宋元时期,龙泉瓷器烧造时垫柄主要垫圈足部分,明代不同于宋元,不是垫圈足,而是垫在圈足内。当然还有一些其他的辨别方法。因为自己对龙泉瓷器外销的情况比较感兴趣,于是提出问题,工作人员也尽量给出了他们的答案。龙泉青瓷在宋元明时期作为外销瓷出口到欧亚非,在韩国新安沉船就曾出土大量龙泉窑瓷器。最近在中国南海发现

的南海一号古沉船上发现了大量的龙泉窑瓷器,龙泉、景德镇瓷器各占一半。

龙泉窑生产的青瓷往往沿着瓯江顺流直下,运到温州,然后再销往海外,沿途我们也可以看到道路旁边的水流,尽管已经难以见到当年龙泉窑繁盛时期船舶往来繁忙的瓯江支流的情景。

陈万里先生曾于1928~1940年间多次对龙泉窑窑址进行调查。至今在龙泉窑大窑遗址还设有陈万里先生故居(图一)。

图一 陈万里故居

陈万里(1892-1969年),苏州人,名鹏,万里是他的字。1917年毕业于北京国立医科专业学校,当过北京大学、协和医院的医生,担任过浙江、江苏两省的卫生处处长,颇有政声。他是中国最早的摄影艺术家之一,1919年在北大内举办第一次摄影作品展,1924年8月出版了我国第一本个人摄影集《大风集》。

20世纪20到30年代,陈万里不远千里,跋山涉水"八上龙泉,七下绍兴",发现了龙泉青瓷和越窑的遗址,成为陶瓷研究史上的一段佳话。《龙泉县志》记载:"1928年5月,陈万里首次作龙泉窑考古调查。"在大窑村完成了中国第一部田野考察报告《瓷器与浙江》,引起世界的关注,奠定了他的学术地位。1930年赴欧洲考察,接触了英国等西方国家的陶瓷学者,开创窑址实地考察、现代科学和书本知识相结合的研究,成为我国陶瓷考古界走出书斋、走向田野的第一人[2](图二)。

1958和1981年两次文物普查中,文物考古工作者对龙泉窑窑址进行了全面、系统的调查。

图二　陈万里先生

1959－1960 年对大窑龙泉窑窑址进行了发掘。

（二）有关龙泉瓷器的外销

有关龙泉窑瓷器的外销问题我不止一次提出来问题，工作人员就自己的理解给予回答，结合《龙泉县志》，我在这里简单谈一谈有关龙泉窑瓷器外销的情况。

海上丝绸之路又称陶瓷之路分为两条：一条是从今天的江苏扬州和浙江的宁波经朝鲜或直达日本的航线。另一条是从广州出发到东南亚各国或出马六甲海峡进入印度洋，经斯里兰卡、印度、巴基斯坦到波斯湾的航线。中国宋元时期，随着航海业的发展，对外贸易进一步加强，中国陶瓷的外销呈现出空前的繁荣，特别是在广州、泉州等港口设立市舶司管理对外贸易后，大批外销瓷从这些港口启运，沿着唐、五代时期开辟的航道，源源不断地运往亚洲、非洲各国。

著名历史地理学家、杭州大学教授陈桥驿就龙泉县说过："一千多年以来，就是这个县份，以它质量优异的大量青瓷器，在世界各地为我们换回了巨额财富，赢得了莫大的荣誉。……从中国东南沿海各港口起，循海道一直到印度洋沿岸的波斯湾、阿拉伯海、红海和东非沿岸……无处没有龙泉青瓷的踪迹。这条漫长的'陶瓷之路'，实际上就是中国陶瓷特别是龙泉青瓷开拓出来的。"③

龙泉青瓷的外销早在宋元以前就已经开始，宋元时期，更加大规模的出口一方面是与国外的需求市场分不开，另一方面是与国内宋元朝廷的重视与鼓励有关。龙泉青瓷质量优良，再加上龙泉县的水路比较发达，龙泉溪可以直达温州，瓷器利用水路运到温州，然后再从温州运往海外。通过海运，龙泉青瓷大量进入日本、菲律宾、印度尼西亚、泰国、印度、斯里兰卡、巴基斯坦及东非各国。还有少量部分通过陆路运往阿富汗和伊朗等国。世界著名的陶瓷学家三上次男先生在《陶瓷之路》里详细记载了从日本至印度洋到非洲各国遗址发掘的中国陶瓷碎片以及各国博物馆珍藏的中国古陶瓷，其中就包括有大量的龙泉青瓷碎片和龙泉古青瓷。从现在亚、非各地的依存、发掘出土的青瓷碎片以及博物馆藏包括各海底沉船，我们不难发现宋元时期龙泉青瓷外销量的巨大。美国霍蒲孙和海索林顿合著的《中国陶人艺术》一书中说："中国古今名瓷，分布在全世界各个角落里，即印度、菲律宾、爪哇、苏门答腊、婆罗洲、波斯、阿拉伯以及非洲的埃及和赞稷巴都大量使用中国浙江青瓷，尤其是龙泉青瓷。"④

青瓷的美丽釉色在阿拉伯国家被称为"海洋绿"，波斯的哲学家爱尔托西神秘地宣扬：如果在青瓷餐具里盛放有毒的食物，青釉就会起作用，变成无毒；青瓷碎片捏成碎末，还可以医治牙病，能抑制鼻血。

明初，郑和七次下西洋，商船中就有大量龙泉青瓷。《大明会典》第一百九十四卷载，当时外销青瓷盘每只价位为一百五十贯。明代虽有海禁，但是海外各国对中国陶瓷的需求不减。1517 年（明正德十二年），葡萄牙商船首次驶入广州湾，贩运了大批龙泉青瓷到欧洲，收利颇丰。荷兰东印度公司见有利可图，也积极效仿。法国、英国、德国、丹麦、瑞典等国商人相继设立公司，从事贩卖中国瓷器。1614 年（万历四十二年）荷兰德兰号船运碗、碟、盘等青瓷 68057 件。1641 年（崇祯十四年）7 月，由福州运往日本的瓷器 27000 件，同年 10 月有大小 97 艘船舶运出龙泉青瓷 30000 件，在日本长崎上岸⑤。中日两国一衣带水，自古就有着友好交往的历史，中国唐代的外销瓷在日本多有出土和收藏，唐代销往日本的主要是唐三彩。唐三彩是唐代盛行的陶瓷，以黄、白、绿为基本釉色，也是盛唐时期产生的一种彩陶工艺品，深受人们的喜爱。到了宋代，中国外销瓷器已经大量的涌入日本，总要有浙江龙泉窑青瓷和江西景德镇青白瓷及福建建阳窑的黑釉瓷等。据考证，北宋太平兴国八年，也就是公元 983 年，日本奈良大寺高僧泰然法师来到中国，还把中国的陶瓷制造技术带回了日本，制出了日本的濑户窑陶瓷。

　　1611 年荷兰人发现了新的航线，开辟了东非海岸，亚非欧航线被连接起来。欧洲商人直接向中国订购瓷器，龙泉青瓷大量销往欧洲。16 世纪龙泉青瓷传到欧洲，身价和黄金一样贵重，一般普通百姓不敢问津，王公贵族均以摆设和供用龙泉青瓷作为炫耀华贵之物，这不仅是对青瓷，对于来自中国的这些美妙的瓷器，欧洲各国形成了一股"中国热"。欧洲萨克森国王奥古斯特二世，不惜重金购买龙泉青瓷，还特地建造一座宫殿，专门珍藏中国青瓷，其邻国普鲁士王威廉的妃子亦珍藏有大量陶瓷，公元 1717 年 4 月 19 日，双方经外交谈判，达成协议，萨克森国王以 600 名壮士换来普鲁士的 127 件中国瓷器，包括龙泉青瓷花瓶。欧洲各国文献称龙泉青瓷为"雪拉同"，将龙泉青瓷的色泽风韵与欧洲名剧《牧羊女亚司泰来》男主角雪拉同的美丽服饰媲美。世界各地博物馆和陶瓷收藏家都将龙泉青瓷视为珍品，以拥有龙泉青瓷为荣。记录西方对中国瓷器贸易情况的《葡萄牙王国记述》一书，称龙泉青瓷"是人们所发明的最美丽的东西，看起来要比所有的金、银或水晶都更可爱"⑥。

二、上垟龙窑

　　在大窑遗址里的饭店吃完午饭之后，我们一行人又来到了上垟一家专门烧制青瓷的龙窑进行了参观，见到了现代烧制青瓷的龙窑。在这家经营青瓷买卖的小店墙壁上，我们还看到了有关青瓷烧造的工艺流程图（图三、四）。

　　根据《龙泉县志》，我们知道青瓷烧制的工艺包括：

　　拉坯成型，采用拉坯、模压和捏塑方法。所谓"钧运成器"，就是推动辘轳圆轮旋转，用手拉坯，制成碗、盘等粗胚，晾或烘半干后，再修坯、挖足。器型高大、腹壁曲折者，须分段拉坯，再衔接成器。方形、棱形器物，则用模范（具）压成两半或数块，再黏合而成。人物、动物塑像由手捏或雕塑而成。

　　入窑烧制需置垫具（三足丁或垫饼）上，盛入泥桶（匣钵）内。碗、盘、碟等用凹底匣钵，瓶、瓿、鬲等高形器用平底匣钵。龙窑中段火力强，大匣钵一般装入窑中段，亦有大小匣钵间隔混装。为

图三　青瓷烧造的工艺流程图 1

图四　青瓷烧造的工艺流程图 2

增加釉层厚度，须多次素烧，多次上釉，最后正烧，烧成温度在 1250 – 1300 度。烧炼温度、冷却、窑内气体成分及其浓度变化对釉色的呈现极为敏感，古今龙窑均用火照法观测温度和气氛。

　　因瓷土捣炼依赖水碓，淘涤亦需水流，故窑场多选溪流沿岸。窑炉的构造多为长条形龙窑，依山坡建造，窑身斜度在 10 – 18° 之间，前缓后陡。窑体最长 97 米，最短 30 米，宽 1.85 – 2 米，一般一次可装烧 1 – 2 万件。至元代，才出现分室龙窑，窑体前宽后窄，室与室之间有横隔墙两堵，把龙窑分为多室，将窑室内火焰由龙窑的平焰变成倒焰，使室内温度均匀，并延长火焰与坯体的接触时间，适宜烧成要求和烧制大件瓷器。室内挡火墙的长期使用和改进，产生了阶梯窑，使窑炉结构又进了一步⑦（图五、六）。

图五　龙窑(摄于上垟一家专门烧制青瓷的小店)

图七　贴花区,注浆区

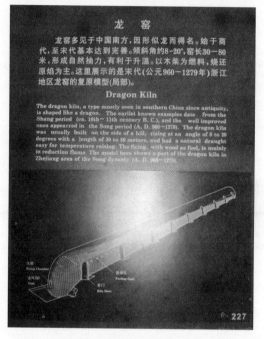

图六　龙窑(摄于上海博物馆中国古代陶瓷馆)

图八　修坯区,上釉区,烧制区

三、现代瓷器生产厂家

稍晚一点我们一行人又参观了浙江天丰陶瓷有限公司:现代制作陶瓷的一家公司。因为是节假日,生产的工作人员都休息去了,看到的是空旷的生产车间。在我们参观的这个成型车间和烧制车间里包括有修坯区、注浆区、贴花区、刻洗区、上釉区和烧制区。由于放假,未能参观选瓷车间和成品仓库,有点可惜。在成型车间和烧制车间里摆放着整齐的瓷器坯,还未上釉的刻有花纹的器坯(图七—十)。

图九　成型车间

在公司的外墙上还留意到有生产工艺流程表,现代的制瓷技术较之古代已经有了更加复杂的变化与发展,分工更细了,工艺更科学。在车间

图十 还未上釉刻有花纹的器坯

图十一 现代龙泉青瓷

外的一个草坪有该公司生产的现代瓷瓶：典型的龙泉青瓷（图十一）。

四、龙泉青瓷博物馆

当天的最后一站就是龙泉青瓷博物馆了，由于时间赶得比较紧，到达时已经接近博物馆下班时间，我们一行人匆匆忙忙和博物馆有关工作人员说明情况之后，便只剩下不到一个小时的观看时间了。即便如此，我还是带着兴奋的心情，走进了这座马上就要搬迁的青瓷之家。

馆内藏品以龙泉本地所出土的青瓷为主，1983 年开始在龙渊公园内建造，1988 年冬落成开放，建筑面积 1948 平方米。并聘请省文物局局长毛昭晰为名誉馆长。

中国以"瓷器之国"闻名于世。在漫长的制瓷史上，龙泉窑是青瓷历史名窑。据博物馆内导言

所说：龙泉窑始烧于西晋，北宋时期已经初具规模，南宋和元代为鼎盛时期，制瓷技艺登峰造极，形成了一个以龙泉为中心，向四面八方辐射，窑厂众多、范围极广的瓷窑体系。出现了"瓯江两岸瓷窑林立，烟火相望，江上运瓷船舶来往如织"的繁荣景象。龙泉成为全国的瓷都。明代龙泉窑规模不减，但质量下降，至清代逐渐衰落。晚清后曾一度停烧，仅有少数窑工从事仿古生产。建国后在周恩来总理的关怀下恢复生产，并逐步发展，迎来了龙泉青瓷的再度辉煌。

（一）有关龙泉青瓷分期以及烧制

在博物馆内参观，使我更进一步了解了有关龙泉青瓷的分期、断代、釉色、纹饰、装烧、识别以及外销等的情况。

1. 分期

西晋至五代是龙泉窑的初创阶段。处于小规模生产就地销售状态。已发现丽水吕步坑南朝窑址和庆元黄唐代窑址，产品釉色青黄，无光泽，多施半釉。唐中期至五代，产品种类增加，器形改善，胎质较细，釉色青黄，不透明，多通体施釉。

北宋是龙泉窑发展时期。早期，瓷业初具规模，仅金村一带已发现窑址 8 处，生产器形规整、纹饰生动的淡青釉瓷器。至中晚期，有了长足的发展。大窑、金村、安福等地已发现窑址 49 处，所产青瓷釉色青黄，釉层光洁。

南宋至元代是龙泉窑的鼎盛时期。现已发现南宋窑址 260 多处。南宋中晚期，成功烧制出粉青、梅子青釉色和薄胎厚釉，出现黑胎开片和白胎青釉两种产品，即文献所说哥窑与弟窑。元代生产规模继续扩大，已发现窑址 330 多处。产品种类增多，器型增大，纹饰丰富。

明代至清代是龙泉窑的衰落时期。明代前半期规模不减，声誉依然，仍承烧部分宫廷用瓷。正统年间，著名匠师顾仕成的作品声名远扬。明代晚期至清代，质量下降，产品胎骨厚重，釉层浅薄。至清末，显赫数朝的龙泉窑终于停烧。

2. 断代

受时代思想、文化、工艺诸因素影响，产品打上了时代烙印。器物断代即依据器形、纹饰、釉色、工艺等特征鉴别其生产时代。一般北宋多刻划花，南宋重造型、重釉色，元代重纹饰，明代起釉层渐薄。

3. 釉色

釉色是鉴别瓷器优劣和衡量制瓷技艺的重要标准。龙泉青瓷的釉色被欧洲人比作法国歌剧《牧羊女亚司泰来》男主角雪拉同漂亮的青色衣裳，称为"雪拉同"，釉色以粉青、梅子青为上，豆青次之，泛黄、泛灰者皆为下品。

4. 纹饰

纹饰用于器物的装饰，既充满了历代思想、文化的时代信息，又是各时代审美观念、艺术情趣的曲折反映。龙泉窑是纹饰题材最丰富，内涵最深刻的青瓷窑系。可分宗教、寓教、植物、动物、人物、文字等类型纹饰。

5. 装烧

装烧是器物施釉或素烧后装入匣钵正烧，匣钵在窑内层层相叠，既可使器物免遭烟熏或落尘，又可充分利用窑位。为防止器物与匣钵烧成后粘连，每件器物底部都添有垫器。垫器以垫柄为多，分泥制和瓷制两种(图十二、十三)。

图十二

图十三

6. 成型与装饰

成型分拉坯、模制和捏塑。一般圆形器以陶钧(陶车)手拉成型；方形器、六角器等以模压成两半或数块黏合而成；另如动物、人物则由手捏雕塑而成。装饰有刻、划、堆、贴、印、雕、镂等多种方法(图十四—十六)。

7. 外销

自宋代起，龙泉青瓷源源不断地运往全国各地和亚、非、欧三大洲，在国内外的许多重要城市

图十四

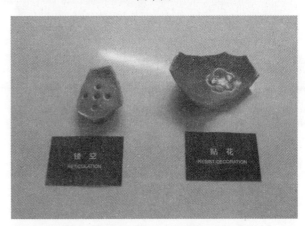

图十五

图十六

和主要港口,均有大量出土。在韩国新安海底的一艘沉船中,打捞出中国瓷器二万二千件,其中龙泉青瓷就有一万二千余件,占一半以上。可见当时龙泉青瓷的外销比重[8]。

(二)枫洞岩窑址出土器物专题展

在博物馆的另一个展厅摆放的是有关枫洞岩窑址出土器物专题展。我想对龙泉窑有所了解的朋友都会注意到这一窑址发现对于龙泉青瓷研究的意义。枫洞岩窑址考古发掘获取大量残器和瓷器标本,经考古工作人员一年多的研究和整理,对元明之际及明前期龙泉窑的研究取得了重大突破,并复原器物数百件。这里展出的是该窑址出土的部分器物复原残器。从这些大小不同,器形各异,纹饰丰富的盘类器物中,您能感受到当时的生活情境和社会时尚吗[9](图十七—二十)?

五、结　语

在龙泉大窑遗址考察的时候,就龙泉青瓷外

图十七

图十八

图十九

图二十

销有比较多的讨论和交流,虽然在《龙泉县志》中也有专门一章讲到青瓷之路,但是其他相关资料没有机会搜集整理,对于当地是否有这方面的资料,我也不甚了解,很希望能再有机会就这一方面的资料做专门搜集和学习。

注　释:

①《龙泉县志》,汉语大词典出版社,1994年6月第一版,简介。下文所说《龙泉县志》均属这一版本。

②摘自故居前的《陈万里先生简介》。

③转引自《龙泉县志》,第310页。

④转引自《龙泉县志》,第310页。

⑤《龙泉县志》,第310页。

⑥《龙泉县志》,第312、313页。

⑦《龙泉县志》,第300页。

⑧以上7点引自龙泉青瓷博物馆馆内墙体文字说明。

⑨引自龙泉青瓷博物馆馆内墙体文字说明。

空前绝后《同人集》

——冒襄《同人集》考

刘聪泉

　　如皋冒襄（1611—1693 年），字辟疆，号巢民，"明末四公子"之一，以拒不降清之气节名动海内，他是诗人、散文家，又是书法家、戏曲活动家，还是园林设计家和文物鉴赏家。冒襄传世的文学作品较多，尤以一部文人诗社雅集《六十年师友诗文同人集》震烁文坛，不但前无古人，后亦无来者可比。

　　冒广生先生《冒襄年谱》载："康熙十二年，刻《同人集》成，自署其端曰：六十年师友之贻。"此说有误。其一，《同人集》李清序和韩则愈序均注明"四十年"故人投赠诸作；其二，张大心序为康熙十四年所作；其三，《同人集》载录诗文唱和终其冒襄一生。顾启教授认为，康熙十二年为《同人集》十二卷开刻之时，此议甚当。冒襄在"贫、病、老"并臻三绝的情况下，历时二十年，至垂暮之年方才完成这一浩轶工程，"六十年师友之贻"七字必为刻成之日题写。冒襄将六十余年来精心保存的来往书信公之于世，明末清初一流文艺家的作品靡不毕现，蔚为大观，当时传为瑰宝，世人争相收藏，至今亦以收集时间长久、人物众多、范围广泛、材料可靠，成为研究明清文史的珍贵资料。据蔡迪先生《冒辟疆评传》所言："《同人集》书口下方每页印有'水绘庵'三字，以示是他自己的藏本，从现存的《同人集》看，它后来至少重刻了三次，从第二次重刻再版起，书口的'水绘庵'就改成为'水绘园'了"。考乾隆十七年春，如皋主簿余宽夫与叔弟余稷及冒襄侄孙冒念祖，根据冒襄从子冒殿邦提供的"先伯巢民公之遗书"《同人集》，拾遗补漏，精心参校，编年分帙，书口刻'水绘庵'，余稷跋尾，此应为首次重刻本，礼部尚书韩菼《冒潜孝先生墓志铭》和中书卢香《巢民先生传》于此时一并收入，如皋图书馆藏有前六卷。乾隆中期，《同人

集》由两江总督"采进"，随后被清廷列为禁书，故"水绘庵本"传世极少。南通图书馆所藏道光二十九年由翰林院侍读学士、天长状元戴兰芬题序的《同人集》应为第二次重刻本，光绪十二年鲁郡宁云程汉舟氏题序版《同人集》则为第三次重刻本，书口均易为"水绘园"。本人所藏北京师范大学图书馆珍本复印件，卷首署"蜀北尧公藏"，应为著名藏书家、史学家谢兴尧先生根据乾隆"水绘庵本"复制而成，且于卷后附《四库总目》之提要。至于冒殿邦所存康熙"水绘庵"原版《同人集》，寻访多时，终不得见，不知可有一二子遗于世。

　　史书上有关文人士大夫雅集的记载，大抵始于汉武帝时期梁孝王与枚乘、司马相如、邹阳等的文士聚会。其后则有曹丕、曹植兄弟与文人才子共吟于西园、石崇与重臣贵戚欢宴于金谷、王羲之与少长群贤修禊于兰亭、陶渊明与二三邻曲同游于斜川等，但论其规模宏大，内容丰富，当推元末昆山顾瑛（阿瑛）的玉山草堂。元至正八年至十四年，玉山草堂共举办各种文宴、诗会达五十余次，名士齐集，胜流如云。顾瑛编纂的《草堂雅集》中收录了 80 多位参与者的诗作，可考者仅 37 人。《四库总目提要》："《同人集》仿顾阿瑛玉山草堂雅集而作，然阿瑛但文酒之欢，此并其寿序之类亦皆载入，故

繁富胜之。"清道光内阁中书梁绍壬所著《两般秋雨庵随笔》为毛泽东生平批注最为丰富的一部藏书，其卷五载："如皋冒辟疆《同人集》自胜朝至国初名士，斯为极盛，先君宰开平，松柏司巡检冒芬是其裔孙，特假而手钞姓氏一帙，始董其昌，终蔡启僔共四百五十有六人。"笔者有幸得窥四部《同人集》，校读所有目录并诗文之署名，按姓氏笔画列为一表（见附表），不含冒襄原版未收录之卢香，全书胪列明末清初名宦公卿、文坛巨擘、抗清忠烈、名流俊彦、遗民隐逸、乡贤耆宿461人之众，竟六倍于《草堂雅集》。《同人集》作者可考者近400人，几乎囊括了明末清初著名文学家、画家、书法家、戏曲家、诗人的大半，全书收录作品2975件（不含卷前卢香、韩荄之作），不独诗词曲赋，更取奏记序传，且涉及书画园博诸艺，非但都是一时之选，而且光裕后世，影响甚巨。水绘园之会与西园、金谷、兰亭、斜川雅集有所不同，后者几乎都是官僚与贵族的雅集，而水绘园之会和玉山草堂之会一样，是真正的文人之会，即便是名宦巨卿，也多以文人本色社集其中。《同人集》文体极丰，但论辩、奏议之类却告阙如，此亦可佐证文人之会特性。值得一提的是，《同人集》亦非冒襄师友之全豹，譬如，明兵部尚书郭子章，南京兵部尚书史可法，鲁王兵部尚书陈子龙，抗清英烈侯峒曾、侯岐曾，复社皖中主坛者钱澄之，著名诗文家阎尔梅，清刑部尚书徐乾学，清初"三大思想家"之黄宗羲、顾炎武、王夫之等等，虽无诗文载录，但交游史实亦有迹可考。入清之后，冒襄屡屡集社唱和，"四方宾至如归，招致无虚日"，清顺治吏部主事刘体仁于《书水绘园二集后》中说："士之渡江而北、渡河而南者，无不以如皋为归。"可见水绘园在当时文人心中的地位是何等神圣。水绘园主人冒襄以一介布衣甄录诸诗，不仅没有任何功利目的，纯系兴趣爱好和精神寄托，而且极具民族风义，附见明朝遗民之懿行大节，这较之玉山草堂之会又高出岂止一筹。《同人集》不仅是清代历史上规模最大、历时最久、创作最多的诗文裒辑，而且置于中国文学史中亦是形式内涵最广博、诗文水平最整齐的文人诗社雅集，以"冠前绝后"论之绝不为过。

1.《同人集》师友类聚

鸿公巨卿　《同人集》所载明清两朝一品官员甚多，是冒襄社会地位和政治影响的实证。依生卒年代序列：明南京礼部尚书、太子太保董其昌，明吏、工、户、兵部尚书，明礼部尚书兼东阁大学士钱士升，明工部尚书兼东阁大学士范景文，明清两朝礼部尚书王铎，明户、礼两部尚书倪元璐，清吏部尚书、弘文院大学士陈名夏，清左都御史、工部尚书赵开心，清刑部尚书龚鼎孳，清礼部尚书王崇简，清户部尚书梁清标，清吏部尚书、文华殿大学士宋德宜，清吏部尚书宋荦，清左都御史、文华殿大学士兼掌翰林院徐元文，清刑、礼、吏部尚书熊赐履，清刑部尚书王士禛，清礼部尚书兼翰林院掌院学士韩荄，清文华殿大学士兼户部尚书张玉书，清礼部尚书兼理吏部许汝霖，清左都御史李楠，加上南明尚书钱谦益、曹学佺、王思任、何楷、黄道周、陈函辉、杨廷麟、郭之奇和左都御史钱邦芑（大错），合计共二十九位。

文坛巨擘　明末清初诗坛流派主要有三，即娄东、虞山、神韵。娄东派领袖为吴伟业，虞山派领袖为钱谦益，加上合肥龚鼎孳，即为名满天下的"江左三大家"，三人均系冒襄一生挚友。三大家之后驰骋诗坛的则以程可则、施闰章、王士禄、王士禛、汪琬、曹尔堪、宋琬、沈荃并称的"海内八大诗家"最负盛名，前六位与冒襄皆有诗文之交。此外，董以宁、邹祗谟为毗陵诗派代表人物，世称"邹董"，董其昌、陈继儒、王思任、杨文骢位居"崇祯八大家"，叶封、曹禾、汪懋麟、宋荦、林尧英名列"金台十子"，许旭、王揆、顾湄跻身"娄东十子"，宗元鼎、宗元豫、宗观享誉"广陵五宗"，宫鸿历为"江左十五子"之一。明清易代之际词坛流派纷纭，出现了以陈维崧为代表的松陵、毗陵词人群，以李雯、蒋平阶为代表的云间词人群，以朱彝尊、曹溶为代表的浙西词人群，以余怀、杜濬为代表的金陵词人群，以王士禛、冒襄为代表并以水绘园为中心的广陵词人群。此外，刘梁嵩、吴绮、宗元鼎、宗观并称"咸园四子"，董以宁、陈维崧、邹祗谟名列"毗陵四才子"，陈维崧、彭师度名列"江左三凤凰"，陈世祥与陈维崧合称"江左二陈"，而黄云、孙枝蔚、汪楫、张潮、彭孙贻皆词坛翘楚，均名噪一时。清初杰出的散文家《同人集》多有载录，如汪琬、王猷定、王弘撰、张潮、余怀等，以成就而论，"四公子"中的侯方域应推为第一。在书画方面，冒襄是董其昌的及门弟子，曾得到过陈继儒、王铎、邹之麟的指点，与米万钟、王时敏、恽寿平、王犟、倪元璐、黄道周、杨文聪、萧云从、查士标、方拱乾、戴本孝、宋曹、王士禛等名家多有笔墨之交。而黎遂球、姚若翼、何元英、张恂、陈丹衷、杜首昌、程邃、杜濬、徐时夏及如皋薛开等诸位"同人"皆肆力于翰墨，自成一家。入清之后，冒襄家乐班吸引了众多杰出的戏曲家、演艺家和鉴赏家，创作和排演了一批优秀剧目。《同人集》中，吴伟业、尤侗、孔尚任以及黄周星、余怀、王揆、叶奕苞、沙张白等都是交游频仍且名重一时的大戏曲家。

忠烈义士　在《同人集》抗清将领、殉明志士中，最具名望者是明王朝的九位尚书：投井殉难的崇祯工部尚书兼东阁大学士范景文、自缢而亡的崇祯户、礼二部尚书倪元璐、绝食殉国的南明鲁王政权礼部尚书王思任、从容就义的南明福王政权兵部尚书黄道周、悬梁自尽的南明福王政权礼部尚书曹学佺、慷慨赴死的南明鲁王政权礼、兵二部尚书陈函辉、赴水全节的南明唐王政权兵部尚书杨廷麟、被诱俘遇害的南明王朝福王、唐王和桂王政权文渊阁学士兼礼、兵二部尚书郭之奇，还有抑郁而卒的南明福王、唐王政权礼部尚书何楷。其中王思任、倪元璐、黄道周均在"天（启）崇（祯）五才子"之列，此外，至少有十三位忠烈在册：明吏部文选司主事许直、桂林知府马世奇、明兵部侍郎高名衡、万安知县梁于涘、南明两广水师主帅黎遂球、南明礼部侍郎李之椿、南明兵部右侍郎杨文聪、复社领袖吴应箕、应社领袖杨廷枢、几社领袖夏允彝、明崇祯翰林院检讨方以智、明户部主事黄周星、明补邑诸生徐世溥。此外，顾梦游、黄毓祺、毛重倬、方孝标、戴移孝、王仲儒分别为顺治时函可"私携逆书"案、黄毓祺复明诗词案、毛重倬坊刻制艺序案、康熙时戴名世《南山集》案、乾隆时戴移孝《碧落后人诗集》案、徐述夔《一柱楼诗》案之主犯或要犯。

名流硕彦　《同人集》有五大文魁：即万历四十四年状元钱士升、崇祯十五年特科状元史惇、顺治十六年状元徐元文、康熙九年状元蔡启僔、康熙十二年状元韩菼。有四大文社领袖：几社夏允彝、周立勋，应社杨廷枢、朱隗，豫章社万时华、陈宏绪，复社顾杲、魏学濂、姚宗典、杨廷枢、张自烈、周立勋、周茂藻、徐世溥、李雯、周茂兰、郑元勋、朱隗、陈名夏、冒襄等。有"五子同盟"者：即张明弼、冒襄、陈梁、吕兆龙、刘履丁。有十位名宦：中书舍

人李雯、户部右侍郎周亮工、户部侍郎曹溶、翰林院侍读吴国对、湖州知府吴绮、礼部侍郎徐倬、国子监祭酒曹禾、刑部主事汪懋麟、内阁学士孙在丰、右副都御史施世纶，此外尚有明兵部左侍郎李长祥、兵部职方司郎中陈组绶、工部主事包壮行、国子监丞韩上桂、湖广巡抚周季琬、浙江巡抚吴克孝、浙江布政使王畿、宣府巡抚王云凤、泰州知府陈素、中书舍人张恂、清翰林院掌院学士刘肇国、翰林院侍讲许孙荃、刑部左侍郎高珩、吏部郎中刘体仁、兵部主事陈焯、刑部主事沈胤范、户部主事许承钦、工科给事中张惟赤、户部主事许之渐、国史馆检讨秦松龄、翰林院检讨孙自式、两淮盐运使裴充美、偏沅巡抚卢震、陕西巡抚吴秉谦、江西督学赵函乙、河南按察副使蒋伊、锦州知府卞永吉、泉州知府孙朝让、六安知府刘雷恒、扬州知府崔华、巩昌府同知张峒，以及略阳县知县诸保宥、墨县知县周斯盛、安定知县戚藩、范县知县李长祚、天门知县李念慈、崇义知县刘梁嵩、衡山知县吴璉、昆明知县张瑾、同谷知县吴山涛、平江知县韩爆、新建知县杨周宪、台湾令李中素等等。

亲师贤达　一是父子：兴化王贵一，著名诗人和书法家，子王仲儒、王熹儒俱为江淮名士；太仓王时敏，清代画坛"四王"之首，子王挺、王揆均系著名学者；天门谭元春，竟陵诗派宗师，子谭籍、谭篆并以诗名；桐城方拱乾，受江南科场案株连流放宁古塔，子方孝标、方亨咸皆顺治进士，四子方膏茂，六子方奕箴亦有文名；贵池吴应箕，"复社五秀才"之一，子吴孟坚为复社后期中坚；桐城方以智，"明末四公子"之一，子方中德为史学奇才；金坛张明弼，复社骨干，工古文诗赋，子张大心为如皋县学教谕；兴化李清，崇祯给事中，子李楠为左都御史；长沙赵开心，清工部尚书，子赵尔忭隆武举人，以文名世；江都吴绮，湖州知府，号红豆词人，子吴寿潜学识过人；盐城宋曹，明中书舍人，子宋恭贻纂《江南通志》；江阴曹玑，明崇祯户部主事，子曹禾在诗坛有"南曹"之谓；嘉善魏学濂，与方以智、冒辟疆有明末"三大才子"之名，子魏允札亦为著名的诗人词家。二是兄弟：诗坛"泰山北斗"王士禛、吏部员外郎王士禄与王士祜三兄弟并负诗名，时称新城"三王"。大学士徐元文与刑部尚书徐乾学、内阁学士徐秉义，兄弟三人悉有才名，时称昆山"三徐"。大学士宋德宜与兄宋德宏、弟宋德宏

同膺文名,时称长洲"三宋";另顺治辛卯宋德宏与族兄宋实颖举于顺天,都下盛称"二宋"。兴化宗元鼎与从弟宗元豫、宗观及侄之瑾、之瑜,皆工诗,世誉"广陵五宗"。江都许承宣、许承家兄弟两人有"同胞翰林"之称。江都诗人汪耀麟为刑部主事汪懋麟之兄,汪懋麟与福建布政使汪楫同里皆有儒名,尊称"二汪"。通州陈世祥为江左二陈之一,其弟陈世昶亦工诗词。朱隗为长洲诗文家朱陵之兄,朱隗曾与张溥、张采等共创应社。戴本孝、戴移孝出身安徽休宁诗书世家,周茂蘭、周茂藻为吴县东林大儒之后,李清、李沂源自兴化名门望族。三是师徒:太仓诗人瞿有仲、"娄东十子"之一顾湄同为陈瑚的弟子;国子监祭酒曹禾、刑部主事汪懋麟、兴化诗人宗元鼎同为诗坛"泰山北斗"王士禛的弟子;翰林院侍讲施闰章、中书唐允甲同为"海内三遗民"之一宣城沈寿民的弟子;太仓诗人毛师柱、中书舍人王挺、戏曲家王揆同为"江左三大家之一"吴伟业的弟子,而吴伟业为明左中允、诗人李明睿之门生;华亭词人周积贤为云间词派代表人物蒋平阶弟子,而蒋平阶为抗清英雄陈子龙之门生。

遗民隐逸 明清易帜,冒襄许多师友或被阉党迫害致死,或抗清殉难,或削发为僧。《同人集》中有不少东林后裔,如吏部文选司员外郎周顺昌之子周茂兰、周茂藻,都给事中魏大中之子魏学濂、孙魏允札,吏部文选司郎中顾宪成之孙顾杲,左都御史陈于廷之子陈贞慧、孙陈维崧、陈维岳,户部尚书侯恂之子侯方域,刑部侍郎周岐之子周瑄,左都御史高攀龙之从子高世泰,兵部尚书陈道亨之子陈弘绪,礼部左侍郎兼东阁大学士文震孟外孙严熊;《同人集》中又有不少复社后裔,如戴重之子戴本孝、戴移孝,王与敕之子王士禄、王士禛,沈寿民之子沈泌,恽日初之子恽寿平,顾梦麟之子顾湄,张溥之婿葛云芝。《同人集》中还有不少抗清烈士后裔,如巡按御史宋学朱之子宋德宜、宋德宏,江西布政使彭期生之子彭孙贻,江南文坛宗主侯岐曾之子侯玄涵,湖广和平县令李信从子李沂。入清后,这些东林、复社以及抗清殉难烈士的后裔们,大多崇尚气节,隐逸山林,誓不仕清,成为清初特有的胜朝遗民群体。如"遗民领袖"李清、耿介诗人杜浚、骚坛翘楚邓汉仪、爱国才子宋曹、气节文士黄云、经世学者陈瑚、江右大儒张自烈、诗文

名流彭孙贻、隐逸诗人纪映钟、思想家费密、诗词家孙枝蔚、藏书家钱曾、出版家毛晋。此外尚有王方岐、乔出尘、华乾龙、李长祥、李长科、杜首昌、陈济生、陆廷抡、张遗、张二严、张文峙、金俊民、金是瀛、姚佺、姜垓、恽向、谈允谦、钱肃润、徐晟、陶澂、黄升、黄传祖、程邃、董黄等等,遗民之数但以百计,皆高义饱学之士。《同人集》另有十位高僧、四位才女亦可称隐逸中人。高僧中以大错、同揆、弘储"不降其志,不辱其身"最堪称道,上思、自扃、宗渭均为精于诗画之道的佛门大德。四位才女为周琼、吴琪、吴娟和法鉴。

乡贤耆宿 概分四类,一为宦职如皋者,二为寄籍如皋者,三为游学如皋者,四为世居如皋者。宦职者如:明代如皋知县高名衡,清代如皋知县陈秉彝、卢綎、董廷荣,主簿张大心,教谕周士章;寄籍者如:曲阜颜光祚、莆田佘仪曾、通州邵潜、太仓行悦、歙县张潮;游学者如:宜兴陈维崧、和县戴本孝、桐城中德、太仓毛师柱、奉化戴洵、海安张圯授、宝坻曹绣、长洲张瑞;世居者如:明礼部侍郎李之椿、吏部文选司主事许直,清翰林院侍讲许嗣隆、户部主事石为崧、梧州知府范大士、怀远教谕刘灏、沭阳训导吴球、教谕许大儒、博士弟子员冒愈昌、《江南通志》撰修冒丹书、万历《如皋县志》主撰佘充美、康熙《如皋县志》撰修佘瑛和石峦,冒褒、薛开、冒超处、张玉成、佘大美、佘启美、吴函、丁确、冒坦然、冒纶、马世乔、石宝臣、许邺、汪洋、佘庚、范良桢、贲琮、顾沄、曹铭、薛斑、谢家玉等亦为东皋名儒。因清雍正后如皋由泰州划归通州管辖,故补列通州乡贤于后:包壮行、范国禄、陈世祥、陈世昶、邵干、张元芳、汤有光、陶开虞、顾炜等。

2.《同人集》风义指归

入清后,有相当一部分人坚持怀念故主,谋复前明江山。表现之一,继续坚持抗清活动,积极策应郑成功集团对江宁的进攻;表现之二,组织社团,广结诗社,砥砺斗志,企待复兴之日;表现之三,拒绝征召,隐居不仕,接纳遗民故老、亡友子弟。《同人集》中三者皆有,而冒襄三者兼有。

策应抗清 扬州十日后,冒襄与李之椿、陈君悦等举兵于如皋城抗清,杀了清廷第一任知县马御华,以阻遏清军东进。顺治初,黄毓祺武装起义失败后,从常熟钱谦益处渡江北上,不幸于法宝寺

被捕,据考,黄毓祺即专门投奔冒襄而来。其后,冒襄经常往来长江下游一带,概为接应张煌言、郑成功。顺治十四年秋夜,冒襄与王猷定、顾梦游、杜浚、纪映钟这些反清复明的骨干相聚于金陵紫蓿山房,正值郑成功谋定大举反攻长江之时,可惜天不假势,一场飓风打乱了进攻计划,但冒襄等人的爱国操守却昭然史册。

拒绝征召 甲申之前,冒襄每逢子、午、卯、酉,必赴秋闱。顺治开国,不久即恢复开科取士,但冒襄不为所动,这种明臣不作清吏的观念可谓根深蒂固。康熙十二年征召“山林隐逸”,刑部尚书龚鼎孳极力引荐,冒襄在潦倒中以“亲老”为由婉拒;康熙十八年清廷首开“博学鸿词”科,《明史》馆总裁徐元文倾情推举,并邀其赴京以备顾问,冒襄在贫病中以“足疾”为由不赴(参见《同人集》卷十二);康熙二十二年省郡聘修通志,冒襄在饥寒中以“老病”为由力辞,再次表露“篱畔菊花坚晚节,先期不放一枝开”的决心。

抚恤遗孤 《同人集》卷六有“丁酉秦淮倡和”辑,冒襄在卷九《哭陈其年》辑中说明缘起:“丁酉夏余会上下江亡友子弟九十四人于秦淮,其年首倡斯集,其应制者少,咸为余至。”这段话至堪注目,抗清殉国友人的后代九十四人,于顺治十四年(1657年)南京开科取士之机,应冒襄老伯之约共赴金陵,会于秦淮寓所,却大多不参加乡试,郑成功大军又在筹划北伐,这决非偶然。次年,陈维崧、戴本孝、戴移孝、方中德、方中通、谭籍、谭篆、吴孟坚等相继来如皋水绘园读书,冒襄不避嫌疑,不吝衣食,备加关爱,勤加教诲,诸子皆学有所成,德有所宗。

结交志士 冒襄一生,以文章朋友为性命,明末清初鸿儒硕彦无不愿与之结交,其中尤以气节之士为主。杨廷枢、夏允彝等慷慨赴死,生殉情景何等壮烈;李清、黄云、弘储等每遇三月十九日崇祯忌日设牌位哭祭,故国情节何等强烈;纪映钟、李长祥等终身奔走于复明大业,民族情怀何等崇高;冒襄有此师友亦何等幸甚。编辑《同人集》时,文字狱腥风已起,有人劝其删去顾杲、吴应箕、夏允彝、杨龙友、黄道周、陈名夏、钱谦益等人之作品,冒襄却不畏其祸,甚至连顾梦游、毛重倬、黄毓祺这些朝廷要犯的诗文也照录不误。“以彼其才皆吾所尝亲昵者,于心终不忘”(李清序)。至于

乾隆版《同人集》删去黄毓祺等,窃以为黄毓祺一案,冒襄干系甚大,乾隆间文祸最炽,余氏避祸之举,情理之中也。

记述痛史 明末兵燹,冒襄辗转逃亡,饱受苦难,许多诗文大胆揭发了满清贵族的血腥暴行,描述了饿殍遍野的惨景,尤以《秦谿蒙难》最为激烈。《秦谿蒙难》仿杜甫《秦州杂诗》,从一个个角度来反映江南大屠杀中人民的苦难,一经传抄便鼓舞了人们的抗清热情,特别是分布全国各地和复社志士读到后,深为作者强烈的抗暴立场所感染,很快出现了诸多唱和之作,《同人集》收录廿余首,在文坛上产生了积极影响,但也引起清廷震怒,诅咒其为“悖逆狂妄,语多狂吠”,连同冒襄其他著作一并列为禁毁。

寄情艺文 冒家蓄有乐班,入清后,成了冒襄“眷念宗周、兴怀故国”的民族感情寄托之所,汤显祖的《邯郸梦》是愤世嫉俗之作,更是遗民战斗的思想武器,《同人集》卷十一有冒襄和顾道含同观此剧的记载,坚信主题价值,再次表明不作“贰臣”的心志。吴伟业《秣陵春》是清代最早反映爱国思想的传奇,康熙二十六年夏冒得到本子后,亲自指导排练,二十七年春,与许漱雪观剧后并赋诗抒怀。孔尚任《桃花扇》的创作更得到冒襄倾力相助,康熙三十八年完成后,得全堂成为首演戏台。此外,余怀的《鸳鸯湖》、尤侗的《钧天乐》、李玉的《清忠谱》都是冒襄主客们挥泪洒酒、长歌当哭之剧目。

3.《同人集》名节辨析

明朝士大夫阶级以东林党人为代表,极其重视名节,在与阉党斗争中视死如归,正气凛然,令人肃然起敬。复社诸君便是这种名节观的继承者,在冒襄身上突出表现为不应征诏,终身不仕。但冒襄的名节观有其特定的内涵,他终身不仕清廷、恪守复社誓言的志愿是消极的、温和的,因为既可以不做贰臣,又可以保全性命连同全部家口和家业。但实现这样的名节观也有难处,就是要在巨大的政治控制下,在长期的威胁利诱前,仍然能坚持不屈,贫贱不移,忍辱负重,死而后已。事实证明,冒襄的名节观只限于他的个人操守。

孟子说“穷则独善其身”,冒襄笃守这一信条。他把名节的框子紧紧羁套于自身,而丝毫没有要求他的子孙和朋友。最明显的是在编辑《同人集》

十二卷中，名节不保之人数以十计。《钦定胜朝殉节诸臣录》在国史中首创"贰臣传"之例，将"在明已登仕版，又复身仕本朝"的人物，归入"贰臣传"中。钦定本《国朝诗别裁集》中，钱谦益、王铎、方拱乾、龚鼎孳、曹溶、周亮工、李雯、高珩、宋之绳、梁清标和王崇简等由明入清为官的诗人，一律被删除。当然，就钱谦益、吴梅村、李雯、程可则等人而言，收入《同人集》情有可原。沈梅史晚明人物传记《李暎碧传》中附记："当时钱牧斋、吴梅村、龚芝麓、陈素庵、曹倦圃为江浙五不肖"（注：即钱谦益、吴伟业、龚鼎孳、陈之遴、曹溶），此论有失公允。钱谦益本东林党魁，屈膝事清，大节有亏，但旋即脱离清廷，并深感懊悔，还亲身参加了南明政权的秘密抗清斗争，忏悔自赎。吴伟业本复社领袖，但仕明而明亡，不愿仕清而违心仕清，成了"两截人"，他以诗歌感慨兴亡和悲叹失节，取得世人谅解。李雯在故朝覆灭不久就出仕清廷，无论从儒家传统还是从自身良知上讲，这种悖离都是一个沉重的精神负担，所以他的作品处处显现一种压抑沉痛的负罪感，洋溢着对故国的思恋与怀念之情。程可则是抗清殉节的陈邦彦的学生，中进士后任清内阁中书，其数访江苏，与冒襄诗文唱酬，对两朝臣民的处境极度伤感，处于既想为清朝出力而又思念先朝的矛盾心态之中。但《同人集》毕竟收录一些为士林所诟病之人，如王永光、陈名夏、李宗孔、魏学濂、茅元仪、张恂、宋之绳、陆庆曾、程邑、徐倬、吴秉谦、韩四维之辈。王永光在明末三案中及魏忠贤逆党中均有牵连，明史未列正传。陈名夏先降大顺，再降满清，后以结党营私、贪赃枉法议罪处死。李宗孔积极参与推行博学鸿儒科考，极力推荐傅山应试，致使傅山割断腿筋以抗。魏学濂于李自成克京师后投降大顺，授以户部司务职，后自惭自缢。茅元仪因兵哗下狱，以"贪横激变"罪名遣戍福建漳浦。张恂、陆庆曾于顺天北闱科场犯案，应判立斩而举家流放尚阳堡，副考官宋之绳亦坐贪贿罪，以日夕陪侍恩降五级。苏州府学教授程邑于江南哭庙案中由参与者沦为告密者，致使金圣叹等十八秀才血溅法场。顺天乡试考官徐倬徇私欺蒙而被疏劾，康熙责令其提前告老归乡。陕西巡抚吴秉谦收贿属实，依律斩决。崇祯谕德韩四维投降大顺后，输银求为国子监司业不得，仅授修撰，被讽为词林中最无行者。

冒襄决不因人废文，冒氏乐部多次演出阮大铖传奇剧《燕子笺》也是如此。李清序为冒襄辩言：故人操行岂必尽同，不必苛及笔墨。但笔者认为，《同人集》良莠不论，对"贰臣"、贪官宽座以待，终归有伤名节，有愧《同人集》中二十二位殉国忠烈和诸多明朝遗民。

当然，对冒襄的名节观无须求全责备，但经此分析，读者对冒襄在为子孙谋取功名利禄时的嗷嗷乎便不会再生诧异了。长子禾书、次子丹书几度落第，只好赴京依附权贵，志在一官半职，结果无功而返，困守家园。孙冒浑弃文从武，从征台湾有功，实授四川建昌县游击，冒襄喜不自胜，专门作诗以贺："天下英雄吾辈老，笑呼孺子说曹刘"，可谓悲喜交集。前后比对，真让人吁叹不已。

4.《同人集》文学旨要

明代之文，初继宋元，后则多变。明代社会从天子专制，到宦官独揽，再到内阁专权，加之，西北边患，东南倭患，商风鼎革，世风日新，文章亦随之变化。明文之变始于七子，"前后七子"为矫正"台阁体"之弊而主张复古，所谓"文必秦汉，诗必盛唐"，使文坛步入刻意模仿的形式主义歧路，正统文学依然衰微不振。明之季世，公安派、竟陵派不拘格套，独抒性灵，"一扫王（世贞）李（攀龙）云雾"，对文体之解放功劳甚大。竟陵派之影响远甚于公安，但其文尚"幽深孤峭"，用怪字、押险韵，佶屈聱牙，脱离现实，以至于有人将明社之亡归咎于讲"性灵"之说。豫章社反对前后七子，但却不赞成抒写性灵之说，推崇唐宋派。和公安、竟陵、豫章对立的复社、几社、应社学步七子，但不少人的作品却内容厚实。此外，云间、浙西、娄东、虞山、桐城、广陵、毗陵、神韵诸多文学流派此伏彼起，或宗唐，或宗宋，或兼宗唐宋，各有主张，皆有建树，《同人集》便呈现出这种各大名家、各大文社、各大流派百花齐放、蔚然大观的景象，就此而言，《同人集》未尝不可说是一部明末清初的文学纲要。

《同人集》诗文体裁颇丰，举凡历代曾盛行过的文学样式，在《同人集》都几乎占有一席之地。诗分三类，即古体诗、近体诗、诗余（词）；文分十种，即寿文、杂记、书说（尺牍）、传状、碑志、序引、后跋、题辞、像赞、辞赋，几乎概览无余，各类文体都拥有造诣不凡的作者，留下了许多优秀的乃至堪称珍品、杰构的传世之作。以诗而言，吴伟业

《题董宛君小像八绝》、王士禛《上巳修褉水绘庵即席分体》、方以智《山中言念遣儿过水绘园书此寄泪》、李清《辟翁老年台七十初度》、孔尚任《为巢民先生题米南宫半岩飞瀑图歌》、张潮《沁园春》、陈维崧《洗钵池泛月歌》、吴绮《题染香阁贴梅花》；以文而言，董其昌《香俪园偶存诗序》、倪元璐《朴巢诗序》、韩菼《冒潜孝先生墓志铭》、张明弼《董小宛传》、徐元文《七十寿序》、陈瑚《得全堂夜宴记》、李明睿《书影梅庵忆语后》、杜浚《题董宛君手书唐绝》、陈维崧《白秋海棠赋》、龚鼎孳《与冒辟疆书》等等，无一不可范文后世。

在诗文创作上，冒襄与明末清初各大流派的领军人物悉为文友，他跟竟陵派谭友夏、虞山派钱谦益、云间派吴梅村、神韵派王士禛私交尤笃。冒襄早年学诗之时，最钦佩竟陵派诗人王思任、谭友夏等，在其文学理论与作品上下了一番苦功，故而亦反对明代前后七子的复古主张，诗文追求"幽深孤峭"，《香俪园偶存》为其代表，《同人集》卷五《朴巢初成得二十韵》仍见余绪；青年时期屡试不售，痛恶科举不公、阉党作祟，忧虑朝廷内外交困，人民苦难，又受虞山派之影响，转而学习宋诗，激愤处议论入诗，《南岳省亲日记》为其代表，《同人集》卷三《载龙涡剪石先往寒河文》更以生动的艺术形象表达对明末弊政的不满与愤恨。进入中年，正逢空前的民族灾难，颠沛流离，备遭苦厄，且目睹江河破碎、生灵涂炭，文风遂归于吴梅村、顾炎武的创作主张，追求诗文朴实沉郁，嗣响杜甫，这就成为冒襄后期诗文的艺术倾向与美学追求。顺治初年冒襄曾与董小宛一起编纂《四唐诗》，在唐诗上浸淫较深，遭遇相似，心境相通，使他特别钟爱杜诗。陈维崧："先生沉酣读杜，岁辄评注一过，脱遇会心处，亦复欣然钞撮，所录纪行诗廿五首字字绮丽，而先生波磔纵横，复与诗章相辉映，真双绝也"（《陈迦陵文集》），《秦溪蒙难》组诗为其代表，《同人集》卷五收有盐官彭孙贻、陈则梁、张维赤等人唱和《秦溪蒙难》之作，杜诗现实主义风格跃然纸上。冒襄晚年受神韵派之感染，不少诗文亦如钱澄之，效陶潜田园诗风，但其中大多蕴涵故国之情，如《水绘庵六忆歌》、《菊饮唱和》、《蝉声》等（《同人集》卷十一）。熊赐履《致冒襄书》一语道破："先生之文，每托旨于美人香草，而缠绵隐恻常在洞庭木叶之间，不知者，仅于玉堂香

奁中求之则末矣"（《同人集》卷四）。观《同人集》中冒襄文风之嬗变，则完全可以作为冒襄学术思想、文学风格的演进实录。

5.《同人集》史料掇英

《同人集》收录冒襄师友六十年投赠诗文，形神兼备，内容繁富，故极具史料价值，尤以复社斗争、满清暴政、黎民苦难之记述最堪称道，而冒襄本人及众多名家之社集唱和亦可资生平之考证。

冒襄青年时代参与复社斗争，并身历亡国之痛，《同人集》多有记载。文华殿大学士、《明史》总裁张玉书《致冒襄书》："胜国之史，尚未成书，末年遗事，欲请质于左右者甚多"（《同人集》卷四）。莆田佘仪曾在如皋听冒襄一字一泪而又慷慨激昂地讲述生平后，创作长诗《往昔行》，冒襄为该诗作跋，以四字作评："悲壮淋漓"，并就与阮大铖之斗争作长篇忆述（《同人集》卷九）。陈瑚《德全堂夜宴记》及《后记》更是孔尚任《桃花扇》之主要考据。

冒襄于满清入关后耳闻扬州十日、嘉定三屠，目睹骨肉林莽、哀鸿遍野，《同人集》亦大胆披露。《同人集》卷五载盐官诸友送冒襄归里赋诗，其中有"可怜东南遂雨血，只今西北真天倾"，"身似蜀鹃怀故国，楼徙海燕惜离群"，"干戈满地音尘绝，谁谓天涯是比邻"，"两载追随昔昔情，避兵来此又逢兵"等句，真实记述冒襄避兵盐官经过，尤其是满清铁骑所到之处的血腥暴行。

冒襄一生于兵燹之外亦多历天灾，飞蝗、干旱、洪水使百姓生活雪上加霜，冒襄多次倡率赈济。《同人集》卷五邑人许直《赠辟疆》载："皇天蔽视听，虐此无辜民。旱魃吐赤焰，螟螣拥红尘。平畴一望枯，沟瘠化青燐。为富鲜悯恤，闭籴封高困。吾党有义府，冒子擅嶙峋。倾粮周缺陷，孳产继全仁。哀鸿数千百，饱暖生阳春……"其诗既录冒襄义行，又存历史罕见灾异。

《同人集》之于冒襄、董小宛，不啻生平年谱。以冒襄《再上中堂熊公书》为例，文中有载："念覆发以诗文受知于华亭先师董文敏公、陈徵君，弱冠以经世自励，其最蒙心许，为阁学范文贞师立雪南枢六载，阁部年伯史师入幕淮扬二年。"考《冒襄年谱》并无拜崇祯工部尚书兼东阁大学士范景文为师且立雪六年之记述，此可补《冒襄年谱》之不足。而吴绮诗："可怜一片桃花土，先筑鸳鸯几尽坟"，

颜光祚诗:"伤者君子傅,零泪松楸墓",均系记载诗人亲历小宛葬礼之场景。而王士禄诗"绮骨埋香十六年,春风坟草尚芊芊,舞时恨不教持足,歌道仙乎倏已仙","玉颜空忆绝纤瑕,碧落黄泉若处家,历乱影梅庵畔意,只疑孤影影寒花",则为十六年后小宛坟茔之情形,均可佐证小宛埋骨东皋确凿无误。

《同人集》史料价值岂止于此,因篇幅与学力所制,仅管中窥豹,略呈一二,挂一漏万,但请有志于冒襄研究者常入宝山,多得其珍。

笔者对冒襄曾有四言简评:风神秀逸之佳公子,著述宏富之文学家,才华旷世之书画师,气节高古之爱国者。对《同人集》至为钟爱,亦总结为九言简评:一部明末清初的鸿儒传、名宦册、英烈谱、隐逸记、乡贤榜、艺文志、文学史、范文集、珍闻录。或有舛误,但祈方家正之。

附:《同人集》名录

《同人集》名录

丁确	于梅	万卷	万时华	大错和尚	马世乔	马世奇
马兆良	马是龙	王挺	王撽	王铎	王翚	王潢
王畿	王士禄	王士禛	王千玉	王天阶	王云凤	王文焕
王方岐	王永光	王弘撰	王廷玺	王仲儒	王羽仙	王时敏
王贵一	王思任	王崇简	王道隆	王登三	王猷定	王履昌
王熹儒	元澄	尤侗	卞元鼎	卞永吉	方云旃	方云聃
方云骏	方中德	方以智	方孝标	方亨咸	方拱乾	方奕箴
方湛荩	方膏茂	毛晋	毛弘龙	毛师柱	毛重倬	计东
邓文明	邓汉仪	邓林梓	邓勋采	孔尚任	石崿	石为崧
石宝臣	东峰翰	卢綖	卢震	叶封	叶荣	叶蕃
叶奕苞	史惇	申维翰	白梦鼎	包壮行	冯恺章	尼法鉴
吕兆龙	朱隗	朱陵	朱明镐	乔出尘	华乾龙	刘织
刘灏	刘士弘	刘师峻	刘汉系	刘体仁	刘梁嵩	刘康祚
刘雷恒	刘肇国	刘增琳	刘履丁	刘徽之	许永	许旭
许抡	许邺	许直	许揆	许之渐	许大儒	许汝霖
许孙荃	许纳陛	许承钦	许承宣	许承家	许梦微	许朝元
许嗣隆	米万钟	汤有光	孙一枝	孙在丰	孙自式	孙枝蔚
孙继登	孙朝让	纪映钟	李沂	李尚	李楠	李清
李雯	李湘	李滢	李之椿	李元介	李中素	李长科

李长祚	李长祥	李方增	李宗孔	李国宋	李明睿	李念慈
杜浚	杜濬	杜绍凯	杜祝进	杜首昌	杨筠	杨文骢
杨廷枢	杨廷麟	杨周宪	杨树声	严熊	吴岩	吴函
吴娟	吴球	吴琪	吴绮	吴琁	吴锵	吴之振
吴山涛	吴伟业	吴应箕	吴克孝	吴寿潜	吴国对	吴秉谦
吴孟坚	吴振宗	何楷	何元英	何金瓖	邱元武	余怀
余庚	余瑸	余大美	佘仪曾	佘充美	余启美	宋荦
宋曹	宋之绳	宋实颖	宋德宜	宋德宏	宋恭贻	汪洋
汪逸	汪琬	汪楫	汪士裕	汪鹤孙	汪耀麟	汪懋麟
沙张白	沈泌	沈士尊	沈宗元	沈胤范	沈履夏	张芳
张恂	张泽	张遗	张摁	张嵋	张嵚	张瑞
张瑾	张潮	张二严	张大心	张元芳	张玉书	张玉成
张文峙	张坧授	张明弼	张自烈	张奎鹗	张彦之	张惟赤
张渊懿	张湛儒	张照嵋	邵干	邵陵	邵琰	邵潜
邹之麟	邹元芝	邹祗谟	陆廷抡	陆庆曾	陈诚	陈素
陈辂	陈梁	陈焯	陈瑚	陈瑶	陈丹衷	陈允衡
陈世录	陈世祥	陈弘绪	陈名夏	陈秉彝	陈治官	陈函辉
陈组绶	陈济生	陈祚明	陈继儒	陈维岳	陈维崧	陈瑶笈
陈肇曾	林云凤	林尧英	范大士	范云威	范良桢	范国禄
范景文	茅元仪	罗世珍	征明	郁植	金是瀛	金俊民
周吉	周琼	周瑄	周襄	周士章	周云骧	周以忠
周世臣	周立勋	周永年	周茂蘭	周茂藻	周荣起	周亮工
周季琬	周继高	周积贤	周斯盛	周遇缘	周嘉申	周蓼恤
宗观	宗元鼎	宗元豫	郑远	郑元勋	郑为春	居元祚
孟云龙	贾琮	查士标	柳堉	项玉筍	胡周萧	赵沄
赵炎	赵爆	赵开心	赵而忭	赵函乙	恽向	恽寿平
冒纶	冒褒	冒襄	冒丹书	冒坦然	冒起霞	冒超处
冒愈昌	冒嘉穗	俞绶	俞楷	施世纶	施闰章	施浬先
姜垓	洪必元	宫鸿历	宫鸿营	姚俭	姚宗典	姚若翼
贺燕徵	费密	费文伟	秦松龄	顾沄	顾炜	顾杲
顾点	顾湄	顾鹿	顾潜	顾大善	顾贞观	顾梦游
顾道含	顾麟生	夏允彝	钱岳	钱曾	钱士升	钱肃润
钱谦益	钱鼎瑞	钱德震	侯玄涵	倪元璐	徐晟	徐倬
徐章	徐崧	徐颖	徐元文	徐节溥	徐世溥	徐时夏
徐泰时	徐麟祥	高珩	高世泰	高名衡	唐允甲	唐彦晖
郭之奇	郭麟定	诸定远	诸保宥	谈允谦	陶澂	陶开虞
曹禾	曹玑	曹铭	曹绣	曹溶	曹尔堪	曹学佺

黄云	黄升	黄涛	黄九河	黄士伟	黄传祖	黄周星
黄道周	黄虞稷	黄毓祺	萧云从	梅磊	龚嘉稿	龚鼎孳
崔华	盛绩	戚藩	章美	梁于涘	梁清标	巢震林
董俞	董黄	董以宁	董廷荣	董其昌	葛云芝	蒋伊
蒋易	蒋平阶	彭师度	彭孙贻	韩诗	韩葵	韩爆
韩上桂	韩四维	韩则愈	程邑	程邃	程燧	程世华
程可则	傅弘	释上思	释弘知	释同揆	释自扃	释行悦
释宏储	释宗连	释宗渭	释真常	曾畹	谢家玉	裴充美
蔡元翼	蔡启僔	蔡南沂	谭篆	谭籍	谭元春	熊赐履
颜光祚	黎遂球	潘高	薛开	薛彬	薛斑	戴洄
戴本孝	戴刘淙	戴移孝	魏学濂	魏允札	瞿有仲	

（注:《同人集》卷前目录中作者姓名与卷内诗文前署名多处不符,经版本校读,并查考典籍,发现约有三十处讹误。一是错字,目录中王弘撰误为王弘、杜绍凯误为杜凯、蒋平阶误为蒋平错、顾炜误为顾焯、刘梁嵩误为刘梁高、毛师柱误为毛师桂、吴琏误为吴连、石为崧误为石为松、张圯授误为张屺授、赵而忭误为赵尔忭、梁清标误为梁青标、施闰章误为施润章,另大错和尚刻为太错和尚;二是讳字,侯元涵之"元"应为"玄",沈允范之"允"应为"胤",王士祯之"祯"应为"禛",刘士宏、傅宏、毛宏龙三人之"宏"均应为"弘";三是遗漏,目录中遗漏王翚、顾应、陈瑸;四是重复,如谭友夏与谭元春、王士祯与王士正、沙张白与沙一卿、林梓与邓林梓;五是删改,据顾启先生《冒襄佚诗六首整理》中考证,《同人集》在再印时因惧文祸而铲削了黄毓祺,此处一并列入;此外,性道人名周琼,无可知即方以智,表中用本名;卢香作《冒巢民先生传》于《同人集》首刻之后,故未入表）

（上接第111页）

⑲（清）梅珏成主编《御制数理精蕴》下编"算术",文海书局石印本,光绪二十二年（1896年）。

⑳（汉）郑玄注《礼记正义》卷二十七"内则"第十二,上海古籍出版社,2008年。

㉑（明）李时珍著《本草纲目》之《果部》,上海图书集成印书局,光绪二十年。

㉒李索《敦煌写卷〈春秋经传集解〉校正》,中国社会科学出版社,2006年。

㉓（清）潘逢禧撰《算学发蒙》之"算盘式",清代刊本。

㉔（宋）罗大经撰《鹤林玉露》丙编卷四,中华书局,1983年。

㉕（元）宋濂、王濂主编《元史》之《刘秉忠传》,中华书局,1997年。

清代子玉款算盘计数单位及进制考释

王海明

清代子玉款算盘(图一、图二),由南通博物苑收藏,现借展于中国珠算博物馆。算盘上刻有"子玉学历记福海春长署斋"和"子玉学历记福海春长之署"的款识,经考证,系清代官员周懋琦藏印,子玉为其号,故称这两把算盘为"子玉款算盘"①。周懋琦1872年任台湾知府,1881年任清政府福州海军基地船政提调。子玉算盘是其在福州参与设计我国第一艘钢甲巡洋舰——平远号时所使用的。

图一 49档子玉算盘

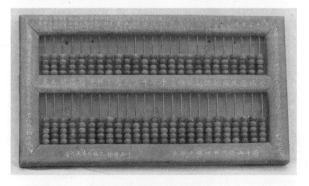

图二 25档子玉算盘

两把子玉款算盘框、梁、珠、底板均为榉木,铜档,档位及算珠数量分别为25档上四下五珠(下文简称25档算盘)和49档上二下五珠(下文简称49档算盘)。25档算盘,长45厘米,宽24.5厘米,厚2.5厘米;49档算盘,长80厘米,宽20.2厘米,厚2.5厘米。这是目前为止所发现的,唯一完整标有古代计数单位及进制方法的算盘,也是唯一在梁上设四颗算珠的算盘。本文试就算盘上所刻写内容及梁上四珠算盘的使用进行探讨与研究。

一、子玉款算盘上所标计数单位的研究

(一)算盘上所标计数单位原文摘录

1. 25档算盘横梁上所标内容

自右向左依次标有"渺"至"载"共25个计数单位(图三):

渺、埃、尘、纤、微、忽、丝、毫、厘、分、壹、十、百、千、万、亿、兆、京、陔、秭、壤、沟、涧、正、载。

注:"陔"有时也写作"垓",子玉款算盘上就同时出现了这两种写法。

2. 49档算盘横梁上所标内容

自右向左依次标有"太极"至"周复"共49个计数单位(图四):

图三 25档算盘横梁上所标内容

图四 49档算盘横梁上所标内容

太极、太初、太始、太素、净、清、空、虚、六德、刹那、瞬息、弹指、须臾、逡巡、模糊、漠、渺、埃、尘、沙、纤、微、忽、丝、毫、厘、分、壹、十、百、千、万、亿、兆、京、陔、秭、壤、沟、涧、正、载、极、恒河沙、阿僧祇、那由他、不可思议、无量数、周复。

（二）从"净"至"无量数"计数单位源流考

1. 关于"一、十、百、千、万"的最早记载

"一、十、百、千、万"是我国古代最早使用的计数单位。据考证，在我国殷墟出土的距今 1400 年的甲骨文卜辞中，就已经出现了许多数字（图五），其中 13 个记数单字是：

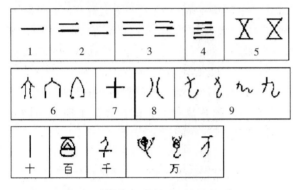

图五　甲骨文数字

这些数字符号中，除去从 1 至 9 这 9 个数字之外，就是十、百、千、万。这是我国现存史料中"一、十、百、千、万"的最早记载。

2. 关于"亿、兆、京、陔、秭、壤、沟、涧、正、载"的最早记载

随着人们认识的发展，原有计数单位已远远不能满足计数的需要，人们开始了"数有穷乎"的疑问和探讨，随之也就出现了比"万"更大的计数单位。东汉数学家徐岳（约 168 年 - ?）在其所撰的《数术记遗》（约成书于 196 - 206 年，北周甄鸾注）一书中，有如下记载：

黄帝为法，数有十等，及其用也，乃有三焉。十等者，谓亿、兆、京、陔、秭、壤、沟、涧、正、载。②

这里将计数单位从原有最大的"万"一直扩展到了"载"，这是我国古代数学中"亿、兆、京、陔、秭、壤、沟、涧、正、载"的最早记载。

3. 关于"尘、沙、纤、微、忽、丝、毫、厘、分"的最早记载

（1）《孙子算经》（著者待考，成书约在公元 400 年前后）"卷上"中有如下记载：

度之所起，起于忽。欲知其忽，蚕吐丝为忽，十忽为一丝，十丝为一毫，十毫为一厘，十厘为一分。③

这是关于"忽、丝、毫、厘、分"的最早记载。

（2）《谢察微算经》（著者待考，约成书于 11 世纪）中在"忽"往后增加了"尘、沙、纤、微"：

小数：分（十厘为分）、厘（十毫）、毫（十丝）、丝（十忽）、微（十纤）、纤（十沙）、沙（十尘）、尘（埃渺）。④

这是"分、厘、毫、丝、微、纤、沙、尘"最早的完整记载。

4. 关于从"净"至"无量数"最早的完整记载

元代数学家朱世杰（生卒年月不详）所撰《算学启蒙》（成书于 1299 年）中有如下记载：

大数之类：一、十、百、千、万、十万、百万、千万，万万曰亿，万万亿曰兆，万万兆曰京，万万京曰陔，万万陔曰秭，万万秭曰壤，万万壤曰沟，万万沟曰涧，万万涧曰正，万万正曰载，万万载曰极，万万极曰恒河沙，万万恒河沙曰阿僧祇，万万阿僧祇曰那由他，万万那由他曰不可思议，万万不可思议曰无量数。

小数之类：一、分、厘、毫、丝、忽、微、纤、沙，万万尘曰沙，万万埃曰尘，万万渺曰埃，万万漠曰渺，万万模糊曰漠，万万逡巡曰模糊，万万须臾曰逡巡，万万瞬息曰须臾，万万弹指曰瞬息，万万刹那曰弹指，万万六德曰刹那，万万虚曰六德，万万空曰虚，万万清曰空，万万净曰清，千万净、百万净、十万净、万净、千净、百净、十净、一净。⑤

这是我国古代数学典籍中，从"净"至"无量数"44 个计数单位的最早记载。

（三）子玉款算盘与《算学启蒙》所载计数单位不同之处

1. 小数中"瞬息"与"弹指"的前后顺序（即大小）不同

《算学启蒙》中是"瞬息"大、"弹指"小；子玉款算盘上所标的是"弹指"大、"瞬息"小。明代程大位（1533 - 1606 年）所撰《直指算法统宗》（成书于 1592 年）、清代潘逢禧（生卒年不详）所撰《算学发蒙》（成书于 1882 年）、清代白文波（生卒年

不详)所撰《初学易解算法》(成书于 1898 年)等典籍,均与《算学启蒙》中所记载一致。

唐代道世法师(? -683 年)据各种经典编纂而成的《法苑珠林》(成书于 668 年)中"时节篇"有如下记载:

> 又毗昙论。……一刹那者翻为一念。百二十刹那为一怛[dá]刹那,翻为一瞬。六十怛刹那为一息,一息为一罗婆。三十罗婆为一摩睺罗,翻为一须臾。三十摩睺罗为一日夜。……僧祇律云。二十念为一瞬。二十瞬名一弹指。二十弹指名一罗预。二十罗预名一须臾。一日一夜有三十须臾。⑥

上述文中分别介绍了佛经(梵文)《毗昙论》及《僧祇律》中关于时间单位的进制规律。现将两者所述时间单位换算成秒如表一。

根据表一可知,两者中"须臾"所表示的时间长短一样,"瞬"则有所不同,"刹那"极为接近,可以忽略其差距。综合比较得出各名词所表示时间由长到短顺序如下:

须臾(摩睺罗)→罗预→息(罗婆)→弹指→瞬(怛刹那)→刹那(念)

在以上顺序中,梵文中是将"息"和"瞬"拆开作为两个单位名词使用,传至中国后两者合而为一个单位"瞬息",因而出现了将"瞬息"列在"弹指"前或后都有的现象。这就要看"瞬息"是重点表示"瞬"还是重点表示"息",而确定其在"弹指"的前或后了。因此,子玉款算盘和《算学启蒙》的记载都是有其道理的。

2. 子玉款算盘对计数单位进行了扩展

(1)在"净"以下增添了"太素、太始、太初、太极"

"太素、太始、太初、太极"出自于道家哲学理论。道家哲学认为,天地万物从无形到有形,共经历了五个发展阶段,即太易、太初、太始、太素、太极。《列子》(战国时期列寇撰)有如下记载:

> 夫有形者生于无形,则天地安从生? 故曰:有太易,有太初,有太始,有太素。太易者,未见气也;太初者,气之始也;太始者,形之始也;太素者,质之始也。气形质具而未离,故曰浑沦。浑沦者言万物相浑成而未相离。⑦

《易经·系辞》有记载:"是故易有太极,是生两仪",其中的太极就是天地未开、混沌未分阴阳之前的状态,即《列子》中所说的"浑沦"。从"无极而太极"的过程,我们可知,如果将这些词汇用作计数单位,从大到小应该为"太极、太素、太始、太初"。但在子玉款算盘上却将"太极"放在最后,为最小计数单位。这可能受明代数学家柯尚迁(1528 -1583 年)的"数始于太极而终于太极"的思想影响。柯尚迁在其《数学通轨》(成书于 1578 年)"数原"篇中有如下记载:

> 孔子曰,易有太极,是生两仪,两仪生四象,四象立而三才具,五行运於其间矣,故天地之数始于一,太极者,一也,太极生阴阳,阴阳者,二也。……故数始于太极而终于极。⑧

(2)在"无量数"以上增添了"周复"

"周复"是循环往复、周而复始的意思。东汉班固(32 -92 年)《汉书》记载:

> 精健日月,星辰度理,阴阳五行,周而复始。⑨

表一

《毗昙论》		《僧祇律》	
原文	换算成秒	原文	换算成秒
30 摩睺罗 = 30 须臾 = 1 日夜	1 须臾 = 1 摩睺罗 = 86400 ÷ 30 = 2880 秒	30 须臾 = 1 日夜	1 须臾 = 86400 ÷ 30 = 2880 秒
30 罗婆 = 1 摩睺罗 = 1 须臾 1 息 = 1 罗婆	1 息 = 1 罗婆 = 2880 ÷ 30 = 96 秒	20 罗预 = 1 须臾	1 罗预 = 2880 ÷ 20 = 144 秒
60 怛刹那 = 1 息 1 怛刹那 = 1 瞬	1 怛刹那 = 1 瞬 = 96 ÷ 60 = 1.6 秒	20 弹指 = 1 罗预	1 弹指 = 144 ÷ 20 = 7.2 秒
120 刹那 = 1 怛刹那 = 1 瞬 1 刹那 = 1 念	1 刹那 = 1 念 = 1.6 ÷ 120 = 0.0135 秒	20 瞬 = 1 弹指	1 瞬 = 7.2 ÷ 20 = 0.36 秒
		20 念 = 1 瞬	1 念 = 0.36 ÷ 20 = 0.018 秒

《数术记遗》中有如下记载：

数之为用，言重则变，以小兼大，又加循环之理，岂有穷乎？[⑩]

《算学启蒙》中也有如下记载：

数始于一，故由一而上之，但无量数以上仍有大于此者，故曰其数不能极。[⑪]

子玉款算盘上用"周复"比较恰当地表达了"循环之理，岂有穷乎"和"数不能极"的道理。

二、子玉款算盘上所标单位进制方法的考证与研究

（一）算盘上所标单位进制方法原文摘录

25 档算盘下边框和右、左边框分别刻有"小数、中数、大数"的单位进制方法。

1. 下框：满十而进，进位以横，小数也。

2. 右边框：自亿以往，满百万则进位，中数也。百万曰亿，盘上格顺数第二轮珠僦之。

3. 左边框：自亿以往，满万万则进位，大数也，万万曰亿，盘上格第一轮珠僦之。

（二）"小数、中数、大数"进制方法的出处

子玉款算盘中所记录的"小数、中数、大数"，在有关佛教经籍中可以查到相关记载。唐代释慧琳（737－820 年）所撰《一切经音义》（成书于 802 年）有如下记载：

黄帝为数，法有十等，谓亿兆京垓秭壤沟涧正载。及其用也，有三，谓上中下。下数十万曰亿，中数百万曰亿，上数万万曰亿。[⑫]

唐代释法宝（645－703）撰《俱舍论疏》卷第一也有类似记载：

此间算法有上、中、下。下法十万曰亿。中者百万曰亿。上者万万曰亿。[⑬]

由此可见，子玉算盘采用的是佛经中所记载的单位进制方法，可表示如表二。

（三）子玉款算盘对不同进制方法的具体说明

1. 十进制方法的说明

25 档和 49 档子玉算盘的横梁上对应着每个档位都标有计数单位（图六、图七），既可以看做是计数单位，又可以看做是"满十而进"的"小数"进制方法。

2. 万万进制方法的说明

（1）25 档算盘的上边框所标内容的说明

25 档算盘的上边框所标内容（图八），是对"自亿以往，满万万则进位"的具体说明，摘录如下：

太一、十、百、千、万、十万、百万、千万、万万曰亿、万万亿曰兆、万万兆曰京、万万京曰陔、万万陔曰秭、万万秭曰壤、万万壤曰沟、万万沟曰涧、万万涧曰正、万万正曰载、万万载曰极、万万极曰恒河沙，万万恒河沙曰阿僧祇、万万阿僧祇曰那由他、万万那由他曰不可思议、万万不可思议曰无量数。

（2）49 档算盘上框所标内容的说明

49 档算盘上边框所标内容（图九），列成图表来分析（从右往左阅读分析），见表三。

分析表中内容，"亿、十亿、百亿、千亿、万亿、兆、十兆……"，似乎在这里使用的是"万进制"。但是这里有一个疑问，那就是既然是万进制，那么"万亿"即"兆"、"万兆"即"京"，"万亿、万兆"完全没有必要重复写出来。算盘上如此有规律地刻写这些计数单位，应该不是刻写错误，这里肯定有其道理的。待我们分析 49 档算盘下边框所标内容后就能理解这个问题了。

（3）49 档算盘下边框所标内容的说明

表二

下数：1 0 0 0 0 0 0 0 0 0 0 0 0 0 0 0
载正涧沟穰秭垓京兆亿万千百十个

中数：1，00，00，00，00，00，00，00，00，00
京　　　　　兆　　　　亿　万　千百　十个
（百万兆）　　（百万亿）　　　（百万）

上数：1，0000，0000，0000，0000，0000
京　　　　　兆　　　　亿　万　千百　十个
（万万兆）　　（万万亿）　　　（万万）

图六　25 档算盘横梁上所标十进制

图七　49 档算盘横梁上所标十进制

图八　25 档算盘的上边框所标内容

图九　49 档算盘上框所标内容

图十　49 档算盘下边框所标内容

表三

				万
万亿	千亿	百亿	十亿	亿
万兆	千兆	百兆	十兆	兆
万京	千京	百京	十京	京
万垓	千垓	百垓	十垓	垓
万秭	千秭	百秭	十秭	秭
万壤	千壤	百壤	十壤	壤
万沟	千沟	百沟	十沟	沟
万涧	千涧	百涧	十涧	涧
万正	千正	百正	十正	正
万载	千载	百载	十载	载

49 档算盘下边框刻写的内容（图十），是最令人费解的，为了便于分析其规律，现将原文分段摘录如表四（从右往左阅读理解）。

①关于算盘中符号"二"的理解

这里的符号"二"，如果作为数字"二"来理解，显然说不通；如果作为等于号理解，也找不到其依据。因为这个符号总是和"万"连在一起，因此它应该是两个"万"连在一起，第二个"万"的略写形式，

这在我国古代书法中找到依据。在我国古代书法中，如果前后两个字是相同的叠字，那么第二个字通常会用"二"来表示。例如下面两幅书法作品中的"处处"和"忽忽"（图十一、图十二）就是如此：

因此，算盘中所标的"万二亿"就是万万亿，其余依此类推。

②关于 1 至 5 段中计数单位及进位规律的理解

1 至 5 段中，各段居中一位分别是"万亿、万二亿、万二兆、万二京、万二垓"，分别表示"万万曰亿、万万亿曰兆、万万兆曰京、万万京曰垓、万万垓曰秭"。各段左起第一位分别为"万万、万二亿、万二兆、万二京、万二垓"，分别是"亿、兆、京、垓、秭"以"万万"为进位关系的表达方式。以第 2 段为例，从右往左先以"万万亿"为单位，写出是"万万亿、十万万亿、百万万亿、千万万亿"，到第五位说明"万万亿即兆"，随后再分别以"兆"为单位，写出"十兆、百兆、千兆、万兆"。其余各段均按此规律排列。

表四

段	计数单位及进制规律								
1	万亿	千亿	百亿	十亿	万亿=亿	千万万	百万万	十万万	万万
2	万兆	千兆	百兆	十兆	万兆=亿兆	千万=亿	百万=亿	十万=亿	万=亿
3	万京	千京	百京	十京	京万=兆	千万=兆	百万=兆	十万=兆	万=兆
4	万垓	千垓	百垓	十垓	万=京垓	千万=京	百万=京	十万=京	万=京
5	万秭	千秭	百秭	十秭	万二垓秭	千万=垓	百万=垓	十万=垓	万=垓
6					秭涧万	千万二秭	百万二秭	十万二秭	万二秭

图十一　书法一

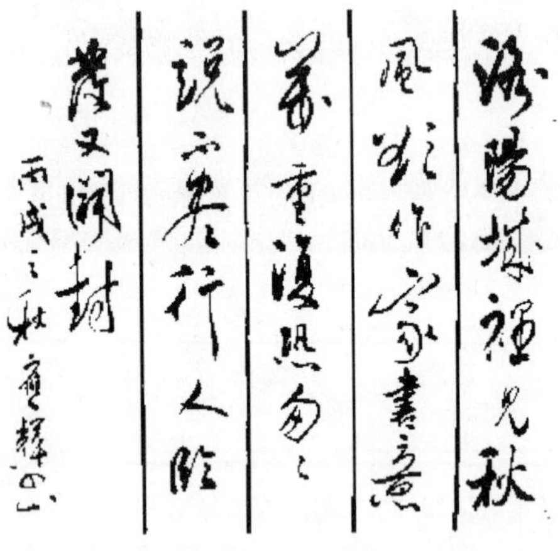

图十二　书法二

③关于前段末位与后段首位之间转接关系的理解

从表格可以知道，第1段末位是"万亿"，转到第2段首位是"万万亿"；第2段末位是"万兆"，第3段首位是"万万兆"，其余各段之间的转接规律相同，都是从"万※"转接到"万万※"。根据这一点，我们就可以理解前文中所述的一个问题了，即49档子玉算盘的上边框中，"万亿、万兆、万京、万垓、万秭"后面分别是"兆、京、垓、秭……"，与下边框中所述其实规律是一样的，即从"万※"转接到"万万※"。因此，上下边框中所述进制规律是相一致的，均是使用的"大数"法，即"满万万则进位"。

④关于第6段的理解

第六段从右往左前四位完全符合上述规律，即分别是"万万秭、十万万秭、百万万秭、千万万秭"，按推理最后一位本应为万=垓秭，但算盘上刻写的是秭涧万，不知是作何理解，也许是刻写错误，也许另有原因。

三、子玉算盘的进制方法与《数术记遗》中"三等数"的比较

（一）《数术记遗》中"三等数"的记载

在我国古代数学中早就有"下数、中数、上数"的命数法，即"三等数"，与子玉算盘所标记略有不同。《数术记遗》一书中，有如下记载：

黄帝为法，数有十等，及其用也，乃有三焉。十等者，亿、兆、京、垓、秭、穰、沟、涧、正、载。三者，谓上中下也。其下数者，十十变

之，如言十万曰亿，十亿曰兆，十兆曰京。中数者，万万变之，如言万万曰亿，万万亿曰兆，万万兆曰京。上数者，数穷则变，如言万万曰亿，亿亿曰兆，兆兆曰京也。[14]

根据上述记载，在"三等数"中，下数是十进位法，如十万是亿，十亿是兆，十兆是京；中数，是万万进位法，如万万是亿，万万亿是兆，万万兆是京；上数，是自乘进位法，如万乘万是亿，亿乘亿是兆，兆乘兆是京。"三等数"可表示如表五。

（二）关于十进制的比较

《数术记遗》中"十十变之"的"下数"与子玉款算盘中"满十而进"的"小数"是一样的，采取的是十进制。如梁朝顾野王（519－581年）撰《宋本玉篇》：

土部——垓，古苔切，《国语》曰："天子之田九垓，以食兆民。"《风俗通》曰："十千曰万，十万曰亿，十亿曰兆，十兆曰经，十经曰垓。"[15]

南宋朱熹（1130－1200年）《诗经集传》：

我仓既盈，我庾维亿。赋也。露积曰庾。十万曰亿。[16]

（三）关于万万进制的比较

《数术记遗》中"万万变之"的"中数"与子玉算盘中"自亿以往，满万万则进位"的"大数"一样，都是万万进制。关于万万进制，《敦煌石室算经》里有明确记载：

凡数只有十、名只有万，故万万则改为一、十、百、千、万、十万、百万、千万、万万为亿……万万载为极。[17]

（四）关于百万进制和自乘进制的比较

《数术记遗》与子玉款算盘关于进制有两个不同的地方，一是子玉款算盘"自亿以往，满百万则进位"的中数，在《数术记遗》中是没有的，这种进制在《钦定四库全书·经部二·尚书注考·书类》中有记载："受有臣亿万。训，百万曰亿。"二是《数术记遗》中自乘进制在子玉款算盘中是没有的，这种进制表示的数目极大，在实际中也极少用到。

四、对不同进制方法的统一

（一）不同进制方法造成计数的混乱

正因为我国古代数学中存在着多种进制方法，因此在一定程度上形成了计数领域内的混乱。如《诗经·伐檀》："不稼不穑，胡取禾三百亿兮。"西汉毛亨（生卒年月不详）传云："万万曰亿，禾秉之数。"东汉郑玄（127－200年）笺云："十万曰亿。三百亿，禾秉之数也。"关于这两者解释上的矛盾，唐孔颖达（574－648年）作疏：

万万曰亿，今数然也。《传》以时事言之，故今《九章算术》皆以万万曰亿……《笺》以《诗》、《书》古人之言，故合古数言之。知古亿十万者，以田方百里，于今数为九百万亩，而《王制》云："方百里为田九十亿亩"，是亿为十万也。故彼注云："亿今十万"，是以今晓古也。《楚语》云："百姓千品，万官亿丑"，皆以数相十，是亿十万也。[18]

通过孔颖达的考证，可知郑玄的"十万曰亿"是正确的，而毛亨的"万万曰亿"是把汉代使用的"中数"与《诗经》时代的"下数"相混淆了。

（二）《数理精蕴》对不同进制方法的统一

为了对计数进制混乱的情况加以纠正，清康熙年间，由清代数学家梅珏成（1681－1763年）主持编撰的《数理精蕴》（成书于1723年）一书中进行了规范：

表五

下数：10000000000000000
载正涧沟穰秭垓京兆亿万千百十个

中数：1，0000，0000，0000，0000，0000，0000
京　　　　　　　兆　　　　　亿　　　万　千百十个
（万万兆）　　　（万万亿）　　（万万）

上数：1，0000，0000，0000，0000，0000，0000，0000，0000
京　　　　　　　　　　　兆　　　　　　亿　　　万　千百十个
（兆兆）　　　　　　　　（亿亿）　　　　（万万）

凡度量衡，自单位以上，则曰十、百、千、万、亿、兆、京、垓、秭、穰、沟、涧、正、载、极、恒河沙、阿僧祇、那由他、不可思议、无量数。自亿以上，有以十进者，如十万曰亿，十亿曰兆之类；有以万进者，如万万曰亿，万亿曰兆之类；有以自乘之进者，如万万曰亿，亿亿曰兆之类。今立法从中数。[19]

这里明确规定，"今立法从中数"，即自亿以上，采取"万进制"。即万万曰亿、万亿曰兆、万兆曰京……其实这种"万进制"的中数法在古代典籍也是有所记载的，如郑玄注《礼记正义》：

> 后王命冢宰，降德于众兆民。后，君也。德，犹教也。万亿曰兆，天子曰兆民，诸侯曰万民。[20]

明代李时珍（1518－1593年）著《本草纲目》（成书于1578年）也有万进制的记载：

> 桃性早花，易植而子繁，故字从兆，万亿曰兆，言其多也。[21]

西晋杜预（222－284年）注《左传·昭公二十年》也有记载：

> 虽有善祝，岂能胜亿兆人之诅。注，万万曰亿，万亿曰兆。[22]

五、用科学计数法表示各种不同进制方法

综上所述，我国古代数学计数单位进制有十进制、万进制、百万进制、万万进制和自乘进制等不同的方法。用科学计数法表示如表六。

六、关于25档算盘梁上四珠的使用方法

我国古代通用算盘一般为上二下五珠，也曾出现过上三下五珠算盘。如清代潘逢禧（生卒年月不详）的《算学发蒙》（成书于1882年）有如下记载：

表六

计数单位	十进制	万进制	百万进制	万万进制	自乘进制
一	10^0	10^0	10^0	10^0	10^0
十	10^1	10^1	10^1	10^1	10^1
百	10^2	10^2	10^2	10^2	10^2
千	10^3	10^3	10^3	10^3	10^3
万	10^4	10^4	10^4	10^4	10^4
亿	10^5	10^8	10^6	10^8	10^8
兆	10^6	10^{12}	10^{12}	10^{16}	10^{16}
京	10^7	10^{16}	10^{18}	10^{24}	10^{32}
垓	10^8	10^{20}	10^{24}	10^{32}	10^{64}
秭	10^9	10^{24}	10^{30}	10^{40}	10^{128}
穰	10^{10}	10^{28}	10^{36}	10^{48}	10^{256}
沟	10^{11}	10^{32}	10^{42}	10^{56}	10^{512}
涧	10^{12}	10^{36}	10^{48}	10^{64}	10^{1024}
正	10^{13}	10^{40}	10^{54}	10^{72}	10^{2048}
载	10^{14}	10^{44}	10^{60}	10^{80}	10^{4096}
极	10^{15}	10^{48}	10^{66}	10^{88}	10^{8192}
恒河沙	10^{16}	10^{52}	10^{72}	10^{96}	10^{16384}
阿僧祇	10^{17}	10^{56}	10^{78}	10^{104}	10^{32768}
那由他	10^{18}	10^{60}	10^{84}	10^{112}	10^{65536}
不可思议	10^{19}	10^{64}	10^{90}	10^{120}	10^{131072}
无量数	10^{20}	10^{68}	10^{96}	10^{128}	10^{262144}

盘以坚木为之。每杆用珠八，横梁下用五珠，横梁上用三珠。旧制上二下五，实不敷用，譬如八十九数，以九归之，歌诀九八下加八，次位有九数，再加八数共十七数，梁上二珠当十，梁下五珠当五，共只十五，不足二数，学者每遇此等，往往错误。兹于梁上多用一珠，似较适用。[23]

关于梁上四珠的算盘，目前为止仅子玉款算盘这一件，而且查遍古书典籍，都没有这方面的记载。那么梁上四珠算盘是如何使用的呢？关于这一点，在该算盘的左右边框上写得比较明确：

右边框：自亿以往，满百万则进位，中数也。百万曰亿，盘上格顺数第二轮珠儗之。

左边框：自亿以往，满万万则进位，大数也，万万曰亿，盘上格第一轮珠儗之。

这里的"儗"，古通"拟"。"拟"的本义为揣度，猜测。引申义有类似、比拟、效法、模仿、比划、打算等。查阅典籍，"打算"一词既有考虑、准备的意思，也有计算、核算的意思。如宋罗大经（1196－1252年）撰《鹤林玉露》：

厥后蓄积稍羡，又尝有意用兵，祭酒芮国器奏曰："陛下只是被数文腥钱使作，何不试打算了得几番犒赏。"上曰："朕未知计也，待打算报卿。"后打算只了得十三番犒赏，于是用兵之意又寝。[24]

又如由宋濂（1310－1381年）、王濂（1321－1373年）主编的《元史》（成书于明朝初年）：

今宜打算官民所欠债负，若实为应当差发所借，宜依合罕皇帝圣旨，一本一利，官司归还。凡陪偿无名，虚契所负，及还过元本者，并行赦免。[25]

这以上两段话中的"打算"都是计算的意思。鉴于此，我们可以认为，子玉算盘上的"儗"，就是"计算"的意思，这也与算盘本身的功能相一致。

子玉款算盘上所标的这两句话，不仅交代了何为大数和中数，而且非常明确地说出"盘上格顺数第二轮珠"是计算中数所用的，"盘上格第一轮珠"是计算大数所用的。至于说具体如何计算，因史料有限，难以有结论，姑且存疑待考。

七、后 语

子玉算盘的制作者周懋琦本人一生充满着传奇（其生平另有专文介绍），而他制作与使用的这两把算盘也是充满不尽的奥秘。我们通过考证研究得出的结论也许有一定的道理，也许仍有疑义，更有存疑待考的地方，这也就是子玉算盘价值珍贵之所在。真诚地希望我们的研究能够得到各界专家的关注，以解决子玉款算盘所有的存疑，乃至于有更加科学、独到的发现。

注 释：

①陆琴《初探子玉算盘》，《珠算》2001年第1期。

②靖玉树主编《中国历代算学集成》卷上之汉徐岳撰《数术记遗》篇，山东人民出版社，1993年。

③（唐）李淳风注《孙子算经》（卷上·开篇），武英殿聚珍版。

④（清）陈梦蕾、蒋廷锡主编《古今图书集成》之《历法典》第113卷算法部《谢察微算经》。

⑤靖玉树主编《中国历代算学集成》卷上之元朱世杰撰《算学启蒙》篇"总括"，山东人民出版社，1993年。

⑥（唐）道世撰《法苑珠林》卷第一之"第二大三灾时节部第二"，上海商务印书馆。

⑦（战国）列寇撰《列子》之《天瑞》篇，西会山馆珍藏，光绪二十三年。

⑧（明）柯尚迁撰《数学通轨》之《数原》篇，福州市珠算协会1994年9月影印。

⑨（汉）班固撰《汉书》之《礼乐志》篇，中华书局，2007年。

⑩靖玉树主编《中国历代算学集成》卷上之汉徐岳撰《数术记遗》篇，山东人民出版社，1993年。

⑪靖玉树主编《中国历代算学集成》卷上之元朱世杰撰《算学启蒙》篇"总括"，山东人民出版社，1993年。

⑫（唐）释慧琳撰《一切经音义》卷第二十七之"安乐行品"，江陵田氏鼎楚室刻本，1924年。

⑬（唐）释法宝撰《俱舍论疏》卷第一下 江陵田氏鼎楚室刻本，1924年。

⑭靖玉树主编《中国历代算学集成》卷上之汉徐岳撰《数术记遗》篇，山东人民出版社，1993年。

⑮（南朝）顾野王撰《宋本玉篇》卷二，北京市中国书店影印。

⑯（宋）朱熹撰《诗经集传》卷之五"鼓钟四章章五句"，金陵书局，光绪二十二年。

⑰李俨《敦煌石室立成算经》卷一"序"，《北平图书馆图书季刊》新第一卷第四期，1939年。

⑱谈春蓉、李锐《〈毛诗正义〉的注疏成就》，《文学教育》2007年第8期。

（下转第102页）

南通城建筑物上的名人墨迹

宋建业

　　南通市自改革开放以来,经济建设快速发展,一座座高楼大厦拔地而起,其中不乏各种建筑风格、享有一定影响的楼群让人赏心悦目。镶嵌在这些建筑物上的许多名人题字、题词的书法墨迹给我们这座新兴城市南通增添了艺术魅力。他们的笔韵风采,既是我国现代书法艺苑中的瑰宝,同时也是南通文明城市一道道靓丽的风景。笔者通过实地参观、采风并研究考证,将采集到的部分建筑物上已知晓或有落款的题字、题词荟萃于此,以飨广大读者。

　　南通市人民路南通书城"新华书店"字牌,统一沿用一代伟人毛泽东在延安革命斗争时期题写的行草书法,在三元桥河畔建有纪念邹韬奋铜像基座正面的花岗岩石上,还刻有人民领袖毛泽东为邹韬奋的亲笔题词手迹,以供人们瞻仰缅怀;在青年东路南通市公安局门前还铸有毛泽东"为人民服务"的题词手迹;在青年西路顶端大转盘附近的两幢大厦上,分别铸有"中国海关"、"中国税务"的金字标牌,系共和国开国总理周恩来具有颜体风格的书法墨迹。原中共中央总书记胡耀邦于1986年11月来通视察时欣然挥笔,题写了"南通电视塔"五个神采飘逸的行楷字体,在市科技馆内还将题有"南通市科学会堂"的手书布置在该会堂正门上方。他在通期间,还写有其他的相关题词,成为南通地方文献的珍贵史料。原中共中央总书记、国家主席江泽民于2004年为纪念张謇先生诞生150周年而题写的"发扬爱国主义精神,建设社会主义祖国"的书法手迹被制作成纪念墙,矗立在市区张謇纪念馆及电信大楼濠河之畔的草坪上,成为南通江海文化的旅游观光景点;江泽民题写的"苏通长江公路大桥"手迹字牌,被安装在苏通大桥南北两岸的桥头堡上,展示了江苏又一座跨

世纪大桥的雄姿风采。2008年5月江泽民来通视察时又亲笔题写了"百年通中,英才辈出"八个大字,现已制作成霓虹灯,闪烁在通中校园内。狼山山麓、长江之滨,建有多栋欧式别墅楼群,那儿山水环抱、风景如画。江泽民题名的"南通鹏欣花园国宾酒店"是社会名流精英休闲聚会、交友的理想场所。

　　南通环濠河文博馆群,充分彰显了"中国近代第一城"的神奇魅力。每一座博物馆,都留下了名人书法大家的墨宝。这当中,张謇题有"南通博物苑";陈维稷题有"南通纺织博物馆";沙孟海题有"个簃艺术馆";李可染题有"南通书法国画研究院";魏武题有"南通城市博物馆";邹家华题有"沈寿艺术馆";陈毅题有"南通市劳动人民文化宫";王珺题有"南通风筝博物馆";何振梁题有"南通体育公园";彭真题有"中国体育博物馆";王丙乾题有"中国珠算博物馆";李金华题有"中国审计博物馆";冯骥才题有"南通蓝印花布博物馆"等。在濠河沿边有两处大型浮雕壁画。其中,"强国梦痕"壁画为我国著名社会活动家、祖籍南通的费孝通题写;另一组"江海风"壁画,为我国当代著名艺术家海笑题名。

　　在通城的著名建筑物上,还留下了其他曾经担任党和国家重要领导职务的领导人以及享有崇高声誉的书法家的珍贵墨迹。陈丕显题有"南通革命纪念馆";薄一波题有"南通经济技术开发区";朱镕基题有"南通国棉二厂";吴学谦题有"南通建筑博物馆"、"江苏冠达集团";江渭清题有"天星湖度假村";周而复题有"星湖大厦"、"星湖商城";启功题有"得宝假日酒店"、"南通国际大厦";武中奇题有"南通日报"、"南通体育馆"、"交通之家";张爱萍题有"东方大厦";郭沫若题

有"南通市图书馆"、"中国银行";马文蔚题有"中国人民银行";邵华泽题有"南通人民广播电台";苏子龙题有"濠河名邸";赵朴初题有"法乳堂"、"江海晚报";夏衍题有"人们艺术家——赵丹";邹家华题有雕塑"雄风";张绪武题有"起凤大厦"、"江苏三友集团股份有限公司"、"南通农业职业技术学院"、"江苏冠达纺织商城"、"启秀桥"、"纺织大厦"等;张瑞龄题有"南通园艺博览园";王冬邻题有"润友大厦";顾平分别题有"和平大厦"、"文峰大厦"、"南通大厦";尤无曲题有"和平桥";王个簃题有"江苏省南通实验小学"、"江苏省南通第一中学";余秋雨题有"优山美地"等。

南通籍国画泰斗、著名书法大师范曾可谓是南通家喻户晓的杰出艺术家,他对南通人民怀有特别深厚的家乡感情。在南通多处建筑物上映有许多光彩照人的书法墨迹,具有代表性的作品有:"南通市百货大楼"、"紫琅照相馆"、"中华园饭店"、"文峰饭店"、"南通市文化馆"、"南通大饭店"、"华能大厦"、"天南大酒店"、雕塑"憧憬";"华通大酒店";"南通职业大学"、"南通市少年宫"、"南通市第一人民医院"、"南通市测绘院有限公司";"江苏省南通师范学校第二附属小学"、"江苏省南通中学"、"南通市崇海中学"、"南通电容器厂"、"南通市第三人民医院"、"南通历史文化展示中心"、"南公园桥"、"南通盆景园"、"南通范氏诗文世家陈列馆"等等。

我国著名实业家张謇的书法墨迹在南通地方文献宝库中,留下了数不胜数的珍贵史料。在通城的著名建筑中,"更俗剧院"、"南通大学"、"南通火车站"等景观的题名,均从张謇的书法史料中缀集而成。这些名人题字清隽秀丽、刚柔结合、潇洒脱俗、气势雄伟,颇见笔墨者的书法造诣之精深,是研究书法艺术必备的参考资料。当然,南通市还在蓬勃发展。随着新城区的陆续兴建,老城区的更新改造,新的建筑群体还将不断矗立在南通人民的面前。这有待于社会贤达人士和书法艺术家们继续赐墨献宝,为家乡南通的新崛起和新腾飞而增添新的辉煌。

欧 洲 印 象

宁 雯

2010 年 10 月 13 日—22 日,十天的欧洲之行给我留下了深刻的印象,虽然仅前往了法国、瑞士、意大利三个国家,但各国底蕴深厚的城镇、湖光山色的美景、整洁有序的街道、彬彬有礼的市民、醇厚浓郁的佳肴都让我如痴如醉、神往不已。我个人感觉欧洲的特点大致可以用小、大、少、多四个字来概括。

首先来说说第一个特点,小。初到欧洲,第一

凡尔赛宫的园林景观

巴黎圣母院

站是法国巴黎。坐车进入城市第一印象就是小。同样是首都,这里的市中心鲜见高楼大厦和宽阔的马路。行驶在街道上的汽车也是小小的,几乎都是两厢。而国内几乎都是三厢的车,鲜见两厢的。诸如 Mini、Smart 这些车辆国内少见,欧洲却满大街都是。由于欧洲陆地面积小,因此,街道也比较狭窄,街道两旁的停车位也很小。用小车有利于交通顺畅、减小公共空间占用。小车在路边停车时有很大的优势,经常能看到小小的 Smart 就竖着停放在前后两车不大的距离间,也着实佩服欧洲司机的停车水准。除此之外,欧洲临街店铺,比如咖啡店也很小,其开间和进深都不大,还有的

巴黎埃菲尔铁塔

店将桌椅摆在室外。在咖啡店内用餐,打包带走和坐在室内或者在外享用的价格是不一样的。打包价格相对便宜,坐在室外价格最高。因为店主将桌椅摆在室外是要缴纳额外的税费的,当然也就要由顾客承担。可别小看这些不起眼的咖啡店。我们熟知的法国左岸咖啡其实并不真正叫"左岸",而指的是首都巴黎塞纳河左岸的咖啡馆。这里著名的咖啡馆有地牢的墓穴、小桥咖啡、选择、丁香庄园、花季咖啡、双偶等。这些店都有很长的历史,甚至有些名人还在此喝过咖啡。再者就是欧洲一般的宾馆给人感觉也很小,大堂小、电梯小、客房小、床铺小、电视小、卫生间小。这一切和我们印象中高大魁梧壮实的欧洲人不太相符。同时欧洲人还很"小气",同样是四星级宾馆,客房内的设施可不像国内那样一应俱全,牙膏、牙刷、拖鞋之类是需要自备的。早餐也仅供应面包、咖啡、牛奶、黄油、蔬菜沙拉,稍好一点的也只多些鸡蛋、培根、香肠。这使得初到欧洲的我们很不适应,不断有人抱怨"欧洲人太抠了,远远不如中国人好客"。而我觉得低碳环保、节能减排在欧洲已深入人心,不再是喊两句口号那么简单了。

其次欧洲给我感觉很大。这里倒不是说欧洲的面积大,而是欧洲一些皇家建筑、教堂、古遗址的规模大、气势宏伟。比如法国的卢浮宫,位于法国巴黎市中心的塞纳河北岸(右岸),占地面积(含草坪)约为45公顷,建筑物占地面积为4.8公顷。凡尔赛宫占地面积达111万平方米,其中园林面积约为100万平方米。我们熟知的故宫占地面积72万多平方米,建筑面积达15万多平方米。可故宫是世界上目前保存最完整、规模最大的古代皇宫建筑群,而卢浮宫和凡尔赛宫的建筑是单体建筑。再来看看法国的另一个标志性建筑——埃菲尔铁塔,高300米,顶部天线高24米,总高达324米,占地面积1万平方米,建筑总重约为10万吨。乍一看,犹如一个钢铁巨人屹立在巴黎的市区。规模居世界第一的梵蒂冈圣彼得大教堂,总面积2.2万平方米,主体建筑高45.4米,长200多米,最多可容纳6万人同时祈祷。而建成于公元82年的古罗马竞技场占地面积约2万平方米,圆周长527米,围墙高57米。可容纳近9万名观众。每当来到这些宏伟的建筑面前,我们都要感慨一番,我们今天都很难建造出如此雄伟的建筑,

凯旋门

古罗马竞技场

罗马许愿泉

古人所面临的难度可想而知。可我觉得,欧洲人是有宗教信仰的,中世纪又盛行君权神授的思想。因此在建造这些建筑尤其是皇宫和教堂时工匠们一定是怀着虔诚和敬畏的心情,没有分毫马虎,没有半点偷工减料。一项工程可以花上几百年的时间,精益求精,不求最好、只求更好。想到这儿,我

意大利米兰大教堂

威尼斯圣马可大教堂

瑞士风光

倒感到高大魁梧的欧洲人还是挺可爱的。

欧洲的另一个特点是少。作为老牌的发达资本主义国家,照道理其城市应当很有现代化的气息,摩天大楼很多。可事实却相反。几乎是少得可怜。在巴黎的市中心,除了埃菲尔铁塔算是一座高大建筑外,就只有蒙巴纳斯大厦这一座了。这座大楼建于 20 世纪 70 年代,在蓬皮杜总统任内建成,本来这座 210 多米高的大楼,挺拔秀顺,

如果建在纽约或者上海,还算挺时髦,问题是这楼盖在了巴黎,和周边的古建筑很不协调,所以并不为法国人所喜欢。欧洲很多城市都属于世界文化遗产,当地政府和居民都很注意保持原来的古城的风貌,不愿建太高的现代化楼房破坏那种文化氛围,一些国家或者城市的法律也规定了在市区的一些地方不能建高层房屋以破坏历史文化风貌,这正是欧洲人特别注重保护历史文化传统的一种实实在在的表现。欧洲的另一个少是公共设施和道路的维修少。说这些方面维修少倒不是欧洲人懒惰,不到实在不能用的情况下才去修缮,而是公共设施质量好,市民素质高,很少会坏。且道路和地下管道线路规划有序。不像国内,不是今天把道路扒开修下水管道,就是明天把道路封上修高架。搞得本身就不通畅的道路更是雪上加霜,塞车成了家常便饭。欧洲的一些主要城市在上下班时也会堵车,但不会像国内一些城市塞得死死的,好久都动弹不得。这也许还归功于欧洲的另一个少,就是司机、行人违章少,可以说是几乎没有。我曾留意过,一条双向行驶的道路,路中央有双实线,我们行驶在靠右的车

比萨斜塔

道，左边的车道没有一辆车行驶，可没有一个司机为了赶路而去逆向行驶或者借道超车的。每辆车都有序地排着队，即便再堵也没有人加塞儿。如果遇到行人过马路，汽车都会停下避让，待行人过后再开车走人。若是遇到动作迟缓的老人，没有一位司机不耐烦按喇叭或者摇下窗户探出脑袋，破口大骂的。

欧洲的最后一个特点是多。首先是教堂多。不论是大城市，还是小村镇，都会有一座或者几座高高矗立在家园上空的教堂。欧洲高楼少，就更显得这些教堂高大醒目。而且教堂都很古老，有的斑驳，有的甚至已经开始倾斜。当你到达每一个城镇，首先跃入视线的就是教堂那高高的钟楼或十字架。在大城市，每一座城市都有一所著名的大教堂，那是主教所在。其次是文化遗产和博物馆多。说整个欧洲是一个露天的历史、艺术和科学博物馆一点也不过分。来到欧洲后，这里遗址遗迹、博物馆、美术馆、纪念馆之多、保存之完好出乎我的意料。例如巴黎，拥有大大小小各类博物馆、故居纪念馆 60 余处。意大利威尼斯，这样一座面积只有 6.9 平方公里的城市，却拥有 120 座各式教堂，120 座钟楼，64 座修道院，40 多座宫殿等艺术及历史名胜共计 450 多处。国土面积为 4.2 万平方公里的瑞士，面积还不到江苏省的一半，却拥有着丰富的文化和自然遗产。阿尔卑斯山少女峰、伯尔尼老城、圣加仑修道院、贝林佐纳城堡和城墙等 6 处文化与自然遗产被列入联合国教科文组织世界遗产名录。这些古老的建筑，也让我们领略到了雅典式、罗马式、哥特式、巴洛克式、洛可可式、拜占庭式等多种建筑风格的差异。欧洲的再一个多是环境保护好，野生动物多。在法国、瑞士以及意大利的高速公路上，我们时不时能看到一个画有鹿的标志牌。问导游是何意，导游介绍说是此处常有野生鹿出没，鹿群一般会在清晨集体觅水，为引起司机注意，避免出现动物车祸而设立了警示牌。我听后很诧异，在欧洲一些城市的近郊居然还有野生鹿群。欧洲人也根本无意去消灭或是驱赶他们，而是在设立警示牌的同时为大型动物搭建上跨式的"过街天桥"，并在上面种植草木，模拟自然的山坡地形，欧洲人称之为"绿桥"。据了解，现在欧洲的一些工程，已不仅关注大型哺乳动物和爬行动物，还开始考虑为鸟类、昆虫等预设专用通道，与之相比，我们国内的野生动物保护事业恐怕还有相当长的路要走。

图书在版编目（CIP）数据

博物苑．总第 17 辑/王栋云主编；陈卫平，金艳，徐宁编．
—北京：文物出版社，2011.4
ISBN 978 - 7 - 5010 - 3156 - 6

Ⅰ．①博…　Ⅱ．①王…②陈…③金…④徐…　Ⅲ．①博物馆
事业—南通市—丛刊　Ⅳ．①G269.275.33 - 55

中国版本图书馆 CIP 数据核字（2011）第 055170 号

书　　名	博物苑（总第 17 辑）
主　　编	王栋云
执行主编	陈卫平
副 主 编	金　艳　徐　宁
责任编辑	刘　婕
美术编辑	张炽康
出版发行	文物出版社
	北京市东直门内北小街 2 号楼　邮编 100007
	http：//www.wenwu.com
	E-mail：web@ wenwu.com
印　　刷	北京谊兴印刷有限公司印刷
开　　本	889 × 1194　　1/16
印　　张	7.5
字　　数	140 千字
版　　次	2011 年 4 月第 1 版第 1 次印刷
标准书号	ISBN 978 - 7 - 5010 - 3156 - 6
定　　价	20.00 元

投稿信箱　bjb@ ntmuseum.com